정말로, 정혜동

정말로, 정혜동 2

1판 1쇄 인쇄 2021년 8월 30일
1판 2쇄 발행 2021년 12월 7일

지은이 한혜석

펴낸이 박대일
편집 이문영 · 박지해 · 임유리 · 신지연 · 이지영
마케팅 임유미 · 손태석
디자인 박현주

펴낸곳 파란미디어
출판등록 2004년 9월 14일 제313—2004—00214호
주소 03992 서울시 마포구 동교로23길 14 국제빌딩 6층
전화 02.3141.5589 영업부 070.4616.2012 편집부
팩스 02.6499.5589
전자우편 paranbook@gmail.com
카페 http://cafe.naver.com/paranmedia
인스타그램 @paranmedia
ISBN 978—89—6371—938—2(04810)
978—89—6371—936—8(전2권)

정말로, 정혜동

2

한혜석 장편소설

파란

차례

일러두기

· 이 글에 등장하는 인물, 기관, 단체 등은 실제와 무관하며 창작된 허구의 이야기임을 밝힙니다.

· " "은 한국어 대화, 「 」는 일본어 대화입니다.

N월 N일의 아침

— 강 박사 두고 어디서 몸을 풀겠다는 거야. 원, 쓸데없이 고집 강한 건 예나 제나…….

헌영은 전화기를 들고 발코니 난간 가까이 한 걸음 나아갔다. 수면 위를 쓸고 날아오는 바람이 쌀랑했다. 얼마 만인지 헤아리기 어려운 통화였다. 아버지, 석주는 주치의를 두고 엉뚱한 곳에서 출산하겠다는 딸을 향해 굳이 역정을 숨기지 않았다.

희로애락을 잘 표현하지 않는 성격으로 놓고 보자면 꽤 노엽다 하는 메시지다. 물론 그건 '주치의를 두고'보다 '엉뚱한 곳에서 출산'한다는 데 방점이 찍힌 노여움이다.

인생에 다시없을 상처와 모욕을 안긴 인물 곁에서 첫 손자를 보겠다 하니 그의 입장에서 볼라치면 이해 못 할 일도 아니다.

— 상현이 그 녀석도 그렇지. 그쪽 어른들 얼마나 번거롭게

하려고.

"두세요. 알아서 하겠죠."

— 알아서 하는 것이 그 모양이라니.

셔츠 자락을 흔들고 지나가는 바람 속에서 헌영은 웃었다. 마냥 높아 사법 공권력의 표상처럼 보이던 영감이 귀엽다 여겨지니 세월이 약은 약이다.

헌영은 자라는 동안 석주에게 종종 갑갑함을 느끼곤 했다. 더 그럴 수 없을 만큼 모범적이고 바른 인간형인데도 불구하고, 그는 상대로 하여금 그런 심리를 유발하는 면이 있다.

굳이 어머니, 경혜 편에서 논하자면 분석이 불가했던 가정 파탄의 원인 중 하나로 작용했을지도 모르는.

그럼에도 불구하고 어머니 일에 한해서 아버지가 피해자임을 부정할 수는 없다. 게다가 그는 떠나간 부인 대신 누군가를 곁에 둔 적도 없고 둘 것 같지도 않다.

그리하여 그는 한없이 순수한, 순백의 희생자다. 결코 보답받지 못할 순애보를 품고 있는 미련한 남자다.

"그쪽 어른들이야 상현이 저리 가라 하는 분들인데요, 뭐. 건강히 잘 지내다 아이 볼 테니 염려 마세요."

"그쪽 어른들 보기 면구해. 식도 없이 혼인 신고만 하고 사는 것도 제 고집대로 했으니 애 낳을 때라도 수월한 구석이 있어야지, 원."

노년에 접어든 남자의 심중이 그날따라 가까웠다. 한숨을 넘겨받으며 헌영은 답지 않게 위로를 했다.

답지 않게…….

주영은 예과 때 선배라 부르기도 더러운 것들에게 끔찍한 일을 당했다. 그 일에 대응하는 와중에 헌영은 석주와 돌이킬 수 없지 않을까 싶을 만큼 충돌했다.

석주는 그 사건을 묻고자 했고 결국 그렇게 했다. 대법원장 자리가 멀지 않은 상황. 총리까지 지냈네 하며 세상 모든 권위의 상징 같던 조부의 압박까지.

물론 그렇게 덮자고 했던 건 그 이유가 전부는 아니었을지도 모른다.

공론화되어 당하게 될 2차 가해를, 가해자의 법률 대리자들이 법리라 포장하여 이용하게 될 악의를. 아이러니하게도 석주는 너무나 잘 알고 있었을 테니까. 딸에게 가해질 상처를 덜고자 했던 '그때 그 시절' 아버지 방식의 노력이었는지도 모른다.

그럼에도 불구하고 납득할 수는 없었다. 사법 체계의 정점에서 군림하던 인물의 그 불합리한 결정을, 헌영은 도저히 받아들일 수가 없었다.

그 이해 불가의 사건 앞에서 헌영은 소년등과의 떠들썩했던 영예를 집어던져 버렸다. 그것이 아버지에게 할 수 있는 가장 독한 대응이라 여겼기 때문이다.

— 어쩌겠어. 내가 입 댄다고 그놈이 꿈쩍할 것도 아니고.

"……."

— 그러나저러나 너, 서울 나올 일 있거든…….

말을 맺지 못하고 석주는 됐다며 끊자는 것으로 마무리를 했다. 과거야 어떻든 아들 얼굴 보자는 말 한마디가 그리도 어려운 늙은 남자다, 아버지는.

가슴 귀퉁이에 찬 바람이 들어와 휘젓는 것 같아 헌영은 돌아섰다. 침대 위에 잠들어 깨어나지 않고 있는 존재 덕에 더없이 충만한 아침. 늙어 가는 남자의 본 적 없던 나약함이 그를 그렇게 만들었다.

그때 헌영은 마음껏 표출했었다. 어머니에게 드러내지 않았던 것들을 아버지에게는 아무것도 남기지 않고 쏟아 냈다.

아들의 전에 없던 반기도 그렇거니와, 당신의 인생 경로를 그대로 밟아 모범적으로 순항하던, 더없이 자랑스러웠을 아들의 좌초 앞에서 아버지는 힘겨웠을 것이다.

정의가 무엇이었는지는 차치하고, 그 시절 장헌영은 여러모로 철이 없었다.

"조만간 들어가요."

— 조만간?

"결혼하고 싶은 여자 데리고 갑니다."

— …….

침묵과 함께 느껴지는 생소한 분위기 덕에 헌영은 웃었다. 침대 위 낮게 솟아오른 하얀 시트 더미 속에서 석주를 얼음으로 만든 존재가 꼼지락거렸다.

— 이리 갑작스레…….

허 참, 하며 웃는 소리를 내던 석주는 알았다며 전화를 끊었다.

갈등, 분노, 의문 그리고 여전한 것 같은 애증. 인생 대부분을 점철해 왔을 온갖 것들이 여전히 가슴에 남아 있을 사람, 아버지.

저기 꼼지락대고 있는 존재가 갑자기 사라져 버린다면 어떨까. 게다가 다른 남자와 살겠다는 이유를 들이민 채 그런다면.

덕분에 아버지를 이해할 수 있을 것 같아서, 아니, 이해해 주고 싶어서 별소릴 다 해 가며 갑작스러운 휴머니스트행이다. 헌영은 발코니에 허리를 기댄 채 쓰게 웃었다.

사이비 휴머니스트로 급조시킨 존재는 일어나지 않고 연신 꼼지락대기만 했다. 계속 자려나 여기던 순간까지 그러고 있던 혜동은 찬찬히 시트를 말아 쥔 채 몸을 일으켰다.

멍하니 발코니를 바라보는 눈길을 집아챘다. 말끄러미 미주하니 여느 때보다 얼굴에 들이는 붉은색의 농도가 짙었다.

장헌영의 온도로 끌어올리자면 요원하기만 한데, 며느릿감 데리고 간다 큰소리 쳐 놨으니 앞날이 어둑어둑하다. 실없는 인간 되지 않으려면 뭘 해도 해야 할 텐데.

굳이 누군가를 유혹할 필요 없던 그 인력이 왜 저놈에겐 통하지 않는 것일까. 마주한 채 웃으니 혜동은 미간을 찌푸리고는 다시 누워 버렸다.

그래, 나도 안다. 정혜동아.

네가 '갑'이다.

푹푹, 꺼지는 카펫을 밟고 나간 혜동은 객실 문을 열었다. K대 모모 교수와 통화 중인 헌영을 대신해 민첩하게 나선 참이다.

"안녕하세요. 고객님. 말씀 주셨던 물건 준비했습니다."

머리카락 한 올 허투루 흐르지 않는 단정한 머리 모양에 깔끔한 유니폼을 갖추어 입은 사람이었다. 역시나 단정한 미소를 띤 채, 그녀는 커다란 종이 백과 옷걸이에 매달린 부직포 커버를 내밀었다.

"말씀하신 사이즈가 정확하지 않아서 어림했습니다. 맞지 않으신다면 교환해 드리도록 조치할 테니 연락 주세요."

"아. 네. 감사합니다."

"그리고 맡기신 세탁물 중 일부 서비스 미완료된 것이 있어서요. 주소를 주시면……."

혜동은 더 들을 것도 없이 그녀가 내미는 메모지에 빠르게 초우의 주소를 써 넣었다. 민망한 얼굴로 친절한 직원을 보내고 돌아선 혜동은 이번엔 푹신한 촉감을 느끼지 못하고 걸어 들어왔다. 헌영은 여전히 통화하느라 이쪽엔 눈길조차 주지 않았다.

묵직한 꾸러미를 객실 바닥에 내린 혜동은 맨발 앞에 놓인 그 요란한 것들을 말끄러미 내려다봤다. 작은 글씨로 표기된 브랜드임에도 눈에 익었다.

이 값비싸 보이는 옷 꾸러미는, 그러니까 그런 것일까? 부유한 남자가 밤을 보낸 여자에게 주는 대가, 선물?

오묘한 기분이었다. 이걸 뭐라 표현해야 할지. 자존심을 세워 화를 내야 하나? 지나치게 전형적인 것 같아 그건 좀 그렇고. 애교라도 부리며 기뻐해 줘야 하나? 음, 그건 더 아닌 것 같고.

혜동은 푸스스 웃어 버리고 원형 테이블 앞의 안락한 의자에 앉았다. 맛있어 보이는 커피에 스크램블드에그며 구운 토마토 등등이 깔끔한 나무 트레이 위에 올라와 있었다. 샛노란 프리지어가 꽂힌 화병은 덤.

옷 꾸러미보다는 이쪽이 훨씬 마음에 들었다. 욱신거리는 몸을 살살 달래 가며 혜동은 웃음보다 진한 커피를 한 모금 마셨다. 노곤하게 뭉쳐 있던 몸이 풀렸다.

이런 아침은 도대체 인생 어디에 숨어 있다가 나온 걸까.

마음이, 몸이, 모든 것이 족했다.

"어디야."

내비게이션을 터치하는 손가락을 보느라 흐트러진 정신을 주워 모은 혜동은 무슨 말을 하는 건가 싶어 헌영을 응시했다. 주소 입력창에서 시선을 떼지도 않은 그가 다시 물었다.

"어디냐니까."

"무슨요."

그제야 건너온 차분한 눈길이, 반문하는 혜동의 옷차림을 훑었다. 객실을 나설 때와 같은 표정이었다. 미완료라는 겉옷만 없을 뿐 혜동은 세탁 서비스 받은 어제 옷을 그대로 입었다.

기껏 사 준 옷을 입지 않아 그러는 건가 생각이 정리됐을 즈음 그는 다시 내비게이션으로 시선을 돌렸다. 하여간 쉬운 게 없지 하는 소리가 조그맣게 들려왔다.

"너 토요일마다 가는 곳."

안전벨트를 당겨 오던 혜동의 손이 짧게 멎었다가 다시 움직였다.

"어떻게 알아요?"

"어떻게 모르겠어."

잘난 콧날을 바라보던 혜동은 한 박자 쉬었다가 대꾸했다.

"스토킹?"

예고도 없이 그가 터졌다. 이 사람의 웃음소리는 들을 때마다 새삼스럽기 짝이 없다.

"결정해. 신고를 할지, 알려 줄지."

게다가 농담까지. 하긴, 가끔 이 비슷한 걸 했던 것도 같다. 시니컬해서 그게 농인지 뭔지 구분이 가지 않았을 뿐. 돌이켜 보면 하긴 했었다.

"기로 요양 병원, 선내리 산 127."

가슴 언저리를 쓸고 지나가는 기시감 때문에 아릿했다. 지우일로 읊었던 주소는 심장을 찢고 나오는 것 같아 괴로웠는데…….

시간이 약인 걸까, 이 사람이 약인 걸까.

가볍게 터치되고 있는 내비게이션을 바라보며 혜동은 씁쓰레한 웃음을 지웠다.

얼마나 속도를 낼 수 있는 차인지 알고 있는데 얌전하기 짝이 없다. 찬찬히 지나는 풍경을 바라보며 혜동은 괜스레 미안한 마음으로, 묵묵히 정면을 바라보는 그에게 물었다.

"왜 안 물어요? 왜 병원에 가는지. 누구 보러 가는지."

"물으면?"

"당연히, 답해야죠."

어이없어하는 웃음이 사그라질 즈음 혜동은 담담히 말했다.

"할머니 보러 가요."

할아버지에게도 소개했으니 할머니에게도 소개할 차례다. 미운 짓만 하는 할머니지만 나중에 알면 영감에게만 보여 줬다고 시샘할지도 모르니까.

그렇다 하는데도 헌영은 가타부타 답이 없었다. 언젠가처럼 조용한 음악을 차 안에 깔아 주었을 뿐.

아이러니하게도, 이 사람의 이런 면 때문에 좀 더 편하게 속내를 드러낼 수 있는 것 같기도 했다. 불편한 반응 없이 들어주는 것이 좋아서.

"미운 노인네 보러 가요."

"미워?"

"네."

"언행 불일치가 생활이네, 정혜동은."

그런가 생각하며 혜동은 웃었다.

"아버지 사고 친 후부터 계속 눈 감고 계시거든요."

"음. 밉다 하는 포인트는 모호하고."

무슨 의미로 하는 말일까. 헌영의 웃음 어린 눈길이, 궁금해

하는 그녀를 가만히 훑고 지나갔다.

"눈 감고 계신 사실 자체보다, 아버지가 사고 친 후부터 그렇다는 사실에 힘주고 있는 것 같아서."

그런 면이 없진 않다. 좀 유치하지만, 그건 그러니까 손녀보다 아들이 먼저인 할머니가 원망스러운 기분이라고 하면 좋을 것이다. 할머니가 가지고 있을 중요도에서 밀린 기분.

"그러니까요. 아들만 중요한가, 뭐. 노인네, 손녀 생각은 않고……."

"존재감 경쟁에서 아버지에게 패배한 손녀의 울분 같은 건가?"

심각했던 뭔가를 놓고 혜동은 웃어 버렸다. 충분치 않은 요약인데 또 틀린 말은 아니다.

어떻게든 다잡아 일어나실 거라 늘 믿고 기대했건만, 결과는 이랬으니까.

정진원 씨가 차지하는 파급력이 얼마만큼인지 할머니는 7년째 증명하고 있는 중이다. 게다가 진원은 이 상황의 근원이며 명백한 가해자였으므로 더 화가 난다. 손녀 생각해서 일어나시지 하는 마음 탓에 서운했다. 힘겹게 기다리고 있는데 알아주지도 않는 야속한 노인네.

"만나는 봤어?"

홀로 고조된 감정 탓에 울컥한 그녀에게 헌영이 얼음물을 끼얹었다.

"아버지 찾아가 이야기 나눈 적 있느냐고."

혜동은 침묵으로 답했다. 할머니가 애지중지하던 사진첩 속에서나 보던 얼굴, 한 번도 만난 적은 없다. 평온했던 가족의 삶을 모두 밟아 뭉갠 사람을 찾아갈 생각 같은 건 하지 않았다.

무슨 말을 들어 봐야 돌이킬 수 있는 것도 없는데…….

"어째 판박이네."

"뭐가요."

병원을 안내하는 표지를 지나치자마자 헌영은 웃는 얼굴로 혜동을 응시했다. 기습적으로 핸들에 놓인 오른손이 올라와 머리를 흩트려 놓는 바람에 혜동은 푹 가라앉은 중이라는 것도 잊은 채 미간을 찌푸렸다.

"여기 못돼 먹은 인간 하나도 그랬거든. 여전히 그러고 있고."

"알아듣게 얘기하시죠."

머리카락을 정리하던 혜동은 좀 시니컬하게 응수했다. 못돼 먹어 그런 건 아니다. 그 점에 한해서는 양보할 수 없다.

"받은 게 있는데 쉽게 알려 줄 수 있나. 적어도 정혜동만큼 애먹이고 나거든 그때 생각해 보는 걸로."

"치사하게."

푸스스 날리는 웃음으로 무거운 분위기까지 털어 내는 사이 차는 병원 진입로에 도달했다. 고급 승용차 두 대가 줄지어 나오는 통에 빠듯하게 교차했다.

새삼스럽게도 이곳은 그 '기로'다. 노인을 버린다는 그 '기로'다. 그럼에도 불구하고 버리려는 이들만 오는 것은 아니다. 어디, 그리고 여기. 찾고 그리워하고 걱정하는 이들 역시 있다.

가끔 나약해질 때도 있지만…….

"혜동아."

"네."

"가끔, 그런 생각을 해 보긴 했어."

"……."

"이해하려 하지 말고 그냥 받아들이면 어떨까 하는."

적어도 지금보다 편하지 않을까? 마음에 이고 지고 있는 것보다 낫지 않을까?

"그 이해할 수 없는 상대 말도 좀 들어 보고, 물어도 보고. 그러면 더 편해지지 않을까."

주차장에 차들이 가득했다. 주말 면회를 온 이들이 다른 날보다 많았다. 혜동은 샛노란 산수유꽃 대신 벚꽃을 피워 올린 병원 전경을 훑던 눈길을 되돌렸다.

"그렇지 않을까 하는 생각만 해 봤어."

나도 못 하는 거라 뭐, 웃는 낯으로 덧붙인 그는 사이드브레이크를 잡아 올렸다. 혜동은 마주한 헌영을 한동안 바라보았다.

"나무랄 데가 없지?"

웃지 않을 수가 없다.

"그래도 좀 부끄럽네. 정혜동이 작정하고 그렇게 보니까 두근두근해서 원."

부끄럼 따위 먼지만큼도 없을, 분하게도 나무랄 데는 없는 얼굴을 응시하던 혜동은 한숨을 뱉고는 차 문을 밀었다.

딱딱한 시멘트 바닥을 밟으며 혜동은 문득 헌영에 대해 아무것도 모르고 있었던 건 아닐까 하는 생각을 했다.

나쁜 선배, 나쁜 남자, 심지어 나쁜 인간. 나쁜이란 수식어는 다 갖다 붙이고 싶은 사람이었으니까. 물론 그게 전부는 아니었지만 말이다.

이 사람이 가지고 있는 건 얼마나 무거운 것일까, 혜동은 새삼스레 궁금해졌다.

"누구?"

여느 날처럼 눈을 감은 할머니와 헌영을 상견례 시킨 후 병실에 그를 두고 혜동은 유진을 따라나섰다. 홀로 오거나 가끔 선우와 동행했던 루틴을 벗어나서였는지 평상시 유진답지 않은 질문을 했다. 물론 혜동은 깔끔하게 답하기가 어려웠다.

머뭇거림의 의미를 파악했는지 유진은 괜한 질문했노라 하는 눈으로 웃었다.

"선우 어머니 다녀가셨어."

무슨 일인가 묻기도 전에 유진은 서랍에서 작은 꾸러미를 꺼냈다. 눈앞으로 조심스레 다가온 것은 닳고 닳은 누빔 천 주머니였다. 혜동은 손을 내밀어 색이 바래 버린 빨간 직사각 주머니를 받았다.

"너 어려 살던 집에 다른 사람들이 들어가 살고 있지?"

동글동글 매달린 매듭이 이리저리 구르는 것에 정신을 빼앗겼던 혜동은 유진의 말에 고개를 들었다.

"네."

"그 집 부수고 새 집 짓는 중인가 봐. 그 댁 아주머니가 주방 수납장 구석에서 발견했다고 가져다주더래."

"아……."

"선우 다녀간 지 얼마 안 돼 전해 줄 타이밍 놓쳤다고. 덕분에 진료 보러 오신 길에 가져오셨다네."

"아줌마 어디 편찮으세요?"

"딱히. 지병이 있으신 건 아니고. 그런 거지 뭐. 흐르는 세월만큼 연로하셨으니까."

혜동은 반들반들한 누빔 천을 손으로 한번 쓸었다. 몇 년을 그곳에 박혀 있었던 것일까.

실제론 아무런 냄새도 나지 않는데 할머니 냄새가 나는 것 같았다. 야속한 노인네라고 실컷 나무랐던 주제에 벌써 콧속이 알싸했다.

"얼굴 좋아진 것 같네?"

향 좋은 커피를 한 모금 마신 유진의 칭찬에 혜동은 멋쩍게 웃었다.

"그래 보여요?"

"응. 그래 보여."

"잠을 푹 자서 그런가 봐요."

어디 그것뿐일까라는 눈빛이었지만 유진은 굳이 말하지 않고 편안하게 웃었다.

"말로야."

"네."

"그냥. 보기 좋아서."

혜동은 쑥스러움을 넘어서는 기분이 되었다. 고마운 마음. 유진은 그저 순수하게 고마운 마음을 갖게 했던 사람이다. 상현이나 주영과 같은 결이라 하면 좋을까.

하루 이틀 늦던 병원비 재촉 전화를 받지 않게 된 건 유진이 부임하고부터였다. 어디 더 적은 비용으로 모실 수 있는 병원을 찾으라, 원무과의 아무개에게 무시당하지 않게 된 것도 그쯤부터였다.

아무 내색 없이, 소리도 없이 그렇게 조용히 어려움을 헤아려 줬다. 삶이 가혹하기만 하라는 법은 없다는 걸 알려 준 이들 중 하나다.

"일어나, 일행 기다리겠다."

"고마워요."

"고맙긴. 진맥해 줘야겠다는 직업 정신 만날 발동시키더니……. 마음 편하게 해 줘 이쪽이야말로 감사."

병원 건물을 벗어난 두 사람은 일부러 벚꽃 길을 한 바퀴 돌아 주차장에 도착했다. 큰 사탕 하나를 받은 어린아이처럼 들뜨게 만든 통장을 열어 본 건 차 안에 들어앉아 헌영이 시동을 걸었을 때였다.

천 주머니에 딱 맞춤하여 끼워져 있던 물건은 할머니 주향자 씨가 쓴 것이 분명한, 커다랗고 성긴 글씨의 '혜동이 통장'이었다. 찬찬히 넘겨 보던 혜동은 꽈악, 입술을 깨물었다.

할머니 이름으론 시시때때로 2만 원, 3만 원, 5만 원. 할아버지로부터는 10만 원부터 때론 30만 원까지 입금되어 있었다.

노인네들이, 정말이지.

헌영은 벨트를 매며 무심히 물었다.

"보물이라도 찾은 모양이지?"

혜동은 촉촉해진 눈가를 어쩌지 못하고 웃었다. 이 사람은 어떻게 다 아는 것처럼 말하는 걸까.

시동이 걸렸다. 묵직한 엔진 소리에 놀랐는지 주차장에 서 있던 몇이 이쪽으로 눈길을 줬다.

"한 군데 더 들렀다 가요."

"어디? 보물섬?"

"비슷한 곳."

혜동은 순순히 답하고 내비게이션에 직접 주소를 입력해 넣었다. 노인네들이 보물을 숨겨 놓았던 곳.

섬 아니고 집.

젖어마이

폐허.

인간이 만든 모든 구조물은 장기간에 걸쳐 조금씩 풍화되고 무너져 필경은 그렇게 된다. 때로는 물론, 의도적으로 폐허가 되기도 한다.

어떤 경우든 구조물 안에 든 역사와 추억을 고려해 주진 않는다.

귀농한 젊은 부부에게 집이 넘어간 지 6년 하고 몇 개월이 지났다. 짓는 중이 아니라 부수는 중이었다.

무얼 보겠다고 굳이 걸음을 한 걸까.

혜동은 흙벽 무더기만 쌓인 옛집 앞에서 말짱하던 몸을 움츠렸다. 마을 초입부터 걸어 올라오느라 이마엔 땀까지 뱄건만 갑작스레 추웠다.

움츠러든 어깨 위로 포근하고 턱없이 큰 패딩이 덮였다. 앞섶을 여며 주려나 했던 손길이 그대로 몸을 돌려세우는 바람에 혜동은 헌영을 마주했다.

울음이 밀려 나올 것 같아 혜동은 억지웃음을 끄집어냈다. 얼마나 어색했을지 알 만한 웃음 뒤 한숨, 그리고 포옹. 헌영은 감싸고 있는 패딩보다 훨씬 더 포근한 품 안에 잠겨 있는 혜동에게 속삭였다.

"같이 찾아 줄게, 보물."

정수리 위로 내려온 입술이 부드럽게 위로를 했다. 시간당 10만 원, 이어지는 말에 혜동은 눈을 꽉 감은 채 웃었다. 뜨거워지던 눈 밑이 웃음 덕에 식어 갈 즈음 그는 고급 인력이라 일당이 다소 높다고 덧붙였다.

혜동의 웃음이 잦아들 만큼 시간을 흘려보낸 헌영은 패딩 속에 숨어 있던 작은 손을 잡아 올렸다. 차가운 손가락을 움켜쥔 그의 손은 여느 날처럼 크고 따듯했다.

"곤란해."

"뭐가요."

"정혜동이 울면 잡아먹고 싶어지거든."

"……."

"한입에."

"스토커 변태."

차르르, 대나무 이파리를 쓸고 온 바람이 웃음 속에 서 있는 두 사람을 지나갔다. 혜동은 보물을 같이 찾아 주겠다는 사람의 품에서 상관없다고 되뇌었다.

무너져 버렸어도 남겨야 할 것들은 머리며 가슴에 여전히 견고하니 문제없다고.

유일하게 남은 집 뒤꼍 대나무 울타리를 흔드는 바람이 좀 더 강해졌다.

"거기…… 혜동이니?"

차르르차르르, 울어 대는 바람이 얼마 만인지 헤아릴 수 없는 목소리를 실어 왔다. 가슴 속에 견고하게 남은 무언가를 훑고 지나가는 목소리였다.

갓난쟁이 때부터 먹을 걸 나누어 주던 사람. 밥 먹고 가라, 옥수수 쪄 두었으니 먹고 가라. 만날 간식 뭐뭐를 먹고 가라던 목소리의 주인.

지우를 떠나보낸 후 가슴 아파 말로를 못 보겠노라 했다던 그녀가 멀리 바구니를 든 채 서 있었다. 혜동은 흰머리가 검은 것보다 더 많아져 버린 여인의 주름진 얼굴과 마주했다.

아줌마 참…… 많이도 늙었다. 가슴 아프게.

"안녕하셨어요."

"……."

희끗한 곱슬머리 아래 주름진 눈가에 벌써 무언가가 맺힌다. 제 엄마 심성을 닮아 지우가 그리도 착하고 순했다.

한 걸음 두 걸음 가까워진 두 사람은 마주한 채 웃었다. 기어이 눈물을 훔쳐 내던 손이 올라와 혜동의 손을 품었다.

"집 보러 왔어?"

"네. 그랬는데…… 볼 게 없네요."

그렇지? 하며 집터를 둘러보는 눈이 쓸쓸했다.

"유진 선생 편에 네 할머니가 남긴 물건 맡겼는데."

"잘 받았어요."

"그래, 그래서 걸음했니?"

집 생각이 났느냐 하는 물음에 혜동은 고개를 끄덕이며 웃었다.

"네. 옛날 생각이 났어요."

마을에서 좀 떨어진 위치였다. 안산案山이라 불린 야트막한 산자락 근처. 풍수에서 집 자리 근처에 꼭 있어야 한다는 그 산자락 끝이다.

안산에 지나치게 가까워 집 자리로는 좋지 않노라, 동네 나이 든 어른들이 그랬다던 위치.

명당은커녕 나쁜 터에 집을 짓고 살아 종국엔 그런 일도 생긴 것 아니겠느냐, 말 좋아하는 사람들은 그리 수군댔다던.

"방향을 좀 틀어 지을 모양이야."

같은 생각에 머물고 있었던 것 같아 혜동은 웃었다.

"북향은 아무래도 그렇죠?"

정확히는 동북향이었다. 풍수에서 북향은 보통 귀신이 드나드는 문이라 하여 꺼리니까.

좋은 터가 아니라는 건 공감하지만 풍수적으로 나쁘네 어쩌네 하는 건 와닿지 않았다. 다만 북향은 실질적으로 생활에 불편했다. 어쩌면 실생활에 좋지 않아 풍수에서도 그리 규정한 것이 아닐까 싶은.

겨울에 몹시도 추웠다. 덕분에 노인네들 따듯한 손발이 남아나실 않았다. 꽁꽁 언 어린 손녀 손발 녹여 주느라.

"종종 소식 들었어. 선우 편에."

"잘 지내셨어요?"

"응."

떨어질까 했던 손길이 좀 더 머물렀다. 뒤에 서 있는 헌영에게 잠깐 시선을 주었던 눈이 다시 글썽해진 채였다.

"좋은 사람이니?"

"네."

유진의 질문에 머뭇댔던 것과 달리 혜동은 망설임 없이 답했다. 어떤 의미가 담긴 질문인지 명확한데도 순순히 인정했다. 같이 보물을 찾아 주겠다는 사람인데 더 머뭇댈 수가 없었기 때문이다.

"그래."

끄덕끄덕, 하얗게 샌 머리가 잘됐다는 의미를 담아 두어 번 위아래로 움직였다.

"선우 좋은 소식 있죠?"

"응. 그렇다네."

"울 젖어마이 이제 교수 어마이래요?"

혜동은 빙긋 웃으며 동네 어른 말투를 소환했다. 그 시절 말로의 표정으로.

딱 그 시절 쌍둥이 엄마가 답했다.

"야는, 남세스럽게."

웃음이 흐려질 만큼 시간을 보낸 후 그들은 누가 먼저랄 것 없이 잡은 손을 풀었다. 들어가시라, 잘 지내시라, 잘 가라, 잘 지내라. 알지 못할 여운이 남은 인사의 끝.

헌영과도 기어이 묵례를 나누고 선우 엄마는 마을로 내려갔다. 멀어지는 모습을 오랫동안 같이 바라보던 두 사람은 다시 집터로 시선을 옮겼다.

여전히 대나무 울타리가 차르르차르르 듣기 좋은 소리를 냈다.

"할아버지가요."

"어."

"만날 그러셨어요."

"뭐라고?"

"말로 너는 받은 것이 많으니, 베풀며 살아야 한다고요."

특히 잊지 말라던 이가 쌍둥이 엄마였다. 딸의 죽음을 연상시키는 존재가 되어 버려 살갑게 무언가를 할 수도 없게 되었지만, 그녀는 그런 의미를 지닌 사람이다.

"뭔가 호구의 변 같기도 하네."

혜동은 비식 웃었다.

"인정해요. 그런 면이 없지 않아요."

갈등 회피론자로 살 수밖에 없었으니까. 덕분에 고달프기도 했고.

헌영은 미간을 접은 얼굴로 몸을 돌렸다. 정면이 된 두 사람은 서로를 올려다보고 또 내려다봤다.

"너 그거 일종의 오만함에 기반하고 있다는 거 알아?"

그의 손을 타고 인정사정없이 패딩 지퍼가 올라왔다. 휘감은 옷감에서 헌영의 냄새를 같이 올려 보냈다. 든든한 안도감이 되어 버린 향.

"그렇게 맡은 일까지 내가 다 처리할 수 있다 하는 오만함."

"그러게요. 슈퍼우먼 병 같은 건가 싶기도 하고."

혜동은 또 인정했다. 빙긋 웃으려니 헌영은 다시 한숨이었다.

"어지간히. 응? 사람 속을 어지간히 뒤집었어야 말이지."

풀릴까 싶었던 미간의 골이 좀 더 깊어진 혜동은 헌영이 늘 하는 대로 오른쪽 눈썹을 밀어 올렸다.

"무슨요. 한심스러워했으면서."

바스락, 단풍잎 마크가 새겨진 패딩 옷감 특유의 소리와 함께 혜동은 다시 그의 품 안에 갇혔다. 호흡이 곤란할 만큼 포옹이 깊어지는 통에 밀어내려니 목덜미로 통증이 박혔다. 짜르르, 몸이 먼저 반응했다.

"이런 짓 안 돼요. 여긴 순수의 공간이라구요."

밀어내 겨우 확보한 간격은 무색하게도 금세 사라졌다. 말이 끝나기 무섭게 탑삭 입술이 물렸다. 바람에 식은 입술과 입술이 틈 없이 마찰해 쓸리고 또 쓸렸다. 매끈하고 말할 수 없이 부드러운 감촉 안에서 찬 기운은 서서히 꺼져 갔다.

몸이 이렇게 반응하는 건 그저 키스에 머물지 않았던 경험 때문이리라. 다음, 그다음 단계가 뭐였는지 각인되어 있으니까.

"어쩌지?"

게다가 입술 위에서 말하는 건 헌영의 키스 습관이다. 언젠가는 이 감각을 꼭 되돌려 줘야지 생각하며 혜동은 그의 옷자락을 움켜쥐었다.

"어디든, 언제든."

길게 입술이 마찰했다. 촉각이 함께하는 공감각은 너무나 생생하고 솔직했다. 말할 수 없이 부드럽고 강한 상대의 살갗이 떨어지는 게 한없이 아쉬울 만큼.

헌영은 뒤로 꺾인 작은 머리를 여전히 손안에 감싼 채 고개를 들었다. 원하는 것이 무엇인지 숨기지 않는 눈과 입술이 마침내 본론을 말했다.

"나는 늘 정혜동이 부족한데……."

두 번 세 번. 부딪는 입술 안에서 그의 웃음이 바스러졌다. 녹을 듯 달콤한 감각 속에서 혜동의 미소도 같이 뭉개졌다.

온순하고 부드러운 바람이 웃음을 나누는 두 사람 머리 위를 오래 쓸고 지나갔다.

"더 갈 곳 있으신지."

"없어요."

공사 자재를 싣고 온 트럭 소리에 혜동은 겨우 놓여났다. 그 공간에서 키스 외에 뭘 더 할 거라 생각하진 않았지만 궁금하긴 했다. '늘 부족하다'는 말도 안 되게 낯부끄러운 고백 끝이었으니.

아무래도 더 알 길은 없어져 버렸다. 다행스럽기도 하고 아쉽기도 한 묘한 심리로 혜동은 보물을 폐허 아래 두고 내려왔다. 두어 걸음 떨어져 앞서거니 뒤서거니 주차해 둔 곳에 도달해 차에 올랐다.

"뭐 먹고 싶은 건?"

"음."

사이드브레이크가 내려가고, 룸 미러 위로 헌영의 시선이 올라갔다.

"없어?"

"아직 생각 없어요."

좁다란 마을 어귀를 타고 내려가던 차가 길 옆으로 바짝 붙어 멈추었다. 헌영의 눈길을 따라 오른쪽 사이드미러를 바라보던 혜동은 딸깍 문을 밀고 나섰다.

멀리서 잰걸음으로 선우 엄마가 다가왔다. 손에 들린 작은 보퉁이마저 바빴다. 혜동은 두어 걸음 그녀를 향해 걸어 나갔다.

"하마* 떠났을까 봐 걱정했다."

급한 숨을 삼키느라 말을 끊는 나이 든 여인 곁에 가까워진 혜동은 울컥 올라오는 것들 때문에 힘겨워졌다.

"뭘 또 가지고 왔어요. 나 잘 먹고 잘 지낸다니까, 걱정하지

---

* 벌써.

말라니까."

생전 본 적 없는 엄마에게나 낼 법한 역정이 이럴까. 나쁜 놈 떠오른다며 보기 싫다 할 땐 언제고. 이렇게 늙어 마음 아프게 하더니…….

"말로야."

보퉁이를 쥐어 주며 여인은 또 글썽였다.

"내가 미안해서, 너한테 미안해서……."

"뭐가 그렇게 미안해요."

안 미안해도 돼요. 이제 그만 미안해도 되니까 울지 말아요. 뙤약볕 아래 일하느라 검버섯이 핀 손이 혜동의 뺨 위로 올라왔다.

"내가, 혜동아. 내가……."

"우리 젖어마이 늙었네. 참말. 이렇게 마음이 약해서 어째요."

거친 손바닥 살갗이 혜동의 뺨을 두어 번 쓸고 내려갔다.

"선우더러, 혜동이는 안 된다고, 번듯한 집 아이 데려오라고. 내가…… 말로야. 내가 그랬어."

여인의 눈 밑에서 찰랑이던 것이 굴렀다.

"별걱정을 다 해요. 선우가 얼마나 인기 많은데, 나처럼 고약한 애를 좋아할까. 걱정 말아요."

"아니, 그 녀석이 내 말 들을 고집이 아닌 걸 알고 있는데. 아는데, 혜동아. 너 좋은 사람 생긴 거 보니까."

"양심에 찔렸어요? 안심도 되고?"

푹, 직설적인 말에 글썽글썽 웃음이 터졌다. 혜동은 여인의 웃음을 바라보며 같이 웃었다.

"많이 찔렸나 보네. 우리 젖엄마."

"아니라고 못 해……."

혜동은 솔직한 반응에 다시 웃었다. 솔직한 건 때로 사람을 아프게 한다. 그럼에도 불구하고 이 선한 사람이 짊어진 마음의 짐을 좀 덜 수 있다면 그걸로 충분했다.

"고만 가야지. 기다리는데."

"가요. 약속받고 가요."

"……."

"이제 그만해요. 미안해하지 말아요."

"내, 용서해 줄래?"

"그동안 나 걷어 먹인 걸로 다 퉁 쳐 줄 테니까."

한결 편해진, 주름진 얼굴이 그제야 옛날처럼 웃었다.

"말로 니, 여전하네?"

"그럼요. 정말로, 그거 어디 갔을까."

보퉁이로 시선을 옮기는 쌍둥이 엄마 눈길은 좀 더 편안해져 있었다.

"옛날 생각난다 해서, 노채* 가루 섞어서 만들어 봤어."

"잘 먹을게요."

"어서 가. 기다릴라."

돌아선 여인이 모퉁이를 돌아 마을로 진입할 때까지 혜동은

---

* 메밀.

그 자리에 서 있었다. 헌영이 차 문을 미는 소리를 듣고서야, 그녀는 겨우 정신을 깨워 돌아섰다.

"이거 먹어 봤어요?"

"당연히."

"설마?"

찬합에 담긴 쑥버무리에서 봄 냄새가 올라왔다. 혜동은 똑, 나무젓가락을 분리했다.

"무슨 의미의 설마?"

"세상 부르주아께서 쑥버무리를 먹어 봤을 리가? 하는 의미의 설마."

쑥버무리를 지켜보던 헌영의 얼굴에 웃음이 번졌다.

"그럼 나는 뭐 먹고 살 것 같은데?"

"푸아그라? 샥스핀? 북극곰 발바닥?"

"나 그린피스 정기 후원자야."

풋, 웃음이 맺힌 혜동은 익숙한 손맛으로 버무린 음식을 한 입 물었다. 맛있어? 묻는 헌영을 향해서도 한 입.

혜동은 봄 내음을 씹어 넘기며 선우 생각을 했다. 나쁜 놈. 한숨이 흘렀다.

한숨이 불러들인 헌영의 시선이 한동안 머물다가 핸들 위로 되돌아갔다. 혜동은 출발에 맞추어 무릎 위에 둔 찬합을 갈무리했다. 올 때보다 출발이 급했다. 혜동은 헌영을 바라보았다. 경직된 턱이 두드러져 보인다. 화……난 건가?

"속상하네."

"뭐가요."

직선으로 뚫린 길에 접어들었을 때, 그는 혜동의 머리 위로 손을 얹었다.

"여기 말이야."

머리카락 사이를 쓸고 내려간 손가락이 가볍게 귓바퀴를 건드리고는 이내 멀어졌다.

"부족하다는 놈 고백 대신 다른 거 들어 있는 것 같아서."

"그 고백 거기 없어요."

"어디 있느냐 물어 줘야 하는 타이밍이지?"

혜동은 웃으며 톡, 나무젓가락 끄트머리로 제 가슴을 가리켰다.

"여기 있어요."

한숨, 웃음, 그리고 들릴 듯 말 듯 한 목소리.

하여간, 요물.

그는 웃으며 가속페달을 밟았다. 부웅, 속도가 조금 더 높아졌다.

여우비

툭툭, 비 꽃 몇 송이를 떨어뜨리던 맑은 하늘에서 때아닌 여우비를 쏟았다. 혜동은 머리 위로 엉성한 손 처마를 만들어 올리고는 카페로 뛰었다. 기다렸다는 듯 광진이 출입문을 열어 맞았다.

"웬일로요?"

일과 중에? 질문이 꼬리를 문다. 저녁은 아직 한참 남았고 딱 간식이 당기는 시간이었다. 사다리 타기에서 깨지는 바람에 지체 없이 나선 길이었다.

사다리 타기 전에 마땅히 튀어 오를 군번이라 생각했지만, '어지간히 속을 뒤집었다'는 호구 프레임 속에서 혜동은 나름 숙고할 수밖에 없었다. 우습게도 결과는 별반 다르지 않았지만 말이다.

과정이 달랐으니 달랐다고 해도 좋을까? 웃음을 머금은 채 혜동은 젖은 머리카락을 털어 냈다.

"사다리 잘 못 탔어요."

"사다리든 오다리든 마침 잘 왔네요. 시식 타이밍인데."

"신 메뉴 나왔어요?"

"네, 네."

"럭키!"

혜동을 바라보던 날카로운 눈매가 둥글게 휘었다. 광진은 늘 바쁜 것 같은데도 느긋해 보이는 신기한 인간형이었다. 망중한을 제대로 누릴 줄 아는 사람이랄까.

혜동은 여유로운 사나이를 따라 카운터로 향했다. 노년의 관람객들이 점유한 테이블 몇 개뿐 카페는 한가했다. 그날따라 BGM도 취향인 데다 고소한 냄새 입자는 매장 내에 이미 포화 상태였다. 터치 패널에 검지를 세운 광진에게 시선을 돌린 혜동은 주문 목록을 읊었다.

"아인슈페너 두 잔, 라테 세 잔요."

"아인슈페너 누구예요? 라벤더 슈페너 만들어 봤는데, 시도해 보실래요?"

"그럼 라테 두 잔으로 하고, 제가 마셔 볼게요."

"뇌가 녹을 만큼 다니까 각오하시고요."

"얼마든지요."

혜동은 주문 음료를 터치하는 빠른 손길을 구경하다가 카페 구석을 훑었다.

"어디 있어요?"

여전히 터치 패널에 박힌 턱이 건물 오른편으로 휙 넘어갔다가 제자리를 잡았다.

"옆에요. 비 와서 질색 팔색 했지 싶네요."

"잠깐 다녀올게요."

"5분? 7분? 좀 놀아 주고 시간 맞춰 오세요."

도어 벨을 흔들고 나서니 매정하게도 비는 딱 그쳐 있었다. 달게 삼킬 준비 중이던 건조한 대지가 무색했다. 반짝반짝 나뭇잎에 매달린 아쉬운 흔적을 톡, 건드린 혜동은 건물 옆으로 돌아 나갔다.

여우비에 질색 팔색 했지 않을까 했던 광진의 예상은 빗나가 있었다. 위아래로 낮게 오르락내리락하는 동그란 캐러멜색 털 뭉치는 다른 날보다 평온했다. 바야흐로 오수 중이시다.

혜동은 숨을 죽이고 내려앉았다. 집사로서 으레 갖추어야 할 미덕은 역시나 저자세 아닌가.

누가 가져다준 건지 장난감들 덕에 라탄 바구니 안이 더 포근해 보인다. 집사를 자원하는 이들은 생각보다 많았다. 덕분에 광진이 순번을 정해 면회 오라고 너스레를 떨기까지 했다.

퇴근할 때 잠깐 카페에 들러 또 잠깐. 궂은일은 모두 광진이 맡아 하는 터라 그저 잠깐 놀아 주는 사이비 집사일 뿐이지만, 귀한 몸 영접하는 빈도가 낮지 않았으니 혜동은 꽤 운 좋은 집사였다.

쫑긋, 귀가 올라가고 작은 머리가 민첩하게 침입자를 감지했다. 눈이 마주치자마자 주둥이가 쫘악 벌어졌다. 아기 묘라도 송곳니는 송곳니라 제법 뾰족하다. 냐아, 나른한 소리가 무척이나 만족스러웠다.

'반려'가 붙은 존재를 옆에 두는 건 무엇보다 자기 위안을 위해서가 아닐까. 이곳은 혜동에게 일종의 힐링 스폿이 됐다. 그건 물론 이 작은 짐승 덕이었다.

혜동은 라탄 바구니가 놓인 대리석 턱 위에 걸터앉았다. 쭈욱, 앞발을 밀고 일어난 아기 묘가 말끄러미 응시해 왔다. 습관처럼 내민 손가락 체취를 맡던 녀석이 한 발 두 발 다가온다. 조심스레 비비적대는 작은 짐승의 털을 부드럽게 쓸어 주니 고롱고롱 좋은 소리가 났다.

"너, 너는 좀 도도할 필요가 있어."

알아들었을 리가 있나. 고롱대는 소리만 커졌다. 야생에 버려졌던 과거를 지녔는데도 불구하고 아기 묘는 '개냥이'에 가까웠다. 태연한 척, 여유 있는 척 하지만 실상은 외롭고 수줍은 개냥이. 정혜동 같은.

혜동은 웃으며 주머니에서 울어 대는 핸드폰을 꺼냈다. 액정에 뜬 번호를 확인한 얼굴엔 웃음의 잔영이 급격히 사라졌다. 까슬한 혓바닥이 두어 번 손등 위를 마찰하고서야 혜동은 액정을 긁었다.

"응. 서영아."

— 통화 가능해요?

"무슨 일?"

용건을 짐작하고 있는데도 별 의미 없는 질문을 했다. 무언가 꺼리는 것을 회피하고자 하는 심리가 여지없었다.

— 그때 거기 있잖아요. 법무법인.

"응."

— 또 전화했더라구요.

"귀찮게 했네."

— 그럴 건 아니구요.

"미안해. 더는 전화 안 가게 할게."

— 아무 때나 좋으니 시간 구애받지 말고 전화 달래요.

"응. 알았어."

침묵 안에 호기심이 감지되는데도 서영은 묻지 않고 화제를 돌렸다.

— 요즘 개강 모임 하느라 떠들썩해요. 박사 샘들도 이번 주에 하죠?

"아마도."

— 그래요. 그럼. 금요일에 봐요.

"점심 비워 둘래? 귀찮게 한 벌로 쏠게."

— 아, 진짜. 선배. 늘 느끼는 거지만 선배 진짜 결벽증 심해요. 좀 귀찮게 하면 어때요. 사람이 살다 보면 그럴 수도 있는 거지. 폐 끼치기도 하고. 본의 아니게 피해 입히기도 하고.

"……그런가?"

— 그럼요. 그런 의미로 점심은 비워 둘게요.

"참신한 결론이네."

서영의 웃음을 끝으로 전화를 마무리한 혜동은 비비적대는 고양이 옆구리를 쓰다듬었다. 새까매진 전화를 대리석 바닥에 내려놓으니 쿡쿡 분홍 코가 두어 번 탐색을 했다.

본의가 아니라……. 본의 아니게 폐를 끼칠 수도 있다. 물론 그럴 수도 있다. 그렇다면…… 아버지가 가족에게 끼친 해가 본의가 아니었다면 용서해야 하는 건가?

세상은 '의도'를 처벌하지 않는다. '결과'를 처벌할 뿐이지. 참작을 해 줄 수는 있을 테지만 의도가 없다 하여 안타깝구나 하고 넘어가 주진 않는다는 것.

혜동의 생각 역시 그와 다르지 않았다. 아버지의 의도가 어떻든, 혜동은 그를 용서할 마음이 없었다.

길게 한숨을 내쉰 혜동은 서영이 보낸 전화번호를 통화 창으로 불러들였다. 커다란 금갈색 눈동자가 액정 위에 손가락을 세운 혜동을 물끄러미 응시하고 있었다.

"궁금해?"

쫑긋 세운 귀 사이 미간부터 뒷머리까지. 긁적긁적해 주니 갸르릉 소리가 좀 더 커진다.

"난 별로 안 궁금해."

그래도 해 봐야겠지? 이 양반이 애먼 사람 귀찮게 만들고 있으니 그래야 할 것 같지?

"본래 이런 작전이 잘 먹히거든. 제3자를 공략하는 방식."

쫑긋, 세모난 귀가 혜동을 향해 일어섰다. 고롱고롱. 현재 만족스러우니 귀찮게 하지 말라는 대답만 돌아왔다. 액정 위를 배회하던 검지가 통화 버튼 위로 올라갔다.

"누님!"

톡, 초록 버튼 위로 떨어지던 손가락이 그대로 빨간 버튼으로 비켜났다. 양손 그득 음료 캐리어와 카페 종이 가방을 든 호연과 선우였다. 그때 그 일 이후로 호연은 항상 저 얼굴이었다. 빙글빙글 웃는.

"원이 보러 오셨구나?"

호연이 다가와 대리석 턱 위에 들고 있던 것들을 내리며 물었다.

"겸사겸사요."

익숙한 체취가 난 건지 냉큼 일어선 고양이가 앞발을 드는 듯 마는 듯 호연에게 관심을 표하느라 바빠졌다.

"매니저님이 전해 달라고 해서 가져왔어요."

"고마워요."

물러서서 들고 있던 종이 가방들을 내린 선우도 한 걸음 다가왔다.

"누가 땡땡이치래. 일과 중에."

"누가 지적질하래, 피차일반이면서."

"아웅, 티키타카 부러워 살겠냐고요. 직장에 이십 몇 년 지기 친구 하나는 있어 줘야 하는 건데. 그챠? 원아. 아이공, 우리 애기 그랬쪄요?"

호연은 고양이를 품에 안고 긁적긁적 미간을 긁어 댔다. 냐아아, 길게 우는 고양이 소리는 또 다른 분위기다. 꽤 애정도가 깊은 듯.

"카페에 다리미 있나?"

"뭐 하게요."

"김호연 혀 좀 펴게."

선우의 말에 쿡쿡 웃던 호연은 페이크 사냥감이 달린 낚싯대를 들고 고양이와 놀아 줄 준비를 했다. 혜동은 옆에 앉은 선우와 나란히 해맑은 청년과 고양이를 구경했다.

"집에 갔었어?"

"응. 아줌마랑 통화했어?"

"다 부쉈던데 뭐 볼 게 있다고."

혜동은 대리석 턱 옆, 나란한 위치에 앉은 이십 몇 년 지기 친구에게 뾰족하게 물었다.

"부순 건 어떻게 아는데."

"들었어."

한 박자 쉬고 나온 답에, 그녀 역시 한 박자 쉬고 물었다.

"들었어?"

호연에게 가 있던 선우의 시선이 혜동에게 옮아왔다. 무상했던 얼굴에 금세 웃음이 번졌다.

"잊을 뻔했네."

"뭘."

"너, 남부럽지 않게 집요한 데다 한 뒤끝 한다는 거."

"너야말로 못지않잖아?"

낚싯줄을 높이 튕겨 올려 고양이 약을 올리던 호연이 쿡쿡 웃어 댔다.

“누님보다 한 수 위일걸요.”

선우는 말없이 자리를 털고 일어났다. 실험동에 상주하는 기술 인력 몫으로 보이는 커피들을 챙겨 들자마자 호연이 낚싯대를 멈칫하다 들어 올렸다.

“가요? 벌써?”

선우는 유전학 랩 몫으로 준비된 음료 캐리어를 호연에게 건네는 것으로 답했다. 그녀 대신 들어라 하는 배려.

혜동은 아무렇지도 않았을, 신경조차 쓰지 않았을 사소한 그 행동마저 짜증스러웠다. 그러고 보면 집요한 데다 한 뒤끝 한다는 말이 괜히 나온 건 아닌 셈이다.

“이리 줘요.”

“손 모자라실걸요. 시식거리라며 뭘 엄청 챙겨 주셨더라고요. 들어다 드릴게요.”

동선도 다른데 무슨. 혜동은 기어이 받아 냈다. 검지에 종이가방 손잡이를 걸고 캐리어 두 개를 양손에 들었다.

“들어다 드린다니까요. 차암.”

“한 고집 한다는 걸 빼먹었네.”

“야. 한선우.”

“한 성깔 한다는 것도.”

푸흐흐, 웃음을 참느라 곤혹스러웠는지 호연이 앞서 나갔다.

“눈에 힘 좀 빼. 무서워.”

“한선우 너는.”

"안 궁금하니까 스톱하고."

"오른쪽이 아이스 음료 아닌 걸 다행으로 알아."

새 메뉴가 라벤더 슈페너라고 했나? 온몸에 라벤더 향 좀 풍기게 해 줘 볼까 싶은 생각이 없지 않았다.

"시식용은 왼쪽이야. 공짜로 받은 거 뿌려야 덜 아깝지."

하, 한숨을 내쉬던 혜동은 결국 웃어 버렸다. 모처럼 편안해진 웃음을 밟고 한 걸음, 두 걸음, 갈림길이 머지않았을 때 선우가 물었다.

"엄마랑 무슨 얘기 했어?"

"그냥. 이런저런."

"그 양반이랑 같이 갔었어?"

"알면서 뭘 물어."

뾰족한 대답이었는데도 불구하고 선우는 원하던 반응 같은 건 하지 않았다. 평정심은 누구 못지않으니까.

"너 이렇게 난 놈인 거 그 양반은 아는지 모르겠네."

햇살을 머리 위에 얹은 채 선우는 혜동을 응시했다.

"하긴, 알아봤으니 그랬겠지."

"뭐가 그랬는데."

"정혜동 잡아먹고 싶어 미칠 것 같아 하는 거 보였거든."

숙소동에서 처음 마주쳤던 날? 비싯 웃음과 함께 선우가 회상을 도왔다. 잊을 수 없는 날이지만 그 짠 듯이 저급한 표현대로 그 장헌영 씨께서 '잡아먹고' 싶어 했다는 건 도저히 믿기지 않는다.

그 얼굴, 그 눈, 그 표정 어디에?

이 말도 안 되는 인식의 차이는 무엇에 기인하는 걸까.

"동성 눈에만 보이는 것들이 있는 거니까."

머릿속을 읽고 답해 주는 것 역시 누구 못지않다. 아니, 어쩌면 선우가 먼저였고, 늘 그랬던 것 같기도 하다. 그저 의식하지 않았을 뿐. 주파수가 달랐을 뿐.

이렇게나 마음이 편치 못한 건 그래서일까?

무게감 탓에 손가락이 꺾일 즈음 걸고 있던 종이 가방 손잡이가 탁, 빠져나갔다. 그것도 짐이라고 빼내 들고 성큼성큼 앞서 나가던 선우가 연구동을 몇 걸음 남긴 채 돌아섰다.

혜동은 보폭을 넓혀 기다리는 선우에게 다가갔다.

"너만 보이는 거 아니야."

"뭐가."

"동성 눈에만 보인다는 그거."

"무슨 소릴 하려고."

"이윤주 박사."

"됐어. 들어가."

"상처 주지 말고 똑바로 하란 말이야."

애먼 사람 딸려 들어가게 하지도 말고.

혜동은 정진원 씨가 떠오른다는 말은 뱉지 않았다. 타인에게 폐 끼치지 않으려는 그 결벽은 아버지에게서 기인한다. 인정하고 싶지 않지만 이 유난스러운 병증은 아버지가 행사한 영향력으로 악화됐다.

"그래. 알아, 알고 있어. 잘못했어."

"꼴 보기 싫다고."

선우가 아버지와 중첩되어 보이는 것은 옳지 않다. 그 정도는 아니다.

"그러게. 그러네. 꼴 보기 싫으네, 나도."

헛소리하지 말고 똑바로 처신하라고. 웃으며 농담처럼 말할 수 있으면 좋을 텐데…….

"커피 싱거워질라. 들어가"

차분히 가라앉은 목소리로 덧붙인 선우가 손가락 위로 종이 가방을 걸어 주었다. 혜동은 무게감으로 검지가 얼얼해질 때까지 실험동으로 향하는 카이스트 팩을 지켜보았다. 선우는 돌아보지 않았고 호연은 연신 손을 흔들어 댔다.

문득, 혜동은 시원하게 비가 쏟아져 내리면 좋겠다는 생각을 했다.

"지금쯤 내려 주면 딱 좋을 시긴데."

"예보엔 비 없습디다."

"마루원까지 급수하려면 난감하죠."

수목원 내엔 같은 바람이 거대한 기가 되어 흐르는지도 모른다. 비를 필요로 하는 이들의 대화를 좇아 자연히 시선이 옮아갔다. 화훼 팀장, 조경팀 사람 여럿, 그리고 헌영.

마루원 자작나무 군락 아래 빼곡히 튤립을 심는 '리틀 뷰티'가 진행될 거라고 했다. 언제 올라가 보면 좋을지 은정과 준성이 한창 화제에 올렸었다.

"안녕하세요."

"커피?"

"좋은 냄새."

"그러게 급허기 지네."

"좀 드실래요?"

혜동은 알은체해 오는 사람들에게 묵례하고 시식용으로 받은 종이 가방 중 하나를 내밀었다.

"뭘 이렇게 많이?"

"새로운 메뉴 만드셨다고요."

"아. 시식용이구나."

"그럼 좀 먹어 볼까요?"

가방 하나가 넘어가고 왁자한 소음을 앞세운 이들이 건물 안으로 들어갔다. 맨 앞에 선 헌영의 뒷모습을 바라보던 혜동은 손에 쥔 종이 캐리어를 다잡았다.

눈길 한 번을 안 준다. 알은체하면 더 불편할 테지만 괜스레 찡, 하고 가슴에 열이 오르는 기분이었다.

인생은 본래 모순. 그 안에서 살아 나가는 정혜동은 모순덩어리.

건물 내에 들어선 후엔 약속한 듯 조용해졌다. 각자의 공간을 향해 찬찬히 걸음을 옮길 뿐 나누던 대화는 모두 사라졌다. 그래서 더 잘 들렸다.

"정 선생. 잠깐 봅시다."

시선 세례를 받으며 혜동은 헌영을 응시했다. 건조한 음성 안에 담긴 미세한 권위와 강요를 감지한 시선들 속이었다. 헌영을 겪어 온 이들에겐 꽤 별스럽다 여길 만한 상황이리라.

혜동은 음료 꾸러미를 내려다보며 무언으로 물었다. 두고 와도 될까 하는 의중을 담아.

그는 답 없이 원장실 문을 열었다. 손잡이를 잡고 비켜선 채 기다리는 얼굴엔 안 된다는 메시지밖에 없었다. 별스럽다 여겼을 분위기는 호기심과 함께 고조된 채 정지 상태가 됐다.

불가촉천민 레벨인 직원의 복무 불량을 지적할 성향은 아니고, 친근하게 동문 간 정을 나눌 타입은 더더욱 아니다. 게다가 문을 열어 누군가를 기다릴 타입 또한 절대 아닌데 하는 호기심.

달라붙는 것들을 어쩌지 못하고 혜동은 기다리는 그를 향해 걸었다. 이건 그냥 두 사람이 무슨 사이인지 드러내는 '아웃팅'에 다름 아니라는 생각밖에 들지 않았다.

혜, 동

깨끗했다. 분명 밖에선 아무것도 보이지 않았는데, 안에서는 아주 깨끗하게 잘 보였다. 창문 너머로, 왔다 갔다 실험동을 지나다니는 모습을 봤던 걸까? 사서 고생한다 지적하던 이유가 있었다.

"복무 불량."

"20분쯤이었어요."

"그래서?"

"그만큼 더 일할게요."

넓은 책상 턱에 기대앉은 헌영은 태그용 포스트잇을 떼어 낸 채 혜동이 다가오길 기다렸다. 혜동은 검지에 붙은 길고 좁은, 투명 포스트잇에 시선을 고정한 채 그에게 다가갔다.

"복무 지침 멋대로 바꿔도 되는 거지?"

"수틀리면 자르시든가요."

오른쪽 눈썹이 올라가는 건 수순이었다. 제대로 보기도 전에 달그락, 투명한 아이스 음료 컵에 얼음 부딪치는 소리가 울려 퍼졌다. 와락 당겨져 나간 허리가 일으킨 반동에 음료가 크게 흔들렸다.

"건방지기까지."

한껏 당겨져 다리 사이에 갇힌 꼴이 되었다. 허리를 붙잡았던 손에서 비어져 나온 엄지가 가볍게 옆구리를 쓸었다.

비슷해진 눈높이로 헌영을 마주한 혜동은 가빠진 숨에 자존심이 상해 꽈악 입술을 물었다. 이 여유로움에 대응하려면 어느 정도의 내공이 필요할까.

"어떤 거야."

"뭐가요."

"너 마실 거."

내리는 혜동의 시선을 따라간 헌영의 미간이 빠른 속도로 접혔다.

"보라색 액체가 먹고 싶다는 생각은 어떻게 하면 드는 걸까?"

혜동은 웃음을 눌러 참고 캐리어를 들어 올렸다. 광진의 말대로 뇌를 좀 녹여 주고 싶었다. 그만큼 달다고 했으니 분명 질색할 것이다.

"신 메뉴래요. 마셔 볼래요?"

스트로가 푹 꽂혔다. 미세한 보라색 거품이, 엄밀히는 연보라색 크림 거품이 순식간에 빨대를 집어삼켰다. 정말 마실까 하는 의문을 단번에 날려 버린 채 헌영은 혜동의 손에 들린 라벤더 슈페너를 빨아들였다. 목울대를 지나 넘어가고 있는데도 기대한 반응은 없었다.

"어때요?"

"궁금해?"

예상을 깨고 한 번 더 스트로에 입술이 붙었다. 시선을 맞춘 채 그는 보라색 액체를 다시 빨아들였다. 딸려 올라가는 저건 액체일 뿐 아무것도 아니다. 누군가의 입술 안으로 들어가고 있지만 그냥 4대 물질 중 하나다.

그런데 왜 야하다는 생각이 드는 걸까.

정신 상태가 이상해진 것이라 판단하고 혜동은 시선을 비켰다. 딱 맞추어 헌영이 내려가는 턱을 움켜쥐었다. 정면으로 되돌리는 손아귀 힘이 여느 날보다 거셌다.

설마…… 여기서?

설마를 밟아 뭉갠 그의 입술이 한껏 위로 들린 혜동의 입술 위로 내려왔다. 따듯하고 달고, 향긋한 것이 흘러들어 왔다. 문제의 그 야한 액체였다.

목덜미 위로 올라온 손이 넓게 펼쳐졌고 엄지가 넘어와 귀밑을 쓸었다. 식도를 타고 넘어가는 감각을 느끼며 혜동은 눈을 감았다. 야하다고 느낀 건 터무니없는 생각은 아니었다.

거침없는 입술의 움직임이 시작됐다. 몸을 지탱하던 기운이 손끝으로 빠져나간다. 들고 있던 음료를 떨어뜨릴지도 모른다는 위기감이 깊어졌다. 혜동은 의식적으로 격자로 엮어 둔 종이 손잡이를 움켜쥐었다.

"떨어뜨리면 다 내 거야."

치사하기는.

자유롭지 못한 두 손. 그리고 상황을 한껏 즐기는 못된 남자의 키스. 그 짓궂은 키스는 다른 날보다 느리고 야했다. 두어 번 정말 떨어뜨릴 뻔하는 순간마다 헌영의 입술이 웃었다.

"놔 봐."

길게 흡입하던 입술이 떨어져 나갔다. 차례차례 손에서 빠져나간 것들이 그의 책상 위로 올라갔다. 자유로워진 손으로 뭘 하기도 전에 헌영은 혜동의 왼손을 당겼다. 언제 옮겨 붙었는지 허리께에 있던 포스트잇이 그의 손으로 되돌아가 있었다.

"거기 계속 들어 있어?"

약지 위로 포스트잇이 감겼다. 정신 사납게 하기로 작정한 건가? 말도, 행동도 쉽게 해석하기 어려운 것들뿐이었다.

"지난번 그 고백 말이야."

"……."

답하지 못하고 바라만 보는 사이 헌영은 플러스펜을 뽑아 약지에 감긴 포스트잇 위에 쿡 점을 찍었다.

"아무래도 다시 해야겠지?"

동그랗게 말려 있던 포스트잇이 떨어져 나갔다. 손에 들린 펜과 포스트잇이 책상 위로 올라가 고이 놓였다.

"혜동아."

"네."

"나는 늘 네가 부족한데. 오늘은 특별히 더 그러네."

이런 짓 저런 짓, 장헌영 씨가 절대 할 것 같지 않은 짓들의 연속인 이유가 이것일까 생각하며 혜동은 그를 응시했다.

"셋이서 연애하는 기분이라 그런 건가?"

서늘한 마무리에 혜동은 한 걸음 물러났다. 여우같이 영민하게 굴고 싶은데도 불구하고 이런 직접적인 메시지에는 어떻게 대응해야 하는지 짚이는 것이 없었다.

선우와 같이 있는 모습을 봤으며, 마음에 들지 않는다는 의미라는 것까지만 해석이 될 뿐.

뭘 어찌해야 하는 걸까. 구차하게 설명이라도 해야 하는 것일까 싶어 혼란스러웠다.

눈을 보아 하니 아무래도 지금은 아무것도 필요 없을 것 같았다. 혜동은 생각하던 걸 그만두고 그냥 물러나기로 했다.

"주세요."

"정혜동."

"다들 커피 기다려요."

책상에 기대선 그를 가로질러 올라간 손목이 목적한 곳에 닿기 전에 붙잡혔다. 높아진 호흡이 그를 향했다. 화난 것도 같고 아닌 것도 같은 눈을 바라보며 혜동은 잡힌 손목을 비틀었다. 헌영은 한 치의 동요도 없었다.

"화내라고 이러는 거죠?"

"언제까지일지 궁금해서. 언제까지 그 자식에게 벗어나지 못하고 그럴 생각인지."

악력이 통증이 되어 손목 깊이 박히기 시작했을 때 노크 소리가 들려왔다. 벌컥 문이 열리기 전에 혜동은 겨우 손목을 떼어 낸 채 몇 걸음을 물러났다.

"김 박사님 연락……."

받았어? 질문을 이은 장수가 얼음이 된 채 문 앞에 서 있었다. 혜동은 그대로 목례하고 원장실을 벗어났다.

음료 심부름, 시식 평, 달갑지 않은 간섭은 사양한다는 대답까지.

모두 다 그곳에 둔 채 혜동은 어느 것 하나 챙기질 못했다.

"나 잘못 들어온 거지?"

"아니. 잘 들어왔어."

장수가 들어오지 않았으면 그대로 안았을 것이다. 정혜동이 누구 여자인지 증명하고 싶어 환장한 미친놈이 그대로 책상 위에 엎었을지도 모른다.

동글동글 솟아오른 경추에 키스하면 온몸을 경련하니까, 후배위에 특히 약하니까.

한계였다. 마주하고 있는 두 사람이 만드는 그 분위기가 자상한 남자 흉내를 내던 거죽을 통째로 벗겨 날렸다.

한선우가 비겁하든 아니든 중요하지 않았다. 그 순간은 그저 정혜동을 그런 얼굴로 만들 수 있는 놈이라는 것만 보였다.

"너 초우에서 공공재인 건 알지?"

"무슨 헛소리야."

"이러니 문제지."

장수는 한숨과 함께 업그레이드되어 출시된 클로스 미디엄 분석 보고서를 책상 위에 내렸다.

"조심하라고. 정 선생 곤란할 수 있으니까."

"헛소리라도 알아듣게는 해 줘야 할 것 아냐."

생육 환경에 얼마나 영향을 주는지 기사용 중인 것과 비교 분석한 테이블을 보던 종잇장을 내리고 헌영은 장수를 응시했다. 욱신거리는 몸 일부가 가라앉았는데도, 여전히 어딘지 욱신거리는 것 같아 그는 짜증이 솟구쳤다.

"뭔 짓을 했길래, 화훼 팀장이 정 선생하고 너 무슨 사이냐고 묻고 다니게 만들어."

할 일 없는 인간, 욕지거리를 뱉으며 헌영은 거칠게 얼굴을 문질렀다.

"직장 내 연애가 쉬울 거라고 생각했냐? 더군다나 원장 대리란 놈이?"

"가져가."

"뭘."

헌영은 원장 명패를 툭 집어 던지고는 일어났다. 창가로 다가간 그는 다시 얼굴을 쓸었다.

"그게 문제지. 세상의 중심에서 도는 놈은 위성이건, 운석이건, 주변에 뵈는 게 없었을 테니. 세심하게 해. 응? 답지 않게 뭐 하는 짓이야. 원장실까지 불러들여 뭐 하는 짓인데?"

중심에서 돌던 시절이 언제였는지는 알 수 없지만 적어도 지금은 아니다. 심지어 지금은 위성도 운석도 아니다. 우주를 유영하는 쓰레기 한 점 정도라면 적당할까.

게다가 중심에서 돌고 있는 존재는 태양이 아니라 블랙홀이다. 그게 문제였다.

식물 건조 스트레스 완화를 위한 미생물 선발.

깜빡이는 커서 앞에서 혜동은 손목을 쓸었다. 헌영이 움켜쥐었던 악력의 감각 잔류가 고스란했다.

선우에게 휘둘리고 있는 것처럼 보였을까?

꾹 눌러 둔 한숨을 뱉으며 혜동은 노트북 옆 테이블에 이마를 쿡 찍어 눌렀다. 저녁도 먹지 않고 칼퇴근해 숙소에 틀어박혔다. 아무것도 손에 잡히지 않아 뭘 할 수가 없었다.

헌영이 냉하기로 작정하면 얼마나 지독한지 알고 있으니 더 신경이 쓰였다. 내내 보여 주던 모습이 다정하고 따듯해서 그 간극이 얼마나 큰지 회상하는 것만으로 속이 아렸다.

다시 또 그 상황이 된다면 간섭하지 말라고 해 버릴 테지만, 속은 또 아플 것이다.

벌떡 일어난 혜동은 전화기를 들고 창가로 다가갔다. 심란한 심리의 반 이상을 점유하고 있는 문제부터 해결하기로 했다.

빛과 어둠이 중첩하는 시간. 나무 사이에 박힌 가로등은 이미 빛날 태세를 갖추고 있었다. 어둠이 내려 주기만 하면 된다는 듯.

혜동은 서영이 준 번호를 길게 눌렀다. 지루한 신호 음이 이어졌다. 한 번 더 울리길 기다렸다가 끊을 작정이었다. 한 번 더, 한 번만 더. 그렇게 열두 번째 신호 음이 떨어졌을 때 상대가 답을 했다.

— 여보세요.

"……."

— 여보세요.

더 빠른 억양의 '여보세요.'가 들려왔다.

"정진원 씨 일로 전화했어요."

— 아!

우당탕, 무언가 떨어지는 소리가 전화기 너머에서 들려왔다.

— 정혜동 씨?

"네."

— 안녕하세요. 아. 반갑습니다. 통화하기 무척 힘드네요.

"무슨 일로……."

— 그게, 전화로 드릴 말씀은 아니라서. 만나 뵀으면 하는데 언제 시간이 되실까요?

"아뇨. 전화로 충분하니까 말씀하시죠."

— …….

"만날 생각 없으니, 전화로 하시자고요."

뭐에 놀라 말이 없는 것일까. 혜동은 상대가 목을 가다듬는 소릴 들으며 기다렸다.

— 정진원 씨가 아버님 맞으시죠?

나무라는 것처럼 들린다. 그렇게 생각할 수도 있을 것 같긴 하다.

"부녀 관계인지 묻고 싶어 전화 달라고 한 건 아니죠? 저 역시 그런 질문에 답하려고 전화한 거 아니니까 본론을 말씀하세요."

한숨이 넘어왔다.

— 정진원 씨 재심 청구 의뢰가 들어왔습니다. 유성희 씨가 저희 법인에 의뢰를 하셨고요. 아, 소개가 늦었습니다. 저는 정진원 씨 법률 대리를 맡게 된 곽범준 변호삽니다. 유성희 씨는 그러니까 윤혜진 씨 자매 되는, 아니, 자매 같은 분으로…….

"변호사님."

— 네?

"본론이요."

긴 한숨이 전화기 너머에서 잠깐의 시간 차를 만들었다.

— 정진원 씨가 재심을 원치 않고 있습니다. 따님께서 설득해 주십사 연락을 드렸어요.

"본인이 원치 않는 재심을 굳이 진행하려는 이유가 뭐죠?"

— 정혜동 씨.

"네."

— 그쪽 정말로 정진원 씨 따님이 맞으십니까?

그건 이쪽이 더 궁금하다고 말하고 싶었으나 혜동은 차마 뱉을 수 없었다. 쓸데없이 대화를 늘이고 싶지 않았던 터라.

"그럴 생각 없어요."

— 이봐요.

"학교에 더 연락하지 말았으면 해서 전화한 거예요."

— 정혜동 씨. 만나죠. 만나서 자세한 이야기 들으시고…….

너머 너머에서 '곽변!' 하고 외치는 소리가 들려왔다. '갈게요' 하는 소리를 들으며 혜동은 한숨을 놓았다.

— 다시 연락드릴게요.

곽변을 외쳐 부르는 소리가 또 들려온다. 이리저리 고개 돌리며 진땀 빼고 있을 것 같은 젊은 변호사의 모습이 절로 그려졌다.

— 꼭 받아 주세요.

그리고 전화가 끊겼다. 창틀에 새까매진 전화기를 내린 채 혜동은 돌아섰다.

원치 않는다는 재심을 왜 굳이. 누굴까. 누가 재심을 청구하자고 하는 걸까. 자세한 설명을 들으면 뭐가 달라질까. 아버지를 마주하고 설득이라는 걸 할 수 있을까?

회의적이다. 그런 생각이 들 것 같지는 않다. 적어도 지금으로써는.

살짝 열어 둔 창틈으로 바람이 불어 들어왔다. 헌영이 선물한 풀 스커트 자락이 옷걸이를 의지한 채 살랑살랑 흔들렸다.

예쁜 옷이었다. 남의 옷을 입는 기분으로 입어 봤다. 예쁜 옷을 입으니 예뻐 보였다. 영 어색해 거울 앞에서 잠깐 입었다가 벗었지만.

혜동은 복잡한 머릿속 사정을 떨쳐 버리고 살랑거리는 풍성한 스커트 앞으로 다가갔다. 호텔 직원이 클린 서비스 완료 후 보내 준 재킷 상자 옆에 고이 놓인 통장 지갑을 집었다. 세탁해야지 마음먹은 김에…….

통장을 꺼내 한 장 두 장 넘겨 보고 웃다가 찡해지다가.

혜동은 통장을 책상 위로 옮겨 두고 세월의 때가 묻은 누빔천 지갑을 들고 욕실로 들어갔다.

살살 향기 나는 비누 묻은 솔로 문지르고 있으려니 시끄러웠던 속이 잠잠해졌다. 쏴아아, 쏟아지는 물이 세면대를 채웠다. 선명한 빨간색으로 변한 통장 지갑을 둥둥 띄워 놓고 검지로 쿡쿡 눌렀다.

할머니, 아버지 보러 갔다 올까?

그만 용서해 줄까?

아래 잠겼다 떠오르는 지갑이 보글, 거품을 만들었다. 문질문질 비눗물을 빼고 뒤로 뒤집던 손길이 그대로 정지 상태가 되었다.

사이드포켓 구석에서 비죽이 튀어나온 누런 종이가 물을 머금은 채 둥실둥실 떠올랐다. 풀어져 번졌지만 충분히 알아볼 수 있는 글씨였다.

윤혜진, 정동진.

할아버지 글씨도 아니고 할머니 글씨도 아니다. 혜동은 손바닥 위로 명함 크기보다 작은 종이를 들어 올렸다. 사방으로 물이 튀었다.

'윤혜진 씨의 자매 되는, 아니 자매 같은 유성희 씨'가 재심을 요청했다고 했었다. 분명.

정동진은 아버지의 태명이다. 해돋이 보러 가서 생긴 아이라고 할아버지가 쑥스러워하며 설명했었다. 할머니가 버리지 않고 늘 간직한 이름이기도 했다.

아무래도 정혜동이라 명명한 히스토리가 나온 것 같았다. 절대 알 수 없을 것이라 포기했던 존재의 흔적까지도…… 찾은 듯했다.

가책, 그리고 딜레마

— 15밀리란 말씀이시죠? 그 수치라면 7호가 맞겠습니다.

전화번호 적힌 메모지 아래 점 찍힌 포스트잇이 길게 붙어 있었다.

— 손가락이 가는 분이네요. 약지 7호는 흔치 않은 사이즌데…….

낮게 이어지는 남자의 말을 듣던 헌영에게서 한숨이 흘렀다. 그러게, 제대로 먹으라 했던 말이 무색하기 짝이 없다.

— 장주영 고객님께 말씀 들으셨겠지만, 저희 선생님 커팅은 국내 최고 수준이십니다. 컬러, 투명도 모두 최상위 등급으로 원하시는 만큼 최선을 다해…….

주영이 소개한 보석 디자이너 숍의 실장 아무개라는 이의 영업용 멘트를 흘려들으며 헌영은 의자를 돌렸다.

열어 둔 창으로 바싹 말라붙은 건조한 밤바람이 불어 들어왔다. 유리창 구석에 달라붙은 이팝나무 가지들이 요란한 소리를 내며 부딪쳤다. 갈증 탓에 힘겨우니 흔들지 말라는 듯 신경질적이다.

이 시기 세상 모두가 바라는 염원이 있다. 대지도, 초목도, 짐승도, 그리고 사람도.

갈증 탓에 모두가 힘겨우니 적어도 한 번은 흠뻑 비가 내려줬으면 하는 바람.

"심플하게 합시다."

— 네?

"부담스럽지 않은 디자인으로 하자고요."

— 아, 네, 네. 잘 알겠습니다. 디자인 초안은 조만간 메일로 보내 드리겠습니다. 말씀하신 스케줄 맞출 수 있도록 최선을 다해…….

똑똑.

길어지는 영업 마인드가 반갑지 않던 차였다. 마침 하여 헌영은 통화를 끝내고 돌아섰다. 문을 열고 들어서는 인물을 향하던 그는 기꺼웠던 순간이 바닥으로 추락하는 묘한 경험을 했다.

다른 의미의 갈증을 선사하는 데 지대한 영향을 미친 이가 말끔한 얼굴로 다가왔다. 묵례하고 내미는 결재 판을 받은 헌영은 깊어지는 날숨을 의식적으로 눌렀다.

원장실에서 그렇게 내보낸 후 아무것도 할 수 없게 됐다. 우습게도 장헌영은 '공공재'라던 장수의 헛소리가 발목을 잡았다.

상현이 지나치듯 언급했던 그때 그 구설수 얘기도 그렇거니와 고생했다 하니 내키는 대로 할 수가 없었다.

때도, 시도 무시하고 이성을 놓았던 수제에 그제야 다시 자상한 남자 흉내를 내려니 힘에 부친다.

"보안 프로그램 정기 품의 건입니다."

거침없이 종이를 긁는 펜 소리가 끝나고 결재 판이 툭 떨어졌다. 시커먼 판을 응시하는 얼굴 위로 무언가 어렸지만 금세 사라져 잡아낼 수는 없었다.

한선우의 얼굴엔 빛과 어둠이 혼재한다. 야누스처럼. 신경 쓰이는 건 그래서일 것이다.

그 아이와 흡사하다. 가면 쓰고 웃는 낯이 되는 정혜동이 아닌, 그 '정말로'였을 시절의 빛과 어둠. 온전히 밝았다가, 또 한없이 어두운 얼굴.

마치 오랜 세월 같은 희로애락을 누리느라 비슷해져 버린 부부의 얼굴 같다.

그래서였다. 질투라 칭해 버리고 말기엔 지나치게 쓰라렸다. 달리 표현할 길 없는 그 감정을 한계까지 고조시켜 이성을 놓게 만든 이유.

못 견디게 싫다. 빙글빙글 그 아이 곁을 맴도는 이 자식이 싫다. 혜동이 온전히 제 영역으로 들여보내 주지 않는 상황이니 더더욱 그랬다. 헌영은 혜동의 어느 한 부분도 한선우와는 나누고 싶지 않았다.

"한잔하시죠."

마치 다 아는 것처럼 한선우가 술을 청했다. 헌영은 어느 부분을 보고 알아냈는지 묻고 싶었다.

"그럽시다."

당장의 질문 대신 그는 기꺼이 자리를 털고 일어났다. 한선우가 품고 있는 미련, 친구를 잃고 싶지 않아 괴로울 정혜동, 그 모든 것을 관조하기 버거워진 장헌영.

술의 힘을 빌려 해법을 모색할 가능성이 있다면 노력해 봐야지. 이 야누스 같은 어린 남자의 속내를 알아낼 수 있다면 그렇게 해야지. 별수도 없는데.

두 사람은 합의한 듯 말없이 편의점으로 향했다. 9시 즈음. 연구동에서 새어 나오는 불빛은 여전했지만 수목원은 늘 그렇듯 고요하고 아름다웠다.

편의점 특유의 차가운 형광 조명이 새어 나오는 통유리 앞에서 두 사람은 또 약속한 듯 걸음을 늦추었다.

좁은 공간이니까, 구성원들의 동선이야 정해져 있으니 마주칠 수 있다. 그럼에도 불구하고 이 순간은 세상 모든 이벤트가 돌아가는 데 어떤 법칙과 아이러니와 절묘함이 숨겨져 있지 않을까 하는 생각에 빠질 수밖에 없었다.

삼각 김밥 진열대 앞에 선 혜동이 움직임 없이 시선을 고정하고 있었다.

흔들림 없이 대차게 시니컬한 말을 받고, 활짝 웃으며 요물짓을 하고, 장헌영과 완벽히 하나가 되었을 때만 드러내는 모습. 그가 아는 정혜동의 얼굴들은 그렇다.

수목원에 내린 어둠보다 진한 저건 그가 알지 못하는 얼굴이다. 아마도 정혜동과 똑같은 모습으로 바라보고 있는 한선우만 알고 있는 것들이리라.

진열장으로 손을 뻗는 모양을 바라보던 한선우가 걸어 나갔다. 거침없이 문을 열어 다가간 그는 혜동의 손에 들린 것을 망설임 없이 빼앗았다.

한 개, 두 개. 진열장으로 손을 뻗을 때마다 그는 계속 빼앗았다.

하얀 선반에 아무것도 남지 않을 때까지, 이십 몇 년간이나 친구였다던 그들은 헌영이 알지 못하는 공간에 그렇게 머물러 있었다.

"억. 원장님!"

침대 헤드에 상체를 기댄 채 핸드폰 게임 중이던 호연이 벌떡 일어났다. 뜻밖에 방문자 앞에서 이리저리 튀는 시선이 정신없었다.

"웬일로요?"

소주 몇 병과 맥주 번들이 담긴 편의점 비닐봉지가 소파 앞 탁자 위에 놓였다. 부딪치는 유리병 소리가 요란했다.

"술?"

헌영은 무겁고 무거운 한선우와, 날듯 가벼운 김호연 사이에 놓인 소파에 앉았다. 아늑한 공간은 묵고 있는 이들만큼이나 정갈하고 상쾌했다.

꽤 정성 들여 정비한 공간이었다. 기술팀이 실험동에 상주하는 시간은 다른 직원들보다 배 이상이다. 때문에 그들이 요구하는 복지는 큰 무리 없는 한 모두 수용했다. 연구하는 데 최상의 환경을 만들어 주어라 하는 초우 박사와 인후의 원칙이 가장 잘 구현된 공간이기도 하다.

“지내는 데 불편함은 없습니까?”

“불편함이랄 건 없었죠. 좀 답답해서 그렇지.”

호연이 민첩하게 손을 씻고 와 안줏거리를 세팅하며 헌영의 질문을 받았다.

“곧 떠난다 생각하니 괜히 아쉽고 그러네요.”

기술 협약 종료를 목전에 두고 있다. 수목원 기술팀에게 인수인계는 진즉에 끝났다. 꾸준히 원격 지원을 받아 프로그램은 업그레이드가 될 예정이지만 파견 인력인 두 사람은 돌아가게 된다.

“그러고 보니 되게 재미있는 그림이네요.”

와사삭, 치즈 바른 나초를 부스러트린 호연이 술잔을 마저 놓으며 느물느물 웃었다. 뭐가 재미있다는 것일까. 뭘 알고 있기에.

이 쓸데없는 관심들이 흉기가 되어 정혜동을 건드리지는 말아야 할 텐데.

“호연아.”

"네?"

"잠깐 나가 줄래."

양해를 구하는 어조가 아니었다.

"아."

제대로 파악했는지 호연은 소란스러운 공기를 몰고 민첩하게 사라졌다. 조용해진 공간에 한동안 머물던 선우가 테이블을 사이에 두고 자리를 잡았다.

"성과 평가 최상으로 주셨더군요."

고요해진 공기만큼이나 잠잠하던 선우가 예상치 못한 말로 시작을 했다.

"감사하다고 해야겠죠?"

"받을 만큼 준 건데 그럴 필요 있나요."

웃음기 없는 얼굴을 마주한 두 사람은 말없이 맥주를 마셨다. 편할 것도 불편할 것도 없는 기류 속이었다. 고요한 밤바람처럼 흐르던 침묵을 깬 건 이번에도 선우 쪽이었다.

"그 자식이랑……."

'그 자식'이라면 두 남자를 그림자 취급하고 편의점을 벗어난 그 자식이다. 벗겨진 살갗에 인정사정없이 사포질하고는 사라진.

"싸웠습니까?"

소주병을 들던 헌영은 웃었다. 싸웠냐는 소릴 들으니 나름 정혜동과 대등한 입장이 된 듯하여.

"그래 보입니까?"

"꽤나 진전된 것 같더니 왜요?"

왜 그림자 취급당했는가 하는 질문을 받은 헌영은 소주병 목을 비틀었다. 콸콸, 작지 않은 사이즈의 투명 글라스에 꾹 눌러 담아 선우 앞으로 밀었다.

"잘 부탁합시다."

"뭘요."

"나는 정혜동하고만 연애하고 싶은데, 그쪽도 패키지인 모양이니."

풋, 맑은 낯에 웃음이 맺힌다.

"너무하시네."

다 가진 양반이…….

맺힌 웃음은 오래가지 않았다.

"포기했어요."

찰랑거리던 소주잔을 바라보던 선우는 다시 웃었다.

"옛집에 당신 데려왔다는 소릴 듣고 나서요. 아니, 어쩌면 그전부터 그랬던 것 같기도 하고. 어쨌든 그렇습니다."

헌영은 기다란 글라스에 맥주를 부었다. 딸깍, 딸깍 소주잔을 말아 밀고 또 당겨 왔다.

"마셔요."

"아. 섞이면 정신 못 차리는데."

"오늘만 섞읍시다."

"술, 즐기지 않잖아요?"

"취해야 내놓을 것 같아서, 그쪽이 숨겨 둔 거."

소리 없는 웃음으로 선우는 단숨에 잔을 비웠다.

"그래 보이긴 했는데, 역시나 그러네요."

"뭐가 말입니까."

"전력을 다했어도 나는 안 됐겠구나."

"글쎄. 그건 알 수 없었을 것 같은데."

인정하기 싫지만 그렇다는 걸 부정할 수는 없다. 한선우가 좀 더 일찍 '친구'를 벗어던졌다면 상황이 달라졌을지도 모르니까.

"그 자식이요."

천천히 채워 넣었던 소주잔이 한 번 더 비었을 때, 선우는 웃음이 맺힌 얼굴로 입을 열었다.

"고1 여름 방학 때였을 거예요. 준비하고 있던 학교에 맞춰 스펙 쌓느라 자율 동아리를 만들었거든요. 내가 부장, 혜동이가 차장이었어요."

늦게까지 학교에 남아 프로젝트 주제를 정리하느라 정신없었던 날이었다고.

"빈 교실에 앉아 있었는데, 어떤 애가 들어와 꾸러미를 주고 고백을 하더라고요. 다른 데 정신이 팔려 있는 통에 건성으로 들었어요. 교무실 다녀온 말로가 뭐냐고 해서 열어 보라고 했죠. 역시나 건성으로요. 초콜릿이 잔뜩 나오길래 먹으라고 했고요. 단건 취미 없었으니까."

그득 채운 잔이 다시 올라갔다.

"뒷일은 뭐 짐작하시는 대롭니다. 무슨 이윤지 고백했던 애가 다시 교실에 왔다가 봤어요. 그 아이도 그렇고, 혜동이도 그렇고. 일그러지던 얼굴이 지금도 기억나네요."

"한 대 맞았습니까?"

푸훗, 선우에게서 웃음이 이어졌다.

"생각보다 더 잘 아시네."

지금까지 기억날 정도면, 어떻게 맞았길래?

"먹고 있던 초콜릿을 얼굴에 집어 던지더라고요. 개새끼라고 하면서."

헌영은 상황도 잊고 큰 소리로 웃었다. 장면이 지나치게 그려지는 통에 쏟아지는 웃음이 제어 불가였다.

"그 뒤로 두 달 동안 한 마디를 안 하더라고요. 뒤끝이 어찌나 긴지. 저한테 잘못한 것도 아닌데. 그런 놈이에요."

그놈의 도덕적 감수성이 병에 가까운.

"절대 용서하지 않을 걸 아니까요. 그래서 말 못 했어요."

헌영은 한선우가 과연 내놓을까 했던 이야기의 시작을 들으며 술잔을 채웠다. 그의 잔에 그득 붓고 나니, 비닐봉지 가득 담아 온 문제의 그 삼각 김밥이 테이블 위로 올라왔다.

"지우, 내 동생이요. 혜동이랑 같이 살던 그놈이 좋아하던 거예요. 누가 가난한 집 애 아니랄까……. 이딴 첨가물 덩어리나 좋아했어요, 그 멍청한 놈이."

참치마요 김밥을 하나 집어 든 채 그는 물끄러미 바라보다 중얼거렸다.

"나 때문이었어요."

올라오는 술기운 탓이었는지 버거운 숨과 함께 뱉은 그건 혼잣말 같았다. 술잔 비는 속도가 더 빨라졌다. 비웠지만, 금방 채워졌고, 금방 채워졌지만 또, 금세 비워졌다.

두 사람 모두 그렇게 침묵을 건드리지 않고 술을 마셨다. 선우가 다시 입을 열기 전까지 그건 꽤 오래 이어졌다.

"그날 밤 전화로 크게 싸웠거든요."

헌영은 눈 밑 색깔이 변해 가기 시작하는 맑은 낯빛의 청년을 응시했다. 이상하게도 지금 이 순간은 그가 야누스처럼 보이지 않았다.

"말로에게 고백하러 간다, 만취해서 소리쳤더니 나더러 자격 없다고, 혜동이 흔들지 말라고 하더군요. 그 자식은 쌍둥이라 내 머릿속을 읽을 줄 아니까. 얼마나 아프게 후벼 파던지, 저도 똑같이 해 줬어요. 나 역시 그놈 머릿속을 읽을 줄 아니까요."

정혜동은 너처럼 남자에게 목매 빌빌댈 놈 아니라고. 그러니 괜찮다고. 설령 사귀다가 헤어지면 어떠냐고. 그런 게 연애고 남녀 관계라고. 상대방 짐 나누어질 자신 없으면 연애하지 말라는 법 같은 게 있느냐고.

헌영은 술잔을 내리고 쓰게 웃는 선우를 응시했다. 무슨 말인지, 무슨 상황하에 했던 말인지 이해할 수 없다는 사인으로.

"지우 그 자식, 2년 넘게 사귀던 놈한테 차여서 빌빌대고 있었거든요."

언성 높여 오가던 통화는 동생의 침묵으로 끊겼고 그날 밤 선우는 만취한 채 잠이 들었다고 했다. 아니, 정확히 말하면 술에 취한 건지, 자기 경멸에 취한 건지 알 수 없었다고. 그는 여동생이 목숨을 끊은 날 그렇게 쓸모없는 밤을 보냈다고 회상했다.

"용서받지 못했을 거예요. 그 자식이 가장 의지하던 친구를 빼앗았으니까요. 그 일에 혜동이 제가 딸려 들어가 있다는 걸 알면 더더욱요."

왜 확신을 하고 있는 걸까. 왜 여동생을 죽음으로 몰고 갔다고 확신하는지, 그 아이 친구를 빼앗았다 여기는지 헌영은 온전히 납득할 수 없었다.

"동생의 선택이 한선우 씨 때문이라는 건."

"확실하지 않죠. 그러길 빌었어요."

실험동 창 앞에도 이팝나무가 있었다. 원장실 앞처럼 이쪽 나뭇가지도 신경질적이었다. 타닥타닥 똑같은 소리를 냈다.

"과민한 생각이길. 수만 번도 넘게 그렇게 생각하고 말자 했죠."

"아닙니까?"

"트리거 효과라는 거 있잖아요. 그랬어요. 그런 것 같아요. 어떻게 아느냐고요? 나는, 그 자식 쌍둥이니까요. 나는 그놈처럼 생각하고, 그 자식도 나처럼 생각하니까……. 아니, 아니더라도요. 백만분의 일만큼의 확률이라고 해도. 자유로울 수가 없습니다."

죄책감의 이유를 털어놓은 채 선우는 들고 있던 컵에 시선을 말아 넣었다.

"그래서였어요."

쿡쿡대는 웃음이 쏟아졌다.

"그놈 속여 버리면 그만인데 그게 안 됐어요. 알량한 양심 때문에."

단숨에 기울였던 손안에서 말아 넣은 한선우의 소주잔이 딸각거렸다.

"고백하고, 벗어나고 싶은 순간은 빈번했어요. 그런데 또 그럴 수도 없더라고요. 그놈에게 남은 친구가 나라서요. 한지우 빼앗고, 한선우마저 빼앗을 수는 없잖아요."

술잔을 내려놓던 헌영은 빽빽하게 가슴이 막혀 와 숨을 골랐다. 답답함의 원인은 명확하지 않았다. 마실 술이 바닥을 보여서인지, 한선우가 그 아이를 얼마나 사랑하는지 알 것 같아서였는지.

"속일 수도 없고. 고백할 수도 없고. 그래서 그 아이 곁에서 벌이라도 받는 심정이었습니까?"

흔들, 어깨까지 들썩이며 한선우가 웃었다. 한참을 웃었다.

"그쪽, 본래 법 전공이라면서요? 그래서 그렇습니까? 맥락 읽는 능력도 출중하시네."

비아냥거림, 아니꼬움, 그리고 원망이었다, 한선우가 내보인 건.

"왜 당신입니까?"

"글쎄요. 그 질문의 맥락은 어떻게 읽는 것이 맞습니까? 내가 답할 수 있는 질문은 아닌 것 같은데."

선우에게 남아 있던 웃음이 모두 사라졌다.

"기다릴 참이었어요. 말로 그 새끼가 연애도 하고, 남자랑 그 짓도 하고, 이별도 할 때까지 기다렸다가……."

"그러면 공평해질 것 같았습니까. 가책 좀 덜 것 같았어요?"

"그러면 안 됩니까? 왜 안 됩니까? 내가 그놈 좀 차지하고 싶다는데 뭐가 그렇게 아니꼬워서요. 왜 하필 당신 같은 인간입니까? 왜?"

쾅, 선우 손에 들린 길쭉한 글라스가 탁자 위로 내려앉으며 맥주 캔을 바닥으로 떨어뜨렸다. 와르르 떨어지는 요란한 소리들이 꽤 오래 이어졌다. 헌영은 높아진 호흡의 한선우를 한동안 마주했다. 술 냄새 섞인 공기가 괴로운 청년 주변을 맴돌고 있었다.

"한 박사 동생이 했다던 말. 오늘 정확히 그 말을 하고 싶었어요."

그 아이 옆에서 흔들지 말라고. 한선우 당신이 품고 있는 것이 뭐든 그것이 그놈을 괴롭히는 중이니 집어치우라고.

"그런데요?"

두 사람 모두 빈 잔에 두었던 시선을 올려 꼿꼿이 마주했다. 침묵이 째깍거리는 시계 소리까지 데려왔다.

"당신. 그 아이 곁에서 계속 벌 받아야겠습니다."

당신 말대로 하나 남은 친구까지 빼앗을 생각 말고.

"당신이 자처했으니. 그 벌, 마저 받읍시다."

"정말 재수 없는 인간이네. 당신."

웃음인 듯, 울음인 듯 무언가를 터뜨린 선우가 두 손으로 얼굴을 감쌌다. 그는 어깨를 들썩이며 알 수 없는 무언가를 한참

동안 쏟았다.

고단한 청춘. 마음에 칼날 같은 짐을 지고 친구로 맴돌며 벌을 받아 온 그 아이의 유일한 친구.

하나 남았다던 친구를 온전히 잃게 할 수는 없다. 그렇게 벌 받는 것으로 한선우가 죄책감 덜길 기원하는 수밖에.

"일어나요. 술 마저 마십시다."

두 남자는 편의점으로 나와 부족한 술을 더 들이부었다. 대화도 없이 진탕 취할 때까지 마신 그들은 무인 편의점 냉장고에 진열된 술을 바닥내고서야 술자리를 파했다. 편의점을 나온 두 사람은 흔들리는 걸음으로 봄의 정원을 가로질렀다.

"당신! 자만하지 말아요. 해피엔드가 아니거든 돌아보라고 했으니까. 그 아이가 언제까지나 당신 거라 생각하지 마시라고."

선우가 소리를 질렀다. 만개한 라일락 꽃밭에 도달했을 때였다. 총총히 하늘을 수놓곤 하던 별빛이 그날따라 보이지 않았다. 흐린 밤하늘 아래 잔잔한 바람만 있었다.

"잘못 알고 있네요."

"뭘요. 또 무슨 재수 없는 소릴 하려고."

"그 아이가 내 거면 나도 좋겠는데, 실상은 내가 그 아이 거라."

욱, 토기를 밀어 올리며 한선우는 구석으로 갔다.

"그거 다시 삼킵시다. 원장 대리 앞에서 지금 뭐 하는 짓입니까?"

헌영은 앞서 나가는 그녀의 친구라는 남자를 바라보며 쌓였던 숨을 몰아 뱉었다. 카페 근처를 지날 때 고양이 소리가 들려왔다.

어느샌가 발치로 다가와 꼬리를 휘감고 두어 바퀴 도는 통에 헌영은 걸음을 멈추었다. 비 냄새 섞인 바람이 불어왔다.

시원하게 비가 내리길.

시원스럽지 못했던 누구, 또 누구의 인생에 단비가 내리길.

헌영은 흔들리는 걸음으로 앞서 나가는 선우 뒤를 따라 숙소로 향했다.

항복

짧고 강한 특유의 메일 알람 소리에 혜동은 모니터에서 시선을 내렸다.

[귀하가 요청하신 접견 예약이 다음과 같은 사유로 처리되지 못하였음을 안내합니다.]

면회 요청에 대한 명료한 답.

[접견 거부.]

핸드폰 액정에 무미하게 뜬 글에 시선을 떼지 못한 채 혜동은 쓰게 웃었다.

무슨 의미가 담긴 거부인지는 신경 쓰이지 않았다. 다만 진원이 준 면죄부가 기꺼울 뿐이었다.

이로써 '정말 따님이 맞느냐'던 물음에 '그렇다'라고 답할 최소한의 도리는 한 셈이다.

옛 다이어리를 뒤집어 진원이 수감된 곳과 수감 번호를 찾아냈다. 기숙사로 왔던 교정 기관의 행정 집행 편지 한 통.

7년간. 아니, 27년간 진원과 직접적으로 연결된 유일한 고리였을 것이다. 그때, 아무도 없는 옛집으로 보내지던 우체국 등기를 수신하라는 통화에 여러 번 시달렸다. 당장 고달픈 전화를 피해야겠기에 기숙사 주소를 알릴 수밖에 없었다.

덕분에 모서리에 시퍼런 점 몇 개를 찍은 국가 기관의 봉투가 날아왔을 때는 표현하기 어려울 만큼 참담한 심정이었다. 대리 수령한 등기를 건네주던 사감의 눈빛이 지금도 잊히지 않는다.

"정 선생. 내일 학교 가지?"

옆에서 부산하게 퇴근을 준비하던 은정이 고맙게도 생각의 사슬을 끊었다.

"네."

"해금사 최종 보고서 들고 특작원 들어가는데 같이 갈까?"

"아, 네."

"정 선생도 특작원은 한 번쯤 들러 보는 게 좋을 것 같아서. 협약 맺고 진행하는 연구가 많아서 안면 틀 인사들이 좀 있거든."

"그럴게요. 감사해요."

"무슨. 감사씩이나."

가방을 걸친 은정은 굴러다니는 펜을 꽂아 책상을 말끔히 정리하고 돌아섰다.

"너무 늦게까지 있지 말고 퇴근해요."

"네. 조심히 들어가세요."

빙긋 웃음을 남긴 그녀는 가볍게 손을 흔들고 입구로 향했다. 출입문이 닫히고 홀로 남았다.

해금사 최종 보고서가 완료된 이후 1팀은 한가했다. 연구 용역이야 대기 중이지만, 팀 간 역할을 배분하고 조율하는 작업이 끝나지 않았다.

덕분에 팀장 회의에 오가느라 장수만 바빴다. 대기 모드로 넘어간 장수의 모니터를 살핀 혜동은 핸드폰을 밀어 두고 키보드를 탁 두드렸다.

식물의 건조 스트레스를 완화하는 미생물.

선행 연구 자료 폴더 위로 마우스 포인터가 올라갔다. 몇 편 되지 않는 논문. 게다가 연구 범위도 좁다. 선행 연구가 미비한 분야는 어려운 만큼 성취욕을 불러일으킨다. 박사 논문으로 적절할지 숙고하고 디자인해 봐야겠지만 일단은 매력이 넘치는 주제였다.

헌영이 봐 두면 좋을 글이라 던져 준 학술지에서 힌트를 얻어 시작했다. 에어로 팜에 적절히 이용할 수만 있다면 에어로졸 기능을 보완할 수 있을지도 모른다.

"……정 선생."

식물 근권과 내생에서 분리한 447균주, 건조 내성이 있는 28균주

1차 스크리닝…….

"정 선생."

혜동은 A4 용지에 박혀 있던 얼굴을 들었다. 언제 들어왔는지 모를 장수의 시선을 따라가니 내선 전화가 한창 울고 있었다.

집중력이 청각을 앗아 가기도 하는 건가? PDF로 스캔하느라 뭉개지고 번진 글씨를 해독하기 위해 초집중 상태이긴 했지만.

"네, 유전 1팀 정혜동입니다."

— 7온실.

"……."

— 유전 1팀 정혜동.

"……."

뒤통수가 따가웠다. 장수가 앉은 방향이 분명했다. 전화기를 들고 말을 하지 않으니 당연한 반응이다. 뭐라 답하기도 전에 헌영의 말이 다시 넘어왔다.

— 올 때까지 기다릴 거야.

덕분에 타이밍을 완전히 놓쳤다. 뚝 끊긴 전화기를 내려놓고 혜동은 뭉개진 글씨 위로 시선을 되돌렸다. 그러니까 선발한 두 균주를 효과적으로 검증하기 위해서…….

"정 선생."

빙글 느리게 얼굴을 돌린 혜동을 향해 장수가 웃었다.

"가 봐요."

괜스레 부끄러워진 얼굴로 마주하고 있으려니 그가 말을 이었다.

“원장님께서 말입니다. 팀장이 일시켜 붙잡혀 있다고 생각한다니까요.”

가 봐요, 마무리하며 깊어지는 웃음기 덕에 혜동의 얼굴은 좀 더 뜨거워졌다. 지난번 원장실에서 있었던 일로 눈치챘던 걸까 생각하며 혜동은 책상 위를 정리했다. 깔끔한 상태를 확인한 연후에야 그녀는 읽고 있던 논문을 챙겼다.

“정 선생.”

“네.”

“여기서도 연애사가 없진 않았으니까. 혹여라도 지나치게 신경 쓰거나 그러지는 말아요.”

“…….”

“사람 사는 곳이야 다 같은 거 아니겠어요? 연애하는 사람이 있으면, 연애하는 사람들 궁금해하는 쪽도 있는 거고.”

혜동은 어색하게 웃음으로 비비고 먼저 들어가겠다 인사한 후 랩을 나섰다.

논문 한 편 살펴보는 데 시간을 얼마나 쓴 건지 복도 옆 연구실들이 어둠에 잠겨 있었다. 어둑한 로비를 지나 실외로 나서니 쌀쌀한 바람이 맞았다.

다행히도 지나치게 신경 써야 할 만큼의 무언가가 감지되진 않았다.

잠깐잠깐 헌영과 마주하는 공간에서 주의 깊게 바라보는 시선들이 있었던 것도 같지만. 뚝, 얼음이 떨어지지나 않을까 싶은 평상시의 장헌영 씨인 데다 제대로 시선을 맞추는 법도 없는 두 사람을 응시하며 궁금했던 호기심은 금세 퇴색되지 않았을까 싶었다.

제3자가 되어 연애하는 이들을 관찰하는 입장에 서라고 한다면 글쎄, 그 사람이 누군가와 무언가를 나눌 수 있는 타입으로는 절대 보이지 않는다.

그러니 말이다. 그 사람과 그 '연애'라는 것을 하고 있긴 한 걸까.

정신없이 휘몰아치는 몇 번의 잠자리를 갖고 가슴에 담아 둔 채 꺼낼 것 같지 않았던 이야기를 나누고. 또 할아버지, 할머니에게 소개도 시켰으니까. 게다가 마주하기도 전에 심장이 이 모양이 되는 걸 보면 맞는 것도 같은데……. 여전히 잘 모르겠고, 어려웠다.

그 옛날 옥상 온실에서나 보이던 냉한 모습에 속이 아팠던 건 부정할 수 없다. 그것이 본래 장헌영 씨 모습인데 우습게도 마음이 아팠다.

혜동은 메밀을 재배 중인 온실동 뒤편, 7온실로 걸음을 옮겼다. 동그란 달을 감싸고 있던 부연 달무리가 따라왔다.

멀리 온실 구석을 비추는 따듯한 색감의 낮은 조명뿐 출입구 쪽은 어두웠다. 문을 당기니 라일락 향이 딸려 나왔다.

동글동글, 화단으로 정비해 둔 곳에 수국과 라일락을 접목하여 육종한 '디어 클라우드'가 활짝 개화한 채 향기를 뿌리고 있었다. 혜동은 제 키보다 두어 뼘 큰 나무 사이를 걸어 들어갔다.

하얀색과 연보라색의 경계가 자연스럽게 흐트러진 꽃잎, 폭신한 구름처럼 풍성한 꽃송이.

연애가 없지 않았다던 장수 말은 홋카이도 대학 연구소에 파견 나가 있는 수목원 원장 부부를 지칭한다. 두어 번 회식 자리에서 안줏거리로 올라오는 바람에 혜동 역시 알고 있었다.

그러니까 이곳은 그 김인후 원장이 결혼 전 그의 연인에게 청혼하기 위해 만든 온실이라고 했다. 운雲 자를 쓰는 부인의 이름을 따 '디어 클라우드'라 명명한 꽃. 오로지 한 사람을 위해 만들어진 공간이다.

시간 차를 두고 1년 내내 꽃이 핀다고. 청혼을 수락했으니 부부가 되었겠지? 톡, 검지 끝으로 커다란 꽃송이를 건드렸더니 향기가 진해졌다. 깊이 좋은 향을 들이마신 혜동은 찬찬히 수국 사이를 걸었다.

높이 천장의 창 몇 개가 열려 있었다. 적당히 순환되는 공기의 온도는 최적이었고, 덕분인지 꽃향기는 깨끗하고 맑았다.

올 때까지 기다리겠다던 사람은 무슨 이유인지 보이지 않았다. 화를 내야 하는 상황일까 싶었지만 화가 나진 않았다. 한밤 예쁜 꽃송이와 달큰한 향기, 때아닌 호사 속에서 아무래도 화를 내는 건 어색했다.

5분, 10분. 얼마나 시간이 흘렀는지 무디어졌을 즈음, 혜동은 출입문으로 걸음을 옮겼다. 출구에서 가장 가까운 화단을 빙글 돌아 문을 밀었을 때 번쩍 몸이 떠올랐다. 쥐고 있던 종이 꾸러미가 요란한 소리를 내며 바닥으로 추락했다. 급하게 뿜어 나오는 호흡을 누르고 혜동은 종잇장을 가리켰다.

"떨어졌어요."

"나중에."

목덜미에 얼굴을 묻은 그가 신음처럼 뱉었다.

"혜동아."

그녀가 깊이 꽃향기를 맡았던 것처럼 헌영은 혜동의 향을 들이마셨다. 찬 입술이 여러 번 맨살 위에 뭉개졌다. 낮은 목소리가 연신 그녀를 부를 때마다 심장을 꽉, 움켜쥐는 것 같아 혜동은 숨쉬기가 버거웠다.

어린아이처럼 안긴 채 성큼성큼 걷는 걸음의 충격을 고스란히 같이 흡수하며 도달한 곳은 높게 다져 둔 중앙 화단 턱이었다. 빙 둘러 다져 둔 화강암 턱에 제대로 앉기도 전에 헌영은 그녀의 머리를 감쌌다. 숨을 내뿜는 입술 가까이, 머리를 끌어내리는 손조차 신음을 눌러 참는 것 같았다.

블라우스 안으로 커다란 손이 밀려들어 왔다. 차가운 감촉에 움찔 놀란 혜동은 그제야 정신을 차렸다. 휙 고개를 돌려 입술을 외면해 버렸다. 깊고 낮은 신음이 그녀의 어깨 위로 내려앉았다. 가는 어깨 위에 이마를 기댄 채 그가 탄식처럼 뱉었다.

"나쁜 자식."

어깨 위에서 헌영의 이마가 떨어져 나갔다. 같은 높이의 시선으로 마주한 두 사람은 살갗으로 상대의 호흡을 받을 만큼 가까웠다. 시선을 내리는 혜동의 뾰족한 턱 끝을 잡아 올리는 손가락이 거세지려다 멈칫, 인내를 담는다.

"너. 정혜동, 너……."

희미한 달빛이 두 사람의 눈동자에 미약한 빛을 만들었다. 혜동은 버거워진 호흡 탓에 벌어지려는 입술을 다물고 그를 마주했다.

한숨이 먼저였다. 그리고 또 한숨. 또 이어지려는 한숨을 붙잡은 채 그가 마침내 입을 열었다.

"미칠 것 같아. 키스하게 해 줘."

있는 대로 목을 긁고 나온 허스키한 고백의 여운이 한참을 머물렀다. 내리뜬 그의 눈이 벌어지는 작은 입술 위를 맴돌았다. 살짝 내려갔다 올라온 긴 눈썹과 함께 그대로 허락을 받은 입술이 깊이 들러붙었다. 깊은 신음도 함께 들러붙어 마찰했다. 달콤한 향기가 섞여 들어와 얽힌 혀끝에서 녹았다.

굶주려 죽기 직전인 사람처럼 그는 벌어지는 입술을 쓸고 물고 흡입하는 행위에 몰두했다. 혜동은 버티지 못하고 뒤로, 뒤로 밀려났다. 등판을 누르고 있던 손에 우악스럽게 힘이 들어갔다. 꽈악, 입술을 깨물어 멈춘 그의 손이 찰나 간에 가슴 위로 옮겨 왔다. 움찔 물러서는 몸을 움켜잡은 채 뜨거워진 입술이 턱 끝을 타고 내려갔다.

후드득 옷깃 벌어지는 소리와 함께 미지근한 공기가 맨 어깨에 닿았다. 살갗 위로 이가 박혀 들어오는 익숙한 감각에 혜동은 하아, 숨을 뱉었다.

어깨끈을 걸고 내려가는 손가락이 하얀 팔 위에서 멈추었다. 소름 돋은 가슴을 베어 문 채 그는 힘껏 혜동의 허리를 당겨 다리 사이에 견고하게 자리를 잡았다. 활처럼 뒤로 휘어 넘어가는 하얀 살 무덤 위로 잘근잘근, 잇자국을 남기며 그가 살갗 위에서 속삭였다.

"없어."

"……뭐가요."

"콘돔."

동그랗게 어깨를 말고 헌영을 밀어낸 혜동은 옷자락을 꽉 움켜쥐어 드러난 살갗을 가렸다.

"누가, 이런 데서요."

"그 취향 유통기한 끝났어? 이보다 색다른 곳 찾기 쉽지 않은데."

낮은 웃음과 함께 다시 몸이 들렸다. 바닥에 내려선 혜동의 옷깃을 여며 주는 그의 손길은 언제 그랬었나 싶을 만큼 침착했다.

"그저 키스만 하고 싶어서 미칠 것 같았을까."

물기 촉촉한 머리카락이 사방으로 흩어졌다. 버겁게 저를 머금은 가는 몸이 한없이 안쓰러운데 아이러니하게도 미치게 하는 지점이기도 했다. 피스톤 운동에 이르기도 전, 삽입 자체로 사정에 이를 것 같아 아무것도 하지 못하고 헌영은 내려다보기만 했다.

처음 안았던 이후 홀로 눕는 것이 괴로워져 버린 문제의 그 침대로 결국은 데려왔다. 이쪽 사정은 고려해 주지도 않고 기어이 씻어야겠다 하여, 또 졌다.

겨우겨우 차지했건만 깊이, 뿌리 끝까지 혜동에게 감싸인 채 헌영은 얼음이 되었다.

"혜동아."

사리물었던 잇새로 겨우 이름이 흘러나왔다. 꽉 다문 입술만큼이나 독하게 맞물린 몸의 일부가 대신 대답을 했다. 통제하지 못하는 신음을 뿌리며 그는 경직한 허리 근육을 힘껏 수축시켜 폭발하려는 무언가를 부여잡았다.

움켜쥐었던 손목을 쓸고 입술을 물고. 같은 손가락 마디마디를 꼭 맞추어 달래고서야, 그제야 혜동은 눈을 열어 보여 주었다. 올라오는 물기를 부드럽게 입술로 걷어 낸 그는 천천히 그녀에게 파고들었다. 더 파고들 여지가 없다 여긴 가녀린 몸은 오묘하게도 그를 더 깊이 빨아들이기만 했다. 놓아주지를 않았다.

그는 힘껏 그녀에게 닿으며 생각했다. 장헌영은 절대 정혜동에게 벗어날 수 없으리라.

셋이면 어떻고 넷이면 어떤가. 정혜동이 나누겠다는데…….

며칠 제대로 얼굴을 보지 못하는 상황에선 분명 그렇게 결론을 냈던 것도 같다. 격렬하게 남김없이 정혜동을 누리고 나니 심장이 얼얼했다.

누구와도, 어떤 것도 나누고 싶지 않았다. 혜동이 가지고 있는 빛도 그림자도 다 완벽하게 가져야 직성이 풀릴 것 같았다. 며칠 동안 시끄러웠던 속이 또다시 요란해졌다. 풀리지 않는 문제의 해법을 구하는 심정이 이럴까.

"기다리겠다고 했으면서."

헌영의 가슴에 등을 붙인 채 숨을 고르던 혜동이 몸을 돌려 눈을 맞추어 왔다.

"너 좋아하잖아."

달빛, 꽃향기, 온실. 정혜동이 약한 것들.

구구절절 말로 늘어놓아 기분을 풀어 줄 재간이 없으니 혜동이 좋아하는 것들로 때웠다. 눈도 안 맞춰 주는 이놈이 달빛 아래서 말랑해졌을 때 낚아챌 작정이었다. 헌영은 웃음을 머금은 채 하얀 이마 위에 입술을 찍었다.

"어떻게 알았어요?"

메밀꽃 가득한 온실에서 그렇게 어필해 놓고 잊은 걸까. 한선우는 잘못 없다고 변호하느라 다 누리지도 못했을 밤. 깨끗한 소금 같던 메밀꽃은 이미 져서 더는 볼 수 없다. 인후가 만들어 둔 로맨틱한 공간을 잠깐 빌린 건 그래서였다.

"그러겠거니 했지. 나도 그러니까."

"말도 안 돼."

"뭐가."

"로맨틱한 뭔가를 좋아할 사람 같지가 않거든요."

"굳이 우선순위를 논하자면. 로맨틱보다는 에로틱 쪽이지."

웃는 입술이 헌영의 목덜미 근처에 붙었다. 만족스러운 신음을 흘리며 헌영은 푹 꺼진 허리선을 쓸었다.

"항복할게."

"무슨요."

"다."

'다' 안에 포함될 인물이 두 사람 머릿속에 공유되고도 한참 시간이 흘렀다.

"왜요?"

"뭐가 왜야."

"싫다면서요. 선우한테 휘둘리는 것처럼 보여 싫었던 거 아녔어요?"

그건 좋을 수가 없지. 한선우가 됐든 누가 됐든.

그럼에도 불구하고.

"항복하지 않으면 어쩌겠어."

키스도 못 하게 하는데. 눈도 안 맞춰 주는데. 그놈이 네게 무슨 의미인지 알고 있는데…….

"다시 자상한 척하기로 했어요?"

웃음기 섞인 물음에, 콱 목덜미를 물고 헌영은 으르렁 울리는 신음을 흘렸다. 진저리를 치며 몸을 움츠리던 혜동이 웃어댔다.

"살살해. 정혜동. 그러다 반격당하지 말고."

"뭐로 반격하는데요."

헌영은 힘껏 허리를 끌어당겨 단단해진 몸의 일부를 납작한 배에 부볐다.

"치사하게."

가슴을 밀어내는 손에 제법 힘이 실려 있다. 그대로 밀려나 준 헌영은 낮은 한숨을 흘렸다.

잠잠해진 침묵이 마냥 편안해졌을 즈음 턱 밑에 이마를 댄 혜동이 한숨으로 시작했다.

"원장실에서 있었던 일로 화난 거 아녜요. 화나진 않았어요."

까슬하게 올라온 턱수염 위로 가늘고 부드러운 검지가 닿았다. 싸르륵, 싸르륵 쓸리는 소리 속에서 혜동은 마저 고백했다.

"걱정이 됐어요. 옛날 장헌영 씨로 돌아갈까 봐."

조금 무서워서. 들릴 듯 말 듯 마무리하는 말 덕에 헌영은 허리를 쓸던 손을 멈추었다.

"무서워? 누가? 내가?"

턱 밑을 밀어 올리는 손아귀에 조급하고 초조한 힘이 실렸다. 마주한 눈 속에 서로를 담은 채 헌영은 답을 재촉했다.

"혜동아."

"무서워요."

"뭐가 무서운데."

"또 옛날처럼 그럴까 봐요."

"옛날엔 어땠는데."

"뭘 물어요. 알고 있으면서."

머리카락을 쓸어 넘겨 주며 헌영은 다시 재촉했다.

"몰라. 모르겠으니까 말해 봐."

“온실에 올라갈 때마다 늘 바랐어요. 별것도 아니었지만 그땐 꽤 절실했거든요.”

궁금하다. 정혜동이 그때 어땠는지. 어떻게 받아들였는지.

“오늘은 선배님이 쳐다보지 말고 그냥 대답만 해 주면 좋겠다. 아픈 말 같은 거 하지 말고 그냥 보내 주면 좋겠다. 뭐 그런 거요.”

오래 묵었다 나왔을 담담한 고백의 끝에 헌영의 깊은 신음이 붙었다.

“미안하죠?”

웃음이 도는 입술을 물기 직전 혜동의 웃음소리가 커졌다. 피하는 턱을 다시 돌려 입술을 찍어 눌러도 열리지를 않는다. 혜동은 간격을 벌린 입술로 정말 미칠 것 같은 말을 뱉었다.

“그만 갈래요.”

헌영은 정말이지 정말, 미칠 것 같은 신음만 쏟았다.

“온실에 떨어뜨린 거 그냥 두고 왔어요.”

“찾아 줄게, 내일. 학교 가는 길에.”

빙글, 몸 아래 혜동을 깔고 올라간 헌영은 묘한 표정이 된 혜동을 응시했다.

“뭐야. 그 얼굴은.”

“내일 김 박사님이 특작원에 가자고 해서 그러겠다고 했어요.”

“뭐?”

“특별히, 선약은 아니었잖아요.”

“암묵적 약속이라는 것도 모르지, 정혜동은?”

학교에 가는 동안 홀로 그 긴 시간을 보내라 말하는 무덤덤한 얼굴이 괘씸해 헌영은 유일하게 반격할 수 있는 짓을 시작하기로 했다.

가볍게 밀어 올린 오른쪽 다리를 쓸고 또 쓸던 손길이 촉촉한 몸을 열었다.

잠깐 사이, 교성이라 말하기엔 턱없이 부족한 혜동의 한숨을 뚫고 헌영은 한껏 자신을 밀어 넣었다.

대상, 이유는 없는

아무래도 어색했다. 무거운 치맛자락을 살짝 말아 쥐고 내려다보는 혜동의 눈빛은 꽤나 복잡했다. 괜히 입었나 하는 마음부터 예쁘구나 하는 생각까지.

두어 번 치맛자락을 만졌다 놓았다 하며 고민하다가 결국은 입고 나오는 길이었다. 오늘 준희가 무슨 옷을 입었을까 하는 유치한 생각 뒤에 벌어진 일이었다.

출처는 차치하고 소유한 옷 중 제일 예쁜 걸 입어 볼까 하는 단순한 생각에서 출발한 선택이기도 했다.

"어머, 이게 누구야?"

출입구에서 지문을 찍고 들어오던 은정이 호들갑을 떨었다.

"너무 예쁘잖아. 혜동 씨. 만날 청바지에 단화더니."

뭐 그렇게 입어도 예쁘긴 했지만, 중얼거린 은정이 부러 멀

찍이 떨어져 훑어보며 다시 호들갑을 떨었다.

"풀 스커트 정말 잘 어울리네? 마른 사람이 입어 그런가?"

불편한 반응이 길어지는 통에 괜히 입었나 하는 마음으로 1할쯤 기울었을 때, 팀장 회의실로 이동하던 일행과 딱 마주쳤다. 다른 이들보다 한 뼘쯤 키가 큰 헌영이 보인 건 수순이었다.

눈이 마주쳤다.

가까이 있지 않는데도 알 것 같았다. 장헌영 씨는 한숨을 누르는 중이다. 얼굴 위로 손이 올라가는 것을 다 보여 주지도 않고 그는 회의실 방향으로 멀어졌다.

지난번처럼 새벽녘에 몰래 빠져나왔다. 화났는지도 모른다. 게다가 암묵적 약속이라던 걸 깨 버린 상황이니.

"플랫도 참 예쁘네. 난 애 낳고 족저 근막염이 와서 플랫을 못 신는다니까."

지극히 현실적인 대화로의 전환이었다. 족저 근막염이 오면 플랫 슈즈를 신기 어렵다는 알뜰한 팁을 얻은 채 혜동은 랩으로 향했다. 여느 날처럼 아이가 어린이집에 가지 않겠다고 떼썼다는 이야기가 이어졌다. 힘겹다는 푸념인 것 같은데도 은정은 행복해 보였다.

아이를 갖는 기분은 어떨까. 혜동은 뻗어 나가는 생각 끝에서 마주한 헌영의 얼굴을 흔들어 지웠다. 어느새 얼굴에 열이 올라 뜨거웠다.

출근 후 혜동은 오전 일과랄 것도 없이 은정을 도와 해금사 보고서 책자와 의견서 등을 최종 점검했다. 언젠가 화훼팀이

했다는 전설적인 실수를 피하기 위해 3차, 4차까지 안전망으로 거르는 작업이었다.

“아. 나도 가고 싶다.”

캡슐 머신에서 커피 한 잔을 빼 들고 온 준성이 부럽다는 듯 입맛을 다셨다.

“가긴 어딜. 패모貝母께서 기다리시는데.”

“예예, 여부가 있겠습니까요.”

다른 때보다 조율이 오래 걸렸던 팀장 회의 결과였다. 장수가 받아 온 건 진해제로 널리 쓰이는 약료 작물 패모였다. 1팀이 애지중지 건강하게 키워 내야 할 다음 대상.

“황박은 참 모순적이야. 브리핑하는 건 질색이라면서 출장은 가고 싶어?”

장수에 이은 은정의 핀잔에 준성은 호록, 커피를 마시며 푸념했다.

“어째 사방이 적이랍니까. 제가 이렇게 신뢰를 못 얻고 사네요, 혜동 씨.”

머리는 좋은데 놀멘놀멘하는 구석이 강하다고 했던가? 준성은 어려운 일도 쉽게 하는 타입이었다. 뺀질댄다는 평을 달고 살았지만, 늘 주변을 유쾌하게 만드는 것도 무시할 순 없다.

“김 박사님. 잘 다녀오세요. 원장님께 안부 전해 주시고요.”

“네. 팀장님. 혹 필요한 거 있으면 전화 주시고요.”

초우 마크가 찍힌 서류 봉투와 상자. 준비가 완료됐다.

앞에 서서 나누는 장수와 은정의 대화에 어김없이 준성이 끼어들었다.

"저 필요한 거 있어요."

"뭔데요?"

"메로나."

은정이 있는 대로 찡그렸지만 준성은 굴하지 않았다.

"두 개 사 오세요."

혜동은 결국 풋, 웃음을 터뜨렸다.

"정 선생이 웃어 주니 행복하네요. 사 오세요. 꼭."

은정이 들고 있던 볼펜을 준성에게 집어 던졌다. '나이스 캐치' 소리 지르며 받은 준성이 능글맞게 웃었다.

건물을 나서기 전 화장실에 들러 가려던 혜동은 몇몇 젊은 연구원들과 어색하게 맞닥뜨렸다.

표정과 분위기가 지나칠 정도로 분명한 메시지를 전달해 왔다. 방금 전까지 나누었을 담화의 주제가 무엇, 아니 누구에 관한 것일지 짐작이 갔다.

화장실이 근심을 해소하는 공간이라는 건 너무 점잖은 해석이다. 화장실은 욕구 배출의 공간이다. 배설에 가까운. 물론 그건 생리적 배설만을 지칭하는 건 아니다.

어색한 묵례를 나눈 혜동은 과민한 촉이길 바라며 화장실 한 칸의 문을 밀었다. 요란한 물소리와 함께 핸드 드라이어 소리가 끊기고 문 열리는 소리며 두런거리는 소리들이 이어졌다.

전에 없던 옷차림만큼이나 불편했다. 그럴 것까지 있나 하는 생각 한편으로 들떴던 마음이 푹 꺼졌다.

연애하는 사람이 있으면 궁금한 사람들도 있는 거라던 말을 감안해도 그렇다. 그저 관심만이라면 좋겠지만 느껴지는 분위기는 그 이상인 것 같으니까.

혜동은 세면대로 나와 물이 쏟아지는 수전 앞에 섰다. 오른쪽 사이드의 파우더 룸에 선 이와 거울 속에서 눈이 마주쳤다. 당황하기도 전에 윤주가 생각지도 못한 말을 했다.

"잠깐 볼까요."

두어 살? 서너 살? 몇 살 차이인지 모르지만 그러고 보니 윤주는 선우보다 연상이다.

실없는 생각을 하며 혜동은 그녀에게 다가갔다. 손에서 뚝 떨어지는 물방울을 보던 윤주가 파우치에서 손수건을 꺼내 내밀었다. 손수건을 아직도 사용하고 있는 클래식함에 놀라고, 너무나 예쁜 레이스 수건이라는 데 혜동은 또 한 번 놀랐다.

"눈 감아 봐요. 이렇게 입고 민낯이라니요. 아무리 피부가 좋아도 그렇지."

아, 하는 외마디 후 물러서려는 혜동에게 다가온 윤주는 웃음기 없는 얼굴로 브러시를 들어 보였다.

뭐 어떨까 싶은 마음으로 혜동은 윤주를 마주했다. 살살, 눈 밑 광대를 쓰는 브러시에서 좋은 향이 올라왔다.

"핑크 톤이 이렇게 잘 받기 쉽지 않은데……. 샘나네."

코끝으로 입김이 느껴졌다. 지우 생각이 밀려들었다. 화장해 주겠다고 그리 원을 했건만 제대로 응해 준 적이 없었다. 회한

이 없는 과거는 과거가 아닌지도 모른다.

"입술 내밀어 봐요."

곤란한 눈빛을 보냈으나 윤주는 강경했다.

"자. 우, 아니요. 닭똥집 아니고, 섹시한 우."

웃음으로 입술이 일그러지는 통에 혜동은 뒤로 물러났다. 윤주는 말끄러미 응시하다가 검은 보디에 금박 뚜껑이 닫힌 입생로랑의 클래식 틴트를 내밀었다.

"가져요. 한 번밖에 안 쓴 거예요. 그쪽한테 더 잘 어울릴 것 같아."

눈앞에 내밀린 걸 내려다보며 혜동은 잠시 생각에 빠졌다. 두 사람이 이런 걸 주고받을 사이인가. 움직일 생각이 없는 혜동의 손을 끌어 올린 윤주가 틴트를 손바닥 위에 올렸다.

"한선우 씨, 원장님."

작은 물체 위에서 부딪쳤던 시선이 서로의 얼굴 위에서 만났다.

"양손에 쥔 기분은 어때요?"

담담하고 고요한 눈, 차분한 억양. 무슨 말을 했는지 표정만 놓고 보면 매치가 되지 않을 정도였다.

"사람들 눈에 그렇게 보이지 않겠어요? 본질이 뭐든 지켜보는 사람들 눈엔 그게 그렇게 보여요."

몇 년 전 오랫동안 달라붙어 따라다녔던 구설수와 같은 패턴이다. 심리적 부담감이 상당했음에도 불구하고 혜동은 잠시 집중력을 잃었다.

윤주 너머 뒤편 거울에 비친 얼굴이 무척이나 낯설고 어색해서였다. 블러셔가 동글동글 발렸을 뿐인데 생기 있어 보인다. 다른 날보다 예뻐 보였다. 모처럼 이런 구설수의 주인공에 걸맞은 외양을 갖춘 것 같다는 우스운 생각까지 들었다.

"이윤주 씨도 그런가요?"

"……."

뭐가 잘못됐을까. 어디에 문제가 있기에 또 이런 상황이 된 것일까. 바보 같은 짓을 한 한선우로부터 야기된 것이라 간단하게 결론 내 버리면 되는 건가?

"본질이 뭐든 그렇게 보이면, 그렇게 믿는 건가요?"

윤주가 아픈 것은 헤아릴 수 있을 것도 같다. 아니, 엄밀히는 헤아린다는 건 맞지 않다. 그저 '짐작해 볼 수 있다' 정도가 맞을지도 모른다. 그러니까 이런 말을 하는 윤주의 심정을 짐작해 보라면 할 수 있을 것 같기도 했다.

그럼에도 불구하고 혜동은 그런 질문을 받고 싶지는 않았다. 누군가에게 상처받았다 하여 다른 이에게 분풀이할 권리가 주어지는 건 아니니까.

"내겐 원망할 사람이 필요하니까요."

"원망할 사람으로 선택한 기준은 뭔데요."

잘 알지 못한다면서, 왜 원망할 대상으로 정혜동을 택한 걸까.

"혜동 씨는 그런 거 모르나 봐요."

"……."

"존재 자체로 싫은."

찌르르, 말할 수 없이 거슬리는 통증이 관자놀이를 지나갔다. 본의와 명백히 다른데, 그럴 의도도 없는데 누군가에게 '존재 자체가 싫은' 존재라니…….

"그래요. 내겐 정혜동 씨가 그런 존재예요."

열린 파우치 지퍼를 잠그며 윤주는 '화장 잘됐어요'와 다르지 않은 어조로 마무리를 했다. 혜동은 하얀 손가락의 움직임을 바라보며 다른 곳으로 흐르는 생각을 막지 못했다.

누군가를 원망하는 마음은 그렇다. 그렇게 된다. 비이성적이라 여기면서도 고조된 감정을 누르지 못한다. 혜동 역시 그 마음을 잘 알고 있다. 수년 동안 아버지를 향해 하고 있는 짓이니까.

벌컥 화장실 문이 열렸다. 아버지와 함께 생각의 수렁으로 빠지려던 혜동은 겨우 동아줄을 붙잡았다.

"혜동 씨. 어머. 두 사람 여기 있었어요?"

"네."

덤덤하게 대답한 윤주가 파우치를 들고 그대로 파우더 룸을 벗어났다. 두 사람이 대수롭지 않은 주제로 담소하는 걸 들으며 혜동은 불편하기 짝이 없는, 찜찜한 심리를 그곳에 남겨 두고 은정을 따라나섰다.

"왜 몰랐을까?"

아이스 버킷에서 딸각 얼음이 녹아 부딪치는 소리를 들으며 상현은 준희가 던진 질문을 받았다.

"뭘요."

"저 아이."

위스키를 스트레이트로 홀짝이던 준희가 건너건너 테이블에 앉은 혜동에게 주던 시선을 되찾아 왔다.

은은한 조명과 차분한 음악, 분위기에 녹아들었는지 술 마시는 이들마저 고요한 곳이었다. 시간 된다는 박사 과정 멤버들을 소집한 연합 개강 모임. 말이 연합이지, 친분 있는 젊은 교수진끼리 술 한잔 하자는 자리였다. 물론 사제지간 친목 도모로 포장된 의례적 성격이 없지 않았지만.

"꽤 떠들썩했다며."

"뭐가 떠들썩했을까요?"

"송상현. 이럴래?"

소리 없는 웃음을 흘리며 상현은 딸깍, 얼음 소리 나는 컵을 비웠다. 혜동과 관계되어 떠들썩할 일이 뭐가 있겠는가. 그 '웬수' 같은 장헌영이 얽힌 그 일 외에.

출처가 어딘지 알 수 없지만 준희는 민효상 일을 뒤늦게 들은 모양이었다. 이쪽이나 저쪽이나 파워에서 밀리지 않는 집안 자식들 사이에서 벌어진 일. 세간에 드러나 봐야 좋을 일은 아니었다. 포닥이 예정되어 있던 헌영과 미국으로 유학을 떠난 민효상. 둘 모두 학교에서 사라지는 것으로 그 일은 흐지부지 마무리되었다.

민효상 집안의 법률 대리인이 여러 번 혜동을 찾았다는 것 같았지만 혜동은 위로금 명목의 돈을 받지 않았다. 주영을 통해 알아낸 바로는 그랬다.

주영은 그쪽에서 준다는 돈을 거절한 이유가 무어냐 물었다고 했다. 혹여 민효상을 고소할 작정이라 그런 것인지 마저 물었을 때 그런 답을 들었다고 했다. 그쪽에서 주는 돈은 받고 싶지 않다고. 게다가 고소를 하면 장헌영 선배가 곤란해지는 거 아니냐고. 그건 싫다고.

주영이 혜동에게 이전보다 깊은 관심을 보이기 시작한 건 그때부터였다.

"선배."

대답도 없이 준희는 잘 다듬어진 손톱이 돋보이는 손가락으로 위스키 잔 모서리를 한 번 훑었다.

상현은 답 없는 준희 핑계를 댄 채 그대로 혜동에게 시선을 돌렸다. 끄덕끄덕 웃으며 들어 주기만 할 뿐 몸에 밴 습관 덕인지 혜동은 술을 입에 대지 않고 있었다.

윤형중이 불러 모으면 상현과 혜동은 그 자리의 뒤치다꺼리를 같이 맡곤 했었다. 술 취한 형중을 커버하는 일은 상현의 몫이었고 그 외 잡다한 일 대부분은 혜동이 처리했다. 술자리에서 바짝 긴장하고 있는 것에 안타까운 심경이 되는 건 그 시절 모습과 오버랩되기 때문이다.

"불러 놓고 뜸 들이는 거, 궁금하라고 부러 그러는 거지?"

"그 자식. 어디가 그렇게 매력 있어요?"

준희는 꿀빛 액체를 상현의 얼음 잔에 채워 넣으며 웃었다.

"전부? 다 매력 있었어."

가볍게 잔을 부딪친 두 사람은 진한 향이 일품인 싱글 몰트를 음미했다.

"그거, 여자들한테 있다는 그거죠? 나쁜 남자 콤플렉스."

"글쎄. 그렇다기보다 일종의 도전 같은 거라고 봐야지. 관계에 감정을 섞지 않는 남자가 신기하기도 하고 야속하기도 해서."

"그래서요?"

"보시다시피. 실패했잖아. 유혹하느라 힘겨웠던 데다 쿨한 척하느라 고단했는데, 보람도 없이."

높은 웃음소리가 들려와 두 사람은 소리가 나는 곳으로 눈길을 돌렸다. 군중에 섞이지 못한 채 핸드폰을 내려다보고 있는 혜동의 옆모습이 고스란히 보였다.

"그래서 더 궁금해, 저 아이. 장헌영이 왜 저 아이에겐 다르지?"

그러게 말이다. 준희 입장에서 생각하자면 궁금한 것이 지극히 당연하다. 그럼에도 불구하고 상현 역시 다 알지 못하는 영역이니 뭐라 답해 줄 수는 없었다.

"선배."

"응?"

"나 선배 참 좋아하거든요."

이 사람이 그저 궁금해하고 말길 바랄 뿐이다.

"멋있는 사람이라……."

"뭘까. 이 맥락 없는 소리는? FM계 최고 레벨이신 송상현이 약 팔자는 건 아닐 테고."

평상시와 다른 차림의 혜동에게서 시선을 걷어 온 상현은 준희를 마주했다.

꽤 돈독한 선배, 애틋한 제자, 그리고 세상 다시없이 친한 원수 같은 친구. 얽히고설킨 관계. 상현은 결국 애틋한 제자의 편에 서기로 했다.

"그러지 말아요. 안 그랬으면 좋겠어요."

"뭘?"

"사는 게 고달픈 아이예요. 혹여라도."

분풀이하려는 거면 그만두어 주시길. 말을 다 잇지 않았는데도 준희는 푸훗, 새빨간 입술로 웃었다. 투명한 글라스를 여지없이 입술 위로 올리면서.

진심을 담았으니 역효과가 나지 않길 바라며 상현 역시 한 모금을 넘겼다.

"이게, 맥락에 맞는지 모르겠어."

"무슨 말씀을 하시려고요. 겁나게시리요."

웃음이 이어졌다.

"오늘 화장실에서 학부 아이들이 재잘대더라고."

재미있어서 그녀가 주의 깊게 들었다는 말.

"빠가 까를 만든다?"

"선배."

"두 남자가 싸고도니까 심술이 나잖아."

순식간에 술잔이 비었다. 빙긋 웃는 얼굴은 평상시처럼 매력이 넘쳤지만 어딘지 섬뜩했다. 상현은 한숨을 흘렸다.

애초부터 그녀가 심술이 난 것처럼 보여 싸고돌 수밖에 없었다는 말을 상현은 끝내 하지 않았다.

가해자 포지션

— 아, 따님에게도 접견 거부군요.

혜동은 화장실 옆 좁은 실외 공간으로 나왔다. 진원의 법률대리를 맡았다는 변호사는 첫 통화 때만큼이나 닦달을 했다. 덕분에 혜동은 진원이 면회를 거부하고 있다는 사실을 알릴 수밖에 없었다.

— 재심 사유로 유력한 증인과 증거가 확보된 상황이라 어떻게든 설득을 했으면 좋겠는데.

"왜 그게 지금에야 확보된 걸까요."

— 당시 현장에서 중상을 입었던 목격자가 최근에 회복했거든요. 그분이 유성희 씨에게 연락해 저희 법인에 재심 청구 대리 의뢰가 들어온 상황이고요.

"어떤 목격자길래 재심 청구에 관여를 하죠?"

— 전화로 설명하기엔 상황이 복잡합니다.

그저 단순한 목격자가 재심을 촉발시켰을 리가 없다. 적지 않은 시간이 흐른 사건인데.

누구일까. 혜동은 변호사가 준 만족스럽지 못한 답을 침묵으로 받았다. 다행히도 범준은 눈치가 빠른 사람이었다.

— 그분 말씀으론 본인이 정진원 씨와 사실혼 관계라고 주장하고 있습니다만, 조사 중입니다.

혜동은 열어 둔 창 앞으로 한 걸음 나아갔다. 술을 입에 대지도 않았는데 순식간에 토할 듯 속이 울렁거려 취한 방편이었다.

중상을 입은 목격자, 사실혼 관계. 난무하는 평범치 못한 이야기 속에 숨겨져 있을 비밀을 대하는 그녀의 마음은 너무나 모순이었다.

알고 싶은 욕구와 그대로 모르고 싶은 욕구.

불편한 속을 한참이나 견딘 그녀는 결국 선택을 했다. 정혜동을 낳은 이는 어떤 사람일까.

"이름이 뭔가요. 그 사람."

— 문현자 씨입니다.

뭉쳐 있던 피가 풀려 일순 혈관을 도는 기분이었다. 혜동은 깊이 토하고 싶은 숨을 참았다. 통장 주머니에서 나온 이름은 아니다. 여전히 미궁 속.

— 가능하면 만나서 이야기를 나누고 싶습니다. 유선으로 나누기엔 복잡하고…….

혜동은 변호사 말을 단호하게 끊었다. 주중에 어디서 근무

하는지 어떤 환경인지 설명을 했다. 봐야겠다면 지금은 어떤가 하는 물음도 잊지 않았다.

— 다른 사건 조사차 출장 중이라서요. 시간이 나는 대로 근무하시는 곳으로 가 뵙죠. 그래도 되겠습니까?

혜동은 망설임 없이 그러라고 했다. 길고 버거운 통화의 막바지. 그제야 벗어나나 했던 전화기 너머로 변호사가 무거운 짐을 지웠다.

— 아무래도, 따님에게밖에 요청할 데가 없습니다. 정진원 씨를 설득할 방법을 강구해 주십사 다시 한번 부탁드려요.

무슨 수로? 일생 교감한 적도 없는데, 만나 주지도 않겠다는 존재를 향해 뭘 더 강구하라는 것일까. 혜동은 울컥 올라오는 분기를 누르고 그대로 전화를 끊었다. 바깥 공기를 마시고 싶어 그녀는 두어 번 깊은숨을 쉬었다.

아버지가 무얼 쥐고 있든 상관없다. 결과는 변하지 않을 테니. 그게 뭐든 할아버지가 살아 돌아오지도 않을 테고, 할머니가 온전히 회복할 가능성도 희박하다. 그러니 불편한 호기심 따위, 이상한 죄책감 따위 불러일으켜 봤자 소용없다.

무거운 철제문을 밀고 실내로 들어선 혜동은 화장실을 나서는 준희와 맞닥뜨렸다. 동문 선배이자 교수를 향한 적절한 사회적 태도가 필요한 상황이었다. 부담스럽지 않을 정도의 미소와 존중을 담았음을 어필하는 모습이면 좋을.

생각과 달리 민첩하고 자연스럽게 나오지 않았다. 날이 날이라 그런 걸까. 다른 이유가 있는 걸까. 조금 어색했던 것도 같은데 준희는 더할 나위 없이 매력적인 미소로 혜동의 인사를 받았다.

"페이퍼 주제 흥미롭던데. 좀 더 들어 볼 수 있을까요."

"네. 교수님."

준희가 이끄는 대로 혜동은 교수 테이블이었던 곳에 자리를 잡았다. 제자들 술자리로 초대되어 간 상현의 시선이 언뜻 느껴졌다. 그의 눈길에 응하기도 전에 준희가 새로운 술잔을 밀어 왔다.

"술 안 해요?"

"주시면 받겠습니다."

"굳이 억지로 마실 필요는 없고요."

낮고 투명한 컵에 꿀색 액체를 채워 넣으며 그녀는 선택권을 제시했다. 오늘 헌영 역시 개강 모임이 있다. 분명 술을 마실 테니 혜동은 대신 운전할 생각이었다. 그다지 술 마시고 싶은 생각이 없기도 했고.

"팜 내에선 미생물이 관여하면 안 되는 걸로 알고 있었는데."

"네. 맞습니다."

독해 보이는 액체를 지긋이 응시하던 혜동은 잔을 들었다. 출석 대체용 소논문 주제를 이야기하자는 사람이 주는 술이니 받는 것이 현명하다.

준희는 기다렸다는 듯 찰랑이는 그녀의 글라스를 내밀었다. 가볍게 부딪친 유리들이 경쾌한 소리를 냈다.

"흥미롭긴 한데, 쉽지는 않겠어요."

"뿌리에 흡수되지 않는 균주는 자가 사멸시키는 방안을 연구해 보려고요."

"아. 훌륭하네요."

"마음먹은 대로 될까 싶지만요."

"연구야 늘 그렇게 시작하는 거니까요."

좋은 시작이었다. 이런 대화라면 불편한 마음을 잠시 잊을 수도 있지 않을까 생각했다. 그런데 그건 말 안 되는 상황이라는 걸 분명하게 확인시켜 주는 이로부터 전화가 걸려 왔다. 혜동은 준희에게 눈빛으로 양해를 구한 후 몸을 틀어 전화를 받았다.

— 언제 끝나.

"잘 모르겠어요."

— 한 시간이면 되겠어?

예상과 달리 헌영의 목소리에선 술 냄새가 나지 않았다. 혜동은 시계를 찾아 고개를 들었다. 10시가 좀 넘었다. 한 시간도 길게 여겨지지만, 일단은.

"네."

액정 위에서 전화번호가 깜빡였다. 그러고 보니 저장도 안 해 두었다.

"혜동 씨."

혜동은 잠시 잊었던 상황을 돌이키며 고개를 들었다. 준희의 시선은 액정 위에 박혀 있었다. 이런 상황에선 어떻게 처신을 해야 현명한 것일까. 아무렇지 않은 척하기엔 내공이 부족한데.

"남자들이 가장 잊지 못하는 여자가 어떤 여자인지 알아요?"

상대가 뜬금없는 말을 던질 땐 경계해야 한다. 그럼에도 불구하고 혜동은 최선을 다해 답했다.

"글쎄요. 첫사랑일까요?"

기다렸다는 듯 준희가 받아 웃었다. 참 매력 있는 사람이다. 웃는 모습도, 여유 있는 태도도. 무엇보다 이 사람은 원숙하고 아름다운 외모를 가졌다.

"충분히 섹스하지 못하고 헤어진 여자래요. 솔직하게요. 아주 솔직하게 그렇다네요."

그렇다고 하니 그런가 보다 하며 듣는 수준에서 멈추고 싶은데 준희는 그럴 생각이 없어 보였다.

"어떤 것 같아요? 혜동 씨 생각은 어떤가요? 일반화할 수 있을까요?"

"순수하게 성욕을 우선순위에 두고 생각한다면 그럴 수도 있을 것 같아요."

가지런하고 깨끗한 이가 드러났다. 선명한 빨간 색깔의 입술이 다시 봐도 참 조화로웠다.

"왠지 미지근한 답이네요."

건너건너 테이블에서 왁자한 웃음소리가 연신 터졌다. 조용히 술을 마시던 준희는 전혀 주변에 휘둘리지 않는 눈으로 혜동을 응시했다. 미소는 여전한 상태였다.

"장헌영은 어떤 것 같아요? 그 일반화 범주에 들어가는 인물일까요?"

아니나 다를까. 뜬금없이 던진 말은 일종의 함정이었다. 왜 그런 걸 묻느냐 정색하긴 이미 늦었고 내놓을 만한 적절한 답도 없는 상황이었다. 혜동은 자신 있게 대답할 만큼 헌영을 안다고 할 수가 없었다.

"어때요? 답하기 당혹스러운 질문인가요?"

"당혹스럽다기보다는 어렵다고 해야 할 것 같아요."

"어째서죠?"

"제대로 답할 만큼 제가 아는 게 없어서요."

준희는 처음으로 소리 내어 웃었다.

"그 말, 무척 거슬리네요."

혜동은 말끄러미 웃고 있는 준희를 응시했다. 시간이 꼬인 건가 싶었다. 그 가정이 아니라면 이 기시감을 표현할 길이 없었다.

"제대로 알지 못한다는 그 남자가, 그 장헌영이 먼저 전화하고 친히 데리러 오겠다는 상황하에서 하는 말치곤 좀 그렇잖아요?"

준희는 여전히 웃었다. 아름답고, 원숙했으며 여전히 세련된 태도를 잃지 않는다.

"장헌영과 정혜동. 둘 사이 누가 관계 우위에 있는지 어필하고 싶어 그러는 건 아니죠?"

겉모습이며 태도로 놓고 보면 윤주와 중첩되는 구석은 없었다. 그런데 왜 윤주가 떠오를까.

어떤 남자를 좋아했던 여자, 그리고 여전히 그 남자를 좋아하는 여자. 그러니까 두 사람은 다른데도, 다르지 않다.

은정의 차를 타고 달리며 길 위에 수없이 뿌린 생각들. 존재 자체로 싫다던 윤주의 말에서 파생한 것들이었다.

남녀가 얽힌 관계에서 '여자의 적은 여자다'의 공식이 왜 수립되는 것일까 하는 데 생각이 뻗쳤다.

여전히 좋아하는 사람을 원망하고 싶지 않다면 관계를 유지하고 싶은, 되돌리고 싶은 희망을 앗아 가는 존재에게 화살을 돌리는 것이 쉽다.

윤주의 편에서 생각해 보니 그런 결론이 나왔다. 그녀가 알았다면 악어의 눈물 바르지 말라고 한 소리했을지도 모를.

이 상황이나 저 상황이나 마찬가지다. 어디에도 정혜동의 생각이나 의지는 전혀 고려되지 않는다. 열 받게도.

"정확히 부합할 것 같아요. 내 입장에선. 섹스밖에 없는 관계였거든요. 유통기한이 지나고 끝나 버린?"

준희의 말이 왈칵, 위장을 쥐어짰다. 두 사람의 관계가 당연히 그러했으리라 짐작했으면서도 몸이 하는 솔직하고도 직접적인 반응은 속수무책이었다.

막연히 그러리라 여기고 말던 것과 그랬다하는 확언이 주는 임팩트의 간극.

헌영이 그 일반화 범주에 포함되는 그런 짓을 했던 남자였다는 이야기는 침착하게 수용할 수 있는 범위를 초과했다. 무성한 소문을 통해 얼마간 듣기도 했고 아주 모르는 내용도 아닌데 어이없게도 혜동은 눈이 시렸다.

"꽤 궁금해요."

시린 눈을 감추려 혜동은 유리컵으로 시선을 내렸다. 서로 의지하고 있던 얼음이 딸깍 소리를 내며 액체 속으로 좀 더 깊이 가라앉았다.

"혜동 씨의 유통기한은 얼마일지."

혜동은 액체에 잠긴 얼음을 바라보다가 물었다.

"왜 그런 게 궁금하신가요?"

입술 위로 올라가던 글라스가 공중에서 멈추었다. 예상치 못한 반응인 듯 그녀는 살짝 미간을 찌푸렸다.

"그러게요. 왜 궁금한 걸까요?"

그녀답지 않게 비겁한 답이었다.

"혜동 씨. 보기와는 다른 타입이네요."

환하게 웃는 붉은 입술 위로 술잔이 닿았다. 준희를 지켜보는 혜동은 여전히 뒤집힐 것 같은 위장 덕에 고역이었다.

"전혀 타격을 입지 않는 것 같아서 약 올라요."

이쪽 사정을 마음대로 규정한 채 준희는 점입가경이었다.

"두 사람 얼마나 됐나요?"

침대에서 죽여주는 건 여전하죠? 섹스하고 나서는 어떤가요? 씻고 사라지나요? 그 남자가 사람 기분 엿으로 만드는 습관이었는데.

웃음기 묻은 말투였다. 그 '타격'이라는 걸 입히고 싶어 그러는 건지, 순수한 호기심인지 분간이 가지 않는 장난스러운 표정이었다.

"아, 이런 이야기 달갑지 않을까요?"

"달갑진 않은데, 나쁘지도 않네요."

혜동의 대답에 잘 다듬어 둔 단정한 눈썹이 살짝 올라갔다. 거슬린다는 듯.

"나쁘지 않아요?"

"네."

"어째서?"

"그러게요. 어째서 그럴까요. 장헌영 씨에 대해 잘 모르는 것들을 알아 가는 것이 나쁘지 않아 그런 걸까요."

입술에 붙어 있던 준희의 웃음이 처음으로 짧게 끝났다. 마주하는 눈 안에 드러나는 것을 지켜보던 혜동은 순간 화가 치밀었다. 왜 이런 상황에 또 처해야 하는지.

"애쓸 거 없어요. 혜동 씨. 아무렇지 않은 척 그러지도 말고."

적당히 얻어맞아 주고 물러설까 하는 생각이 없지 않았음에도, 왠지 준희에겐 그러고 싶지 않았다.

"저는…… 애쓸 수밖에 없죠."

"무슨 이유로?"

"몰라서 물으시는 건가요?"

"당연히."

준희는 어색한 경어를 쓰는 수고로움을 벗어던졌다. 혜동은 웃음기 잃은 그녀를 응시하며 생각했다.

이럴 필요까지 있을까. 농담인 듯, 장난인 듯 헌영에 대한 미련을 있는 대로 드러내는 모습이 결코 아름다워 보이진 않는다. 사랑이 미련으로 전락하는 순간은 이렇게나 별로다.

"어떻게 해도 저는 교수님과 대등한 입장이 될 수 없으니까요. 단순히 여자와 또 다른 여자가 한 남자를 두고 대화를 나누는 자리라고 한다면 그런 노력, 필요 없을 것도 같습니다만."

하하하, 준희가 웃었다.

"계급장 떼자는 말이야? 그거?"

얼마든지 환영이라는 말이 떨어지자마자 혜동은 남은 술을 모두 비웠다. 식도가 타들어 갈 것 같다는 상투적 표현이 왜 있는지를 체감하며 그녀는 하고 싶은 말을 했다.

"미련이든 뭐든 남은 게 있다면 상대에게 직접 고백하시는 게 어떨까요."

이 비뚤어진 고백은 대상을 잘못 찾았다. 화풀이 상대로 정혜동을 선택할 정당성 같은 건 윤주에게도, 준희에게도 없다.

"계급장 떼자마자 풀 파워네."

쓴웃음을 머금은 채 준희는 혜동의 빈 잔을 채웠다. 그리고 또 예상치 못한 반응을 했다.

"꽤 아파."

툭툭, 잽을 날리던 사람이 순식간에 수건을 던져 버리니 전의가 흔적도 없이 사라졌다.

아무래도 본의와 상관없이 또 그렇게 되어 버린 모양이다. 정혜동은 이쪽에서도 확실히 가해자 포지션이었다.

유통기한

헌영은 개강 모임에 잠깐 얼굴을 비치고 반지를 찾았다.

VIP 고객이랍시고 늦은 시간에 약속을 잡아 준 실장 아무개에게 사의를 표하기까지 했다.

호텔 직원이 들고 왔던 그 정신 사나운 옷을 입었으니 나쁘지 않은 타이밍이다. 받을까 싶었던 호의를 받아 입고 나왔으니 장헌영을 향한 심경은 긍정적이지 않겠는가.

반지를 내밀면 혜동이 어떤 얼굴이 될지 궁금했다. 몇 보나 빠른지 가늠조차 되지 않았음에도 불구하고 같이 살고픈 놈의 심경이 닿길 바랐다. 절대, 한 번에 청혼을 받아 줄 놈이 아니라는 것을 알면서도 그랬다.

개강 모임에 되돌아갔던 헌영은 술을 입에 대지 않은 채 혜동을 데리러 바에 들렀다. 차분한 공간에 들어서자마자 상현이 그날 모임을 같이하자고 제안하지 않았던 이유와 맞닥뜨렸다.

짐작하지 못했던 바는 아니었지만 막상 보려니 스트레스로 말리는 위장을 어찌할 방도가 없었다.

눈을 맞춘 준희가 '고백할 상대가 왔다'는 알지 못할 소리를 하며 웃어 댔다. 그런 상황이었음에도 불구하고 맞은편에 앉아 있던 정혜동은 동요가 없었다. 그 시점부터였다. 스트레스가 극으로 치달은 건.

좋은 타이밍이라 여긴 생각이 바스러진 것도 역시나 그 시점이었다.

"하루 묵고 가."

"뭐라는 거야."

그렇게 취할 수도 있는 사람이라는 것을 증명한 채 준희는 대리 기사가 운전하는 차에 실려 사라졌다. 혜동 역시 술이 과했는지 버거워하는 통에 미리 차에 올랐다.

헌영은 근 한 달여 독수공방하느라 사람 냄새가 그리운 매제에게 잠시 붙잡혀 준 참이었다.

"한시적 홀아비 심정 좀 헤아려 줘."

"폰 초기화됐어? 주영이 번호 보내 주랴?"

"나쁜 새끼. 몇십 년째 짝사랑하는 친구 얼굴도 한 번씩은 좀 봐 주고 그래 봐 좀."

"짝사랑인 주제에 무슨 요구야. 요구는."

"짝사랑하는 존재 양산하고 다니질 말던가."

짝사랑은 본인 의지 아닌가? 헌영은 두 손으로 얼굴을 문지르며 중얼거렸다. 실상 그건 술에 취해 무너진 준희에게 하고 싶은 말이었다.

상현이 긴 한숨을 보태고는 마침내 놓아줬다.

"가, 운전 조심하고."

돌아설까 했던 상현이 힐긋 혜동을 응시하던 눈으로 다시 툭, 던졌다.

"한 시간."

"뭐가."

"준희 선배랑 혜동이 같이 있었던 시간."

그렇게 마저 스트레스 지수를 높이고 상현은 제 차로 향했다.

두 여자가 무슨 이야기를 나누었는지 자세히 알 길은 없으나, 시간이 주는 실마리가 있었다. 의도한 이야기가 있다면 충분히 오갈 만큼의 시간이었다.

치솟은 스트레스를 어쩌지 못하고 헌영은 차에 올랐다. 늦은 시간이라 비교적 정체가 없었다. 대관령을 지나기 전, 혜동은 물을 마시고 싶다고 했다. 휴게소에 들러 말간 얼굴에 물기를 묻히고 돌아왔을 때도 특별한 건 없었다.

헌영이 대수롭지 않게 던지는 말에 꼬박 대답을 했고 그의 시선을 외면하지도 않았다. 바에 들러 준희와 같이 있는 걸 보지 않았다면 평상시와 다르지 않다 보일 수준이었다. 피곤에 지쳐 좀 가라앉았구나 할 정도였다.

표면적으로 혜동을 알고 마는 수준이었다면 계획을 실행했을 수도 있었을 것이다. 며칠간 청혼이라는 겉치레를 심도 있게 연구하여 얻은 허무한 결론대로 멋대가리 없이 반지를 내밀고 결혼해 주지 않겠느냐고 물었을 것이다.

미세하게 드러나는 무언가가 없었다면 그렇게 했을 것이다. 한선우에게 먹던 초콜릿을 집어 던졌다던 그 도덕적 감수성으로 이 일을 어떻게 받아들일지 알고 있으니 물 건너간 계획에 미련은 없었다.

새벽으로 넘어가는 시간의 수목원은 바람 외엔 움직임이 없는 공간이었다. 어둠에 잠긴 주차장에 도착했을 땐 바람마저 죽은 듯 잠잠했다.

시동은 꺼졌고 오디오에서 흘러나오는 드뷔시의 〈달빛〉은 연주되고 있는 건가 싶을 만큼 느리고 고요했다. 아이러니하게도 흐린 하늘에 달빛은 없는 밤이었다.

"지금도 부족해요?"

불쑥, 혜동이 던진 물음에 헌영은 고개를 돌려 그녀를 마주했다. 직접 볼 일이 있을까 생각했던 편의점의 그 정혜동이었다. 한없이 무거운.

"늘 부족하다고 했잖아요."

"혜동아."

"대답해 줘요."

"무슨 말을 들었는지, 무슨 생각을 했는지 모르겠지만."

"다른 말 말고요. 묻는 말에 대한 대답이 듣고 싶어요."

눈동자에 반짝이는 빛은 그대로인데 뭐가 다른 걸까. 헌영은 혜동의 어두운 눈을 응시한 채 결국 답했다.

"그래. 부족해. 늘 부족해."

딸깍, 안전벨트가 풀렸다. 스윽, 슥. 치맛단이 마찰하는 소리가 요란했다. 앞뒤를 인식하기도 전에 상황은 끝이 나 있었다. 작고 가는 몸이 넘어와 헌영의 몸에 붙었다.

뻣뻣하게 굳은 몸 밖으로 불거져 나오는 헌영의 호흡을 받아 마시며 혜동은 그의 가슴을 짚은 채 몸을 포개 앉았다. 내려다보는 눈 안엔 뭐가 들어 있는지 읽을 수 있는 건 없었다.

"지금 해요. 그럼."

"정혜동."

어깨를 부여잡은 혜동의 손에 힘이 들어갔다. 여느 날처럼 녹을 듯 부드러운 감각에 헌영은 통제하지 못하고 신음을 쏟았다.

그의 손아귀 안에서 빠져나간 오른팔이, 오른손이, 거침없이 올라왔다. 치렁한 스커트 자락 아래 숨어 있던 그의 벨트를 부여잡은 손에 망설임 따위는 없었다.

헌영은 그대로 혜동의 손목을 잡아챘다. 거친 호흡만큼 거친 손길이었다. 헌영은 혜동이 하는 이 평범치 않은 짓에 아무 생각 없이 동조할 정도로 무디지 않았다.

"싫어요?"

"왜 이래. 너."

번쩍, 실핏줄 같은 빛이 마루원 정상의 하늘을 갈랐다. 하나, 둘, 셋. 정확히 따라온 천둥소리가 둔탁하게 자동차를 울렸다. 톡, 토독, 톡. 빗방울이 떨어져 내렸다.

무거운 한숨을 뱉은 헌영의 입술 위로 작은 입술이 내려 붙었다. 위스키 냄새가 입 안으로 스며들었다. 혜동은 깃털처럼 움직였다. 몇 번의 키스를 했는지 셀 수도 없는데 제대로 배운 게 없다. 낙제점이었다.

우습게도 머리의 평가와 몸의 평가는 완벽히 대척이었다. 벨트 위로 차게 식은 손이 다시 올라왔다. 허리를 가로지르던 가죽끈이 느슨해지고 미지근한 공기가 단단한 근육 위로 들러붙었다. 따듯한 여자의 살갗이 녹을 듯 따라붙었다.

밀어내던 남자의 손이 가녀린 여자의 등판으로 올라갔다. 빠르게 시트가 뒤로 밀렸다.

정확히 종잇장만큼의 간격이 입술 사이로 벌어졌다. 그가 하던 대로 입술 위에서 그녀가 말했다.

"속옷…… 벗겨 줘요."

왈칵 쏟아지는 그의 숨을 태연하게 받아 마신 혜동이 다시 속삭였다. 속옷……이요.

급한 손이 풍성한 스커트 자락 안으로 들어갔다. 겹겹이 가로막혀 있던 연약한 천 쪼가리가 찢겨져 나가는 소리가 차 안 그득 울려 퍼졌다. 헌영의 신음이 같이 퍼져 나갔다.

한 번. 솟아오른 살덩이를 제 안에 품느라 파르르 떨리던 온몸을 울려 나온 한숨 같은 신음이 한 번이었다. 음양극의 자석처럼 몸이 붙은 후엔 아무 소리도, 아무 움직임도 없었다.

두 사람은 그저 서로를 올려다보고 내려다봤다. 미약한 빛이 스민 혜동의 눈동자엔 알 수 없는 것들만 들어 있었다. 어쩌면 아무것도 없는 것이 아닐까 하는 생각마저 들었다.

빗물이 간헐적으로 유리창을 두드렸다. 자던 바람이 깨어나 흔드는 나무 소리도 들려왔다.

헌영의 높아지는 호흡이 다른 소리를 다 잡아먹었다. 선명하게 들리던 소리가 시간과 함께 사라졌다. 닿은 몸을 통해 미세한 떨림마저 생생하게 전해졌다.

견디지 못하고 허리 위로 올라간 헌영의 손은 바로 밀려났다. 두어 번, 혜동은 제게 손대는 걸 결코 허락하지 않았다. 서로를 품은 채 두 사람은 서서히 고조되는 숨만 뱉고 또, 마셨다.

머리 위에서 다시 실금 같은 빛줄기가 쪼개졌다. 어김없이 천둥이 따라왔다.

우르르 하늘이 무너지는 소리와 함께한 혜동의 날숨 끝에 강렬한 경련이 따라 붙었다. 살덩이를 쥐어짜는 수축이 이어졌다. 어깨를 움켜잡는 손아귀 힘은 닿아 있는 그녀의 신체 일부의 것에 비하면 턱없이 약했다.

헌영은 악물었던 잇새로 비릿한 피 맛을 보고서야 사정했다. 울컥, 울컥.

결혼이라는 말도 안 되는 짓을 해 보고 싶게 만든 여자의 몸속에 그는 길게 체액을 뿜었다. 유리를 뚫을 듯 하늘에서 비를 쏟았다. 헌영은 사리물었던 모든 것들을 토해 냈다.

얇은 고무 막 따위가 그동안 앗아 간 것이 무엇인지 분명하고도 명백한 체험이었다. 처음에 처음인 경험 속에서 헌영은 신음을 뱉는 것밖에 할 수 있는 것이 없었다.

가슴으로 무너져 내린 혜동은 여전히 헌영을 품고 있었다. 박동이 진정될 만큼의 시간이 흘렀다. 가느다란 숨결에서 위스키 향이 올라왔다. 비릿한 냄새가 섞여 퍼졌을 때 헌영은 상황도 잊고 묘한 만족감을 맛보았다.

이 비정형의 행위가 기꺼운 것이 아님을 아는데도 비로소 하나가 된 기분이었다. 장헌영은…… 멍청했다.

"좋아요. 이거 좋은 것 같아요."

가쁜 호흡의 잔영을 희미하게 남긴 채 혜동이 속삭였다.

"조금 알 것 같기도 해요. 한선우도, 장헌영 씨도 그래서 그랬던 건가 싶고."

심상치 않은 대화의 시작. 일으켜 마주하고 싶었으나 혜동은 뜻대로 움직여 주지 않았다. 셔츠 자락 사이로 미지근한 숨이 닿았다 사라지고, 또 닿았다 없어지길 반복했다.

"무슨 말이 하고 싶은 거야."

"그냥, 대수롭지 않은 것들요. 섹스, 남녀 관계, 또 섹스. 장헌영 씨에겐 이런 거 별거 아니잖아요."

"……."

"상대가 누구든 중요하지 않고, 대수롭지도 않은. 장헌영 씨는…… 상대 감정 따위는 섹스 후 샤워로 같이 씻어 내 버릴 수도 있는 사람이잖아요."

헌영은 가느다란 어깨를 붙잡아 일으켰다. 일으켜진 몸도, 몸속도 그를 꽈악 움킨 채 놓지 않았다. 괴로운 신음과 함께 살 속에 묻힌 페니스가 팽팽하게 부풀어 올랐다. 거북스러웠는지 혜동은 버거운 숨과 함께 뱉었다.

"몇 번이나 더 하면 유통기한이 끝나는 걸까요."

"무슨 말이야."

"남자가 잊지 못하는 여자는 잠자리가 충분치 못한 여자라면서요."

"혜동아."

헌영은 하려던 말을 잇지 못하고 닫았다. 혜동의 눈빛 안에 든 경멸이 고스란히 와 닿았다. 준희가 쏟았을 말이 재생되었다. 과거 대수롭지 않았던 그 관계를 부정할 수는 없었다.

"한 번 더 하면 끝날까요?"

입술을 지그시 깨문 혜동은 그를 품은 채 꼿꼿이 허리를 세웠다. 헌영은 움직이지 못하게 하려 혜동의 두 손목을 꽈악 붙들었다. 신음을 참으려 그는 이를 악물어야 했다. 깊이 박혀 버거울 몸이 그를 비웃듯 부드러운 리듬으로 흔들렸다.

"얼마나 더 하면 끝나는 걸까요."

헌영은 손목 대신 그녀의 허리를 붙잡았다. 두 손끝이 겹칠 정도로 가는 허리는 아랑곳하지 않고 움직였다. 그의 손을 벗어나려는 움직임이 온전히 자극이 되었다. 헌영은 이 상황에 짐승이 되려는 몸을 용납할 수 없었다.

"정혜동. 그만해."

"왜요. 이게 전부잖아요. 장헌영 씨에겐 이런 게 전부잖아요."

무슨 말을 하겠는가. 지금 하는 말이 이 귀에, 이 머리에 제대로 들어갈 리도 없는데.

붙들린 손목 끝, 꽉 말아 쥔 혜동의 주먹이 멈추지 않고 흔들렸다. 허리부터, 그녀의 온몸이 그를 머금은 채 움직였다. 헌영은 일그러지는 얼굴로 밤보다 어두운 혜동을 응시했다.

하아, 하아 쏟아지는 호흡 속에서 또다시 절정에 이르는 그녀를 맞아 헌영은 다시 사정했다. 꽉 맞물린 부위 어디 틈이 있었는지 미지근한 체액이 한계를 견디지 못하고 두 사람 사이를 타고 흘렀다.

풀썩 쓰러지듯 혜동은 또 헌영의 가슴 위에 이마를 기댔다. 빗물은 좀 더 강하게 차체를 두드려 댔다. 여느 날의 정사 후처럼 그의 손이 혜동의 머리를 감싸 안았다.

귓불을 지나 경동맥을 스쳐 늘 그랬던 것처럼 동그란 경추를 만졌다. 소름 꽃을 피워 올리는 것마저 꼭 같았다.

부메랑을 맞는 것이 온전히 자신뿐이라면 얼마든지 감수할 수 있었다. 숙고 없이 누렸던 관계의 대가는 결국 혜동의 몫이 되었다. 아니, 정혜동에게 낸 생채기로 인해 충분히 괴로우니 장헌영의 몫이 없진 않았다.

"유통기한이 끝나면 다 같이 끝나는 거겠죠."

자상한 척도, 멋있는 척도.

"그런 적 없어."

"뭐가요. 뭐가 없는데요."

"너 외에 누구에게도 그런 적 없어."

그러고 싶었던 적이 없으니까.

힘이라곤 실리지 않은 손바닥이 단단한 가슴을 짚었다. 혜동이 둘 사이 간격을 만들었다. 얼굴이 그제야 제대로 보인다. 헌영은 숨다운 숨을 쉬었다.

오늘 밤은 시간이 흐른 후 어떤 기억이 될까.

정혜동이 처음으로 제 의지로 몸을 섞자고 했던 밤. 그녀가 주도한 섹스의 의도가 명확해서 가슴을 후비던 밤. 언제인지도 기억나지 않는 과거 한 자락이 발목을 붙잡아 기어이 진창에 처박은 밤.

그럼에도 불구하고 정혜동이 너무 예뻐서 심장이 아픈, 그런 밤.

"왜요? 나는 왜 달라요?"

혜동이 턱없는 답을 요구했다. 어려웠다. 그건 말 몇 마디로 설명할 수 있는 답이 아니다. 긴 시간 가슴에 스며 들어온 그 이유를 간략히 표현해 낼 재주 따위 없다.

아무 일 없이 그저 순수하게 듣고 싶어서 묻는 거라면 이만큼 어렵진 않았을 것이다. 온전히 이 깊이를 다 보여 주고 드러내지 못하더라도, 답할 수 있었을지도 모른다.

한숨과 함께 여러 번 입을 달싹이던 헌영은 끝내 혜동이 했던 질문에 답하지 못했다.

다른 이유

쉽사리 눈이 떠지지 않아 혜동은 눈꺼풀에 밀어 넣었던 힘을 풀어 버렸다. 밤새 요란하던 빗소리 대신 새 울음이 창 너머에서 들려왔다. 상쾌한 아침에 딱 어울리는 소리였다.

속상하게도 상쾌한 아침과는 거리가 먼 컨디션이었다. 몸에 이는 열감이 심상치 않았다. 간밤에 별 해괴한 짓으로 화를 폭발시키고 나니 몸도 정신도 한도 초과였다.

대응이라곤 없이 받아 주기만 하던 누구 때문에 더 열 받았는지도 모른다. 애초에 레벨이 다른 애 취급하는 것 같아 화르르 불사르고도 분이 풀리지 않았으니까.

잘나고 잘나신 장헌영 씨 편에서 보자면 섹스는 그저 관계의 방식 중 하나일 뿐일 텐데, 무슨 말이 듣고 싶어 그랬던 걸까.

제대로 반응해 줬다면 원 없이 분풀이라는 걸 할 수 있었을까? '다 항복한다' 했지만 헌영이 지닌 독선과 오만을 혜동은 잘 알고 있었다.

연신 장헌영 씨답지 않은 모습을 마주하고 보니 더 궁금했다. 정혜동은 뭐가 다른 걸까?

뭐가 다른지 물었던 건 고요하기 짝이 없는 그 사람을 몰아세우고 싶은 의도를 담은 진심이었다. 준희가 휘저어 벌어진 일이라는 걸 부정할 수는 없다. 계기가 뭐였든 그로 인해 드러난 이 문제를 짚어 보고 싶었다. 궁금했으니까.

간밤에 그랬던 것처럼, 정혜동이 장헌영의 오리지널리티를 누를 수 있는 건 언제까지일까?

준희 말대로 호르몬이 지정해 둔 유통기한이 있는 건 아닐까.

생각에 빠져 허덕이는 동안 부드러워진 눈을 혜동은 그제야 열었다. 쨍하니 좋은 날인데 별로였다. 그러게, 재차 절감하지만 인간의 정신은 이토록 나약하고 간사하다. 어이없는 웃음을 뱉은 혜동은 몸을 일으켰다.

뜨겁게 열감이 도는 몸에 익숙한 통증이 요란했다. 간밤에 했던 짓이 더없이 극명하게 와닿았다.

'좋아요, 섹스. 무척. 그런데 나는 이보다 몇 곱절 좋다 해도, 의미 없이 누군가와 이걸 나누지는 못할 것 같아요.'

헌영의 기준하에서 보자면 더없이 촌스러울 고백이자 비난을 하고 차를 나섰다. 금세 붙잡혀 우산 아래서 같이 걸었다. 숙소에 이를 때까지 헌영은 끝내 아무 말도 하지 않았다. 변명이라도 한마디 들었다면 마음이 이렇진 않았을 것이다.

온갖 데가 다 욱신거렸다. 분하게도 다른 곳보다 더 심하게 욱신대는 건 심장 쪽이었다. 혜동은 밀려 나오는 한숨을 쏟아 내 버리고 침대에서 일어났다.

오래오래 간밤의 흔적을 씻어 내고 오전 동안 멍하니 창밖 풍경에 빠져 있던 혜동은 점심시간에 맞추어 솔로 나갔다. 비가 갠 다음 날의 수목원은 경험에 없던 세계였다.

높은 채도의 끝을 보여 주는 건가 싶을 만큼 풍경 하나하나의 색감이, 경이로우리만치 깨끗했다. 타달타달 힘없는 걸음에 그나마 생기가 붙었다. 순전히 좋은 날 덕분이었다.

노인네에게 감기라도 옮기면 어쩌나 싶어 기로에 가는 건 그만두기로 했다. 호전되어 일요일에 들를 수 있길 바라며 혜동은 한산한 식당에 들어섰다.

주말의 솔은 늘 한가하다. 수목원 관리팀과 당직자 몇을 제외하고는 다들 본가에 가거나, 여가를 즐기러 가기 때문이다.

혜동은 넓은 홀에 흩어져 앉은 사람들 사이에 섞였다. 입맛이 없었다. 열이 올라 그렇기도 하거니와 인간의 식욕과 심리는 서로 무관하게 돌아가지 않으니 별난 상황도 아니었다.

맑고 담백한 미역국을 두어 술 뜨고 나니 노인네 생각만 더 깊어졌다. 뭇국에 배숙에 생강차에, 감기 걸리면 할머니가 바쁘게 만들어 머리맡에 놓아 주던 것들이 그리웠다. 다시 먹고 싶다는 생각은 참 소박한 것 같은데 이루어질 희망은 보이지 않으니 서러웠다. 그나마 남아 있던 입맛도 사라져 버렸다.

"정 선생."

수저를 내리고 일어서는 참이었다. 묘한 타이밍이지만 일어서려던 것이 먼저였다. 그러니까 결코 장수 옆에 선 헌영 때문에 일어났던 건 아니다.

"다 먹었어요?"

"네."

"아. 같이 먹으러 왔더니."

"맛있게 드세요."

쟁반을 막 들었을 때 헌영의 것이 테이블에 내려졌다. 잠깐 혜동의 식기 위에 머물던 그의 시선이 그녀에게 이동해 왔다. 고요하고 차분했다. 늘 그런 것처럼.

"뭘 먹었다는 거야."

게다가 고저 없는 억양까지 변함없다. 장수는 당황해하면서도 흥미로운 기색을 숨기지는 못했다. 혜동은 그대로 묵례하고 의자를 밀어 넣었다.

"정혜동."

경고와 더불어 걱정이 담긴 부름을 무시하고 혜동은 걸음을 옮겼다.

답하라는 말엔 한마디도 않더니, 자상한 척은…….

감기나 옮았으면 좋겠다, 장헌영.

"내가 지금 뭘 본 건데?"

헌영은 유리 커튼 월 밖으로 멀어지는 야윈 뒷모습을 끝까지 보다가 시선을 내렸다. 숨도 못 쉬게 야한 짓 해 가며 센 척하더니 아프면 어쩌자는 거야.

"대차게 까이는 장헌영?"

"먹어라. 국 식는다."

"정 선생은 싹싹하고 빠릿하고 스마트한데, 이럴 때 보면 또 영락없이 도도한 여자라니까. 매력 있어."

헌영은 장수의 접시 위에 생선구이 한쪽을 옮겼다.

"뭐야. 이걸 왜 줘."

"그거까지 먹고 그만하라고."

"뭘."

"혜동이 반찬 삼는 거."

"어이쿠야. 불쾌하셨어요?"

흡사 광진처럼 느물대는 꼴이 보기 싫어 헌영은 외면하고 젓가락을 들었다.

"싸웠냐?"

"박장수."

"넵! 원장님. 오후에 패모 생육 데이터 보고서 살펴볼 시간 되시는지요?"

다들 작정이라도 한 건지 살아오길 그래 그런 건지. 궁지에 궁지까지 처박은 존재 덕에 버거운 상황인데 기회 잡아 돌멩이 던져 대는 것들까지 한둘이 아니다.

있었는지조차 모를 식욕이 그나마 흔적도 없이 사라지는 통에 헌영은 물 한 모금으로 시작했다.

"전화."

툭, 테이블 위로 손가락을 두드리며 주의를 끈 장수가 턱짓을 했다.

"전화 온다니까."

헌영은 액정을 쓸어내리며 절묘한 타이밍 덕에 웃었다. 원조의 전화였다. 신경 긁어 대는 건 송상현 따라올 인간이 없으니까. 그래, 다들 던져라. 맞아 줄 테니.

"왜."

— 심기 왜 이래? 무슨 일 있어? 아. 없을 수가 없지, 참.

한숨으로 답하니 웃음을 날리던 상현이 본론을 말했다.

— 주영이 오전에 그쪽 병원 들어갔어.

"예정일 꽤 남았잖아."

— 조산기 있어서 누워 있어야 한다네. 나 오늘 부산에서 세미나 있어. 주관이라 빠질 수 없고. 내일 아버님 모시고 갈게.

"알았어."

— 뭘.

"끊어."

— 부탁해요. 형님.

전화기를 내리며 헌영은 장수에게 물었다.

"너 오후에 시간 돼?"

"어."

"지자체 관계자 오기로 했어."

"아. 거기 어디야, 시립 수목원 건설 추진한다던?"

"여기저기 들러 오느라 시간 확약을 못 한다니까."

“대신 안내하라고?”

헌영은 끄덕이며 다시 젓가락을 들었다. 무슨 일 있느냐는 장수의 물음에 간략히 답하며 헌영은 젓가락을 옮겼다. 여지없이 전두엽은 다중 작업을 처리하느라 곤했다.

몸 위에서 혼을 빼는 내내 비정상적으로 뜨거웠다. 감당하지 못할 거라 짐작했으면서도 그만두게 하질 못했다. 아니, 질질 끌려다닌 주제에 할 말은 아니다. 그만두게 하는 것 자체가 불가능했다.

그런 무리한 짓까지 해 가며 묻고 싶었을까?

뭐가 부족했기에.

그로서는 그 이상 표현할 수 없다 싶을 만큼이었다. 도대체가 믿음을 주지 못한 이유는 무엇이며…….

“또.”

불나네, 장수의 눈짓을 따라 헌영은 들여다보던 전화기를 들었다.

— 안녕하세요. 원장님.

헌영은 젓가락을 완전히 내려놓았다. 자치 단체 아무개 국장이라는 자기소개를 들으며 그는 돌아가던 생각을 일시에 정지시켰다.

‘도착했대?’

입모양으로 묻는 물음에 끄덕여 주며 헌영은 식기를 정리했다. 뭘 먹은 게 없어 주방 식구들에게 면목이 없었다.

혜동은 솔을 나와 고양이를 보러 갔다. 카페 건물을 돌았을 때 깔끔한 대리석 턱에 걸터앉은 이가 눈에 들어왔다. 평온한 모양새를 보고 있으려니 금세 열이 뻗쳐올랐다.

"왔어?"

"한선우 너는 내 어느 쪽 손에 있는 거냐."

"뭔 소리야."

다른 사람들 눈에 그게 그렇게 보인다니까. 미운 김에 박수라도 칠까? 둘이 부딪쳐 뚝 떨어지게.

"점심 먹었어?"

"관심 끊어."

"왜 이리 뾰족하실까."

"끊으라고."

"야야, 우리가 남이가?"

"한선우 너는 진짜."

"재수 없는 새끼? 밥맛없는 새끼? 개새끼?"

혜동은 고양이를 안고 일어나 얌전히 놓인 선우의 운동화를 지그시 눌러 밟았다.

"받고. 양아치 새끼 없어."

"양아치는 좀 심하지."

라탄 바구니를 사이에 두고 앉았다. 따듯한 털 뭉치가 고롱고롱 작은 리듬을 만들어 생기를 옮겼다. 사이비 집사를 맞이

하는 고양이는 오늘도 애교스러웠다. 혜동은 톡톡, 꼬리를 치는 아기 고양이 턱에 검지를 비비적댔다.

너는 좋겠다. 걱정이 없어서. 갈등도 없고 복잡할 것도 없어서.

"대전 언제 가?"

"다음 주."

"완전히 가는 거야?"

"응."

그래서 윤주가 날카로웠던가 하는 데 생각이 미쳤다. 혜동은 친구 놈 대신, 어쩌면 남동생 같은 존재 대신 싫은 소리 들었다 생각하기로 했다.

그러니까, 한선우에겐 이리 너그러운 구석이 나오기도 하는데 헌영에겐 왜 그런 걸까.

애초에 헌영을 깊이 사랑하고 시작했던 관계는 아니다. 그건 부정할 수 없다. 동정하고 연민하는 것이 아니라 여자로 봐 주는 그 자체가 좋아 시작했으니까.

완벽한 무언가를 나누는 관계에서 시작된 섹스도 아니면서……. 감정 없이 육체를 나누었다 하여 헌영의 과거를 비난하는 건 어불성설이다.

어쩌면 선우에게 마음껏 하지 못했던 화풀이였는지도 모른다. 준희의 분풀이 대상이 됐을 뿐이지만, 뭐가 됐든 어떤 상황이든 왜 그런 말 듣게 하느냐는 심정.

장헌영과 정혜동 관계에 대한 근본적인 궁금증까지 겹쳐 시너지를 냈다. 게다가 알코올의 힘은 결정적이었다.

"왜 죽상이야. 싸웠냐?"

다리를 교차해 올리며 선우가 물었다.

"싸움 같은 거 성립 안 돼."

"왜 안 되는데?"

"그 사람이 안 받아 줘서."

선우가 웃었다. 쓴웃음이었다.

"천생연분 나셨네."

"무슨."

"같은 질문에, 같은 반응에. 잘들 나셨어."

"언제 물었는데."

"지난번. 같이 술 마셨거든."

"둘이?"

"응."

"왜?"

"안주 삼을 사람이 같아서?"

"누구 맘대로."

"정혜동. 너는 말이야."

"뭐. 왜."

"독하기가 참, 꾸준하고 성실해. 좀 깨달아라. 장헌영 씨 피말리지 말고."

고양이 머리를 쓰다듬던 혜동의 손이 멈칫 속도를 죽였다.

"그래. 그렇다고. 너."

뭐든 기준 자체가 지나치게 높은 놈이니까. 그 기준이면 네 영역에 온전히 들어갈 수 있는 사람이 얼마나 되겠느냐고. 검열 기준 좀 낮추라고.

심각해지는 혜동을 바라보던 선우가 웃었다.

"우리 말로, 다 컸네. 팩하니 화낼 타이밍인데."

"죽여 버릴까 보다."

선우의 웃음소리 덕에 고양이 고개가 홱 돌아갔다.

"원이 귀 막자. 무서운 말 듣지 말고. 저 누나가 좀 그래."

고양이를 쓰다듬으며 조용히 웃던 선우의 웃음이 끊기고 나니 따듯한 바람이 불었다.

"끼니 잘 챙겨. 운동도 좀 하고. 체력이 약하니까 골골대지."

"너나 잘해. 여자한테 따귀나 얻어맞고 다니지 말고. 울리지도 말고."

"일어나. 말 나온 김에 좀 걷자."

"너랑 안 걸어."

"작별 선물로 줘. 산책."

"원아. 여기 질척대는 양아치 보이니?"

하하하, 선우의 웃음소리가 커졌다. 혜동은 그날 처음으로 웃었다. 모처럼의 웃음은 두런거리는 소리를 따라 고개를 든 후 바로 끊겼다.

휴일에 타 기관 관계자가 방문할 일이 뭘까. 점잖은 슈트를 차려입은 중년 남자 둘을 대동한 채 헌영은 커피숍으로 향하는 중이었다. 여름 정원 쪽에서 이동하는 동선이었다. 덕분에 카페 사이드가 훤히 보였고.

시선이 머물렀는지 뭘 했는지 알 길도 없이 그들은 금세 지나쳤다.

"왜, 뭐가 걱정되는데?"

선우의 질문에 혜동은 한숨으로 답했다.

"빨리 가 버려. 너."

"걱정 마셔. 가지 말라고 해도 갈 거니까."

신음 같은 탄식을 흘린 혜동은 고양이를 슥슥, 쓰다듬어 주고 자리에서 일어났다.

감기엔 푹 쉬는 것이 약이라고 했으니까. 더 이상 푹 쉴 수 없다 여길 만큼 쉬었지만 개운한 컨디션으로 돌아오진 않았다.

일요일 오후 늦은 시간까지 침대 신세를 진 혜동은 두꺼운 터틀넥 스웨터를 껴입고 나섰다. 마루원 자작나무 조림지의 튤립이 얼마나 자랐는지 구경할 겸, 겸사겸사.

비가 확보해 둔 채도는 이틀 차에도 변함없었다. 혜동은 띄엄띄엄 나무 덱을 오르는 사람들이, 연둣빛 이파리 사이로 드러났다 사라졌다 하는 한가한 풍경 속으로 섞여 들어갔다.

송골송골 이마에 스며 나는 땀이 기분 좋았다. 시끄러운 머릿속이 잠잠해지는 것 같기도 했고 가슴이 좀 뚫리는 것 같기도 했다.

허무하게도 그건 얼마 가지 못했다. 아치형 장미 울타리 터널에 이르렀을 때 모든 상황의 원인을 제공한 이와 마주쳤다.

두어 명의 나이 든 관람객들이 장미가 만개할 때 다시 오자는 소리를 하며 지나칠 때까지 혜동은 버텼다. 헌영이 먼저 걸음을 옮기길.

결국 스타트는 같았다. 혜동은 그대로 지나칠 요량이었다. 숨을 물고 시선을 비킨 채 한 걸음 또 한 걸음.

멀어졌다고 생각했을 때 말도 안 되는 힘으로 당겨졌다. 민망할 정도로 큰 숨이 불거져 나왔다. 불쑥 이마 위로 덮이는 손이 눈을 가릴 만큼 크다는 것이 그 순간은 무척이나 고마웠다. 상황도 잊고.

"약."

"……."

'약 먹었느냐.' 하는 그 짧은 물음조차 다 날려 먹는 사람에게 무슨 말을 듣길 바란 걸까. 팔을 움켜쥔 손에 억센 힘이 스며들었다. 무슨 상관이냐고 말하는 건 아무리 생각해도 유치하다. 분명 유치했다.

"무슨 상관이에요. 내가 약을 먹든 말든."

순식간에 마주하기가 부끄러워져 혜동은 팔을 비틀었다. 멀리 사람들이 두런거리는 소리가 들려왔고 새 소리도 들려왔다. 이마에 솟아난 땀을 식히는 바람까지 별일 없이 제 할 일을 했다.

놓아줄 생각 없는 헌영을 쏘아보며 혜동은 다시 팔을 비틀었다. 꽈악, 양쪽 팔 모두 붙잡혀 당겨졌다.

"내가 우습죠?"

높디높은 혜동의 호흡을 마주한 채 헌영은 조용히 물었다.

"그래 보여?"

한숨인지 반문인지 알 수 없는 대응에 혜동은 화가 치밀었다. 손아귀에서 벗어나려 있는 힘껏 버텨 봤지만 뜻대로 되진 않았다.

"그래 보이냐고 묻잖아."

"그래 보여요."

"뭐가? 대체 뭐가 그래 보여."

"나 지금 화내고 있는 중이잖아요. 마음껏 화내라고 했으면서 왜 제대로 상대 안 해 주는데요. 왜 수준 낮은 애 취급이냐고요. 묻는 말에 왜 답 안 하는데요! 왜요!"

견고하게 일자를 그리는 헌영의 입술을 바라보던 혜동은 힘껏 손목을 비틀었다. 여전한 눈빛인 남자를 남겨 둔 채 그녀는 돌아섰다. 한 걸음, 두 걸음. 분이 나서였는지 속이 상해서였는지 시야가 부옇게 번졌다.

강하고 탁한 발자국 소리와 진동이 나무 덱을 차고 그녀를 따라왔다. 경사각 깊은 계단 앞에 이르기 전에 붙잡혔다. 다시 손목을 감은 손아귀 힘이 턱없었다. 혜동은 가고자 했던 곳과 정반대 방향으로 이끌렸다. 놀란 눈으로 소곤대며 비켜서는 사람 여럿을 지나쳤다.

수목원 조경 관리팀 몇과 마루원 입구에서 마주쳤지만, 헌영은 어색하게 인사해 오는 그들에게 하는 것 같지도 않은 묵례를 남기고 그대로 걸었다.

휙휙 지나치는 사람들과 풍경은 평시와 꼭 같았다. 동동, 물 위에 뜬 기름처럼 두 사람만 달랐다. 고요한 수목원 풍경에서 걷어 내야 하지 않을까 생각될 만큼 두드러진 이질감이었다.

겪은 적 없던, 겪어 보리라 생각지 못한 종류의 완력에 밀려 차에 오른 후엔 이질감이 좀 더 깊어졌다.

열렸던 문이 부서질 듯 닫혔다. 움찔, 지독한 충격에 혜동은 반사적으로 눈을 감았다. 고요한 차 안에 증폭되는 제 숨소리가 듣기 싫어 혜동은 깊이 어금니를 물었다. 욱신욱신 헌영과 닿았던 모든 부위가 통증이었다.

"벨트 매."

여기는, 그러니까 이 공간은 늘 장헌영 씨답지 않은 모습의 연속이던 곳이다. 웃고, 농담하고, 자상한 척하던.

애초에 비틀기 시작한 건 정혜동이니까. 어젯밤 그녀가 먼저 시작했으니까. 눈앞의 남자가 어떤 식으로 대응하던 이런 반응을 할 필요는 없다.

혜동은 눈 밑에서 솟는 뜨거운 습기가 못 견디게 싫었다.

"벨트."

"대답 듣고 싶다고 했어요. 어딜 가자던 거 아니구요."

밤 동안 차 안을 유영하던 공기가 떨림이 되어 달라붙었다. 고집스레 시선 대치가 이어졌다. 팽팽했던 시선을 끊은 건 헌영이었다.

오른쪽 어깨 위로 커다란 손이 올라왔다. 거침없이 사선으로 내려가는 벨트의 마찰 음이 고막을 긁었다. 일순 짓눌렀던 혜동의 호흡이 터졌다. 홱, 올라간 작은 손이 차갑게 식은 도어 캐치를 잡았다. 딸깍딸깍 묵직하고 공허한 소리만 울릴 뿐 문은 열리지 않았다. 철컥, 벨트 버클 채워지는 소리가 비웃듯 공허한 울림 뒤를 따랐다. 남실대던 분기가 기어이 목구멍 밖으로 비어졌다.

“아직 유통기한이 남았어요?”

“혜동아.”

“얼마나 남았는데요? 어딜 가는 수고로움이 뭐 필요해요. 여기서 또 해요. 당신과 하는 섹스 나도 좋으니까. 또 해요.”

“정혜동!”

두 손목 모두 붙잡혔다. 밀어내려 용을 쓰던 혜동은 기어들어 가는 목소리를 짜냈다.

“원하는 만큼 해요. 유통기한 그거 제로 될 때까지…….”

마음껏 해요. 흔들리는 호흡을 주고받으며 혜동은 스스로 뱉어 냈던 말을 곱씹었다.

제로라니. 그런 건 생각해 본 적이 없다. 또르르 뜨거운 것이 뺨 위를 굴렀다.

말라비틀어진 몸 곳곳에 입을 맞추고, 온몸의 피를 마실 것처럼 목덜미를 깨물어 대고, 온전히 자신을 잃어버리는, 잃어버리게 하는 사람. 모든 행위를 다 떠나 따듯한 품을 내어 주는 이 사람이 좋았다. 눈앞의 남자에게 유통기한이 있는 존재인 건 싫었다. 짜디짠 울음이 날숨이 되었다. 버클 풀리는 소리를 따라 뒤통수로 손이 감겨들어 왔다.

왜일까. 왜 이렇게 된 걸까. 나 화났으니 받아 달라고 투정하고 떼쓰는 짓 같은 거. 정진원 씨가 가져가 버린 것들인데. 왜 이 사람에겐 마음껏 드러내고 있는 것일까.

꾹꾹 눌러 담은 채 지나쳐 버리는 게 맞는데……. 그것이 스무 살, 그때부터 시작된 정혜동 삶의 방식인데.

"해, 할 거야. 정혜동이 궁금하다는 답하러 가."

뜨겁게 열이 솟는 몸을 품에 안은 그가 두어 번, 늘 같았던 부드러운 손길로 머리를 쓰다듬으며 되뇌었다.

도착한 곳은 지역 대학 병원이었다. 발갛게 충혈된 눈과 여전히 개운치 못한 매운 코를 하고 혜동은 말없이 헌영의 뒤를 따랐다.

환자복을 입은 이들 사이를 걷는 두 사람의 모습은 수목원에서만큼이나 이질적이었다. 러닝 웨어를 완벽하게 갖추어 입은 남자와, 역시나 트레이닝 바지를 가볍게 팔랑이며 걷는 스웨터 입은 여자.

높이 말아 올린 머리카락 몇 가닥이 흘러내려 그날따라 혜동은 더 어려 보였다.

일부러 속도를 죽여 걷고 있는 헌영을 따라 한참을 걸었다. 마침내 엘리베이터를 타고 도달한 곳에서 혜동은 얼음이 됐다.

"어머, 혜동 씨?"

"왔어?"

반가운 웃음으로 맞아 주는 상현과 주영 커플 때문이 아니었다. 침상 옆에 앉아 돌아보는 낯선 중년의 아니, 노년의 남자 때문이었다.

설명하지 않아도 알 수 있었다. 아마도 헌영이 나이 들면 그렇게 변할 테니까.

후회

혜동은 낯선 존재 앞에 선 채 문득 깨달았다.

괜한 질문을 아니, 괜한 짓을 했다. 감당하지 못할 일을 저질러 버렸다.

가슴이 싸늘하게 식었다. 이 관계에 잠재해 있던 또 다른 불안과 그림자의 실체가 견고하게 벽을 둘렀다. 그저 잠깐 누리고 말 관계로 두는 것이 이치에 맞았을지도 모른다. 기어이 대답하라고 고집부릴 일이 아니었다.

"어서 와요."

웃지 않고 상대를 응시하는 인상조차 비슷했다. 혜동은 떨려 나오는 목소리를 꽉 붙들어 침착함을 유지하려 노력했다.

"안녕하세요."

뭐라고 소개를 해야 하는 걸까 고민하고 있을 때 상현이 나서 주었다.

"제 제자예요, 아버님. 후배이기도 하고요."

석주의 시선이 상현에게 머물다가 혜동에게, 그리고 맨 뒤에 선 당신의 아들에게 넘어갔다. 그건 원하는 답이 아니라는 듯.

한참 이어진 무언의 시선 속에 무슨 대화가 오갔는지 석주는 다시 혜동을 응시했다.

"잠깐, 차 한잔 할까요?"

침묵이 흘렀다. 부담스러울 상황을 늦추려는 듯 주영이 물었다.

"혜동 씨 자초지종 알고 온 거예요?"

너무나 고마운 말이었다. 표정부터 차림새까지 뭐 하나 상황과 어울리는 것이 없을 테니 눈치채고도 남았으리라.

"오빠. 장현영 씨. 으이구 정말. 다들 나가 계세요. 자리 잡고 연락 줘요. 혜동 씨랑 얘기 좀 할게요. 차를 마시든 뭘 하든 당사자를 이렇게 불편하게 만드는 건 아니잖아요."

불룩한 배를 하고 누운 주영은 순식간에 남자 셋에게 명령 아닌 명령을 했다. 언제나처럼 눈치 빠른 상현이 주영의 보조를 맞추었다.

"로비 커피숍에 있을 테니까. 얘기 끝나거든 내려와. 가시죠, 아버님."

문이 닫히자마자 주영이 빙긋 웃었다.

"무슨 상황인지 정신없긴 한데, 얼굴 보니 어쨌든 반갑네요."

주영이 내밀어 오는 손을 응시하며 혜동은 걱정을 전했다.

"저 감기 걸렸어요."

"괜찮아요."

"열 있어서……."

"나 독해서 감기 잘 안 걸려요. 감기 걸린 송상현 씨랑 2주 전에 키스했어도 말짱했는걸요?"

"아기 고생시킬까 무서워요."

"들리니? 이모가 네 생각 해 주는 거? 아! 이모가 아니라 예비 숙모라 해야 하나?"

웃으며 다른 손으로 솟아오른 배를 쓸던 주영은 혜동에게 내민 또 다른 손을 고집스레 거두지 않았다.

주영은 머뭇거리며 다가온 혜동의 손을 끌어다 자기 배에 올렸다. 마침 울룩불룩 아기가 배 속에서 움직였다. 지난번보다 훨씬 활발했다.

내내 비 내린 후 수목원 풍경이 그렇다고 생각했는데 인간 생명의 신비로움엔 갖다 댈 수가 없었다. 손바닥에 닿는 그 경이로운 감각에 빠져 있는 동안 혜동은 깨달았다. 안정을 찾으라, 눈앞의 여인이 일부러 하는 배려구나.

"빨리 방 빼고 싶은가 봐요. 조산기가 있어서 어제부터 이 신세네요."

"예정일 얼마나 남으셨어요?"

"음. 딱 4주 남았어요."

빙긋 웃던 주영이 냉장고에 마실 것이 있다고 했다. 혜동은 냉장고에 다가서며 뭘 마시고 싶은지 물었다.

"나 말고요. 혜동 씨 마시라고요."

냉장고 안 빼곡한 먹거리를 들여다보던 혜동은 마지못해 오렌지 주스를 꺼냈다.

"대충 들었어요. 제자 사랑 넘치는 양반한테. 오빠 옛날에 만나던 사람 봤다면서요."

"……."

"장헌영 씨가 좀 그랬어요. 타인을 마음에 들이지 않았다 해야 할까요. 은경혜 씨 덕분에……."

은경혜 씨가 누굴까 생각하고 있으려니 주영이 웃었다.

"우리 엄마예요."

천연덕스러운 설명이 이어졌다.

"우리 가족 팽개치고 다른 남자랑 살겠다고 나가 버렸거든요. 나 아홉 살 때."

무겁지 않게 던진 말 같았음에도 주영의 씁쓸한 미소는 꽤 오래갔다. 적지 않은 시간이 흐르고서야 생각에서 벗어난 듯 주영은 화제를 돌렸다.

신경 쓰이는 거 이해한다고. 화나는 심정까지도. 그게 자연스러운 거라고. 주영은 웃으며 그저 공감만 해 줬다. 늘 그랬던 것처럼 충고를 들이대지도 이런저런 조언을 하지도 않았다. 상대가 그녀의 오빠임에도 변함없었다.

"진심인 건 맞을 거예요. 장헌영 씨가 가족에게 누굴 보여 주다니요. 아버지 표정 봤죠? 진심 아니라면 이런 일 할 사람도 아니고요. 비록 절차는 엉망진창인 것 같지만요."

주영이 웃었다. 오빠가 본래 그래요, 하는 미안한 웃음이었다.

"어렵죠? 아버지가 보자니까 부담스럽고."

"아무래도요."

"그럴 것 없어요. 아버지는 오빠 절대 못 이기니까. 아버지도 그래요. 겉으론 꽉 막힌 양반 같아 보이지만 알고 보면 순정파에 순 바보 같은 사람이거든요."

주영이 어떤 걸 전하고 싶어서 하는 말인지 이해하는 건 어렵지 않았다. 그녀가 늘 그런대로 진심으로 혜동을 대하고 있음이 충분히 느껴졌고, 고맙기도 했지만 아이러니하게도 주영의 배려 덕에 혜동은 속이 아팠다. 애초에 이런 배려가 필요하지 않은 인생이었으면 좋았겠다 싶었기 때문이다.

"혜동 씨."

"네."

"아프지 말고, 다치지도 말고, 행복하게요. 오빠 옆에 그렇게 와 줬으면 좋겠어요. 혜동 씨가 그렇게 우리 가족이 되길 바라요."

말없이 마주하는 혜동을 향해 주영은 활짝 웃었다.

"부담스러운 건 아니죠? 시누이 노릇은 취미 없으니까 안심하고요."

시큰해진 코끝으로 주영의 웃음을 받아 같이 웃으며 혜동은 생각했다. 대체 누가 이 사람을 정혜동에게 보내 준 걸까.

헌영은 로비 커피숍에 없었다. 기꺼이 맞아 주는 상현과 어떤 심정인지 읽을 수 없는 꼭 나이 든 장현영 같은 분만 있었다. 아무리 봐도 순정파라는 말이 믿기지 않는.

"어서 와."

의자를 당겨 주는 상현에겐 미세한 긴장감이 흐르고 있었다.

"어디 안 좋아? 이틀 새 핼쑥하네?"

"몸살기가 좀 있어서요."

"아. 그래서 빨리 내려왔구나."

상현과 마주한 채 웃는 혜동을 향해 석주의 시선이 넘어왔다. 둘이서 잠깐 대화를 나누어도 되겠느냐 하는 청이 조용히 뒤를 따랐다. 혜동은 공손히 그러겠다고 답했다.

상현이 눈에 띄게 당황했다. 그건 굉장히 현실적인 모습이라 혜동은 더 속이 쓰렸다.

"아버님."

"송 서방, 주영이한테 가시게."

짧은 권유로 상황은 정리됐다. 상현이 남기고 간 걱정이니, 우려니 하는 것들이 모두 사라질 만큼 시간이 흘렀다. 모락모락 김이 올라오는 머그잔에 손을 대는 순간 대화가 시작됐다.

"늙은이가 단둘이 차 마시자 청하니 불편하지요?"

"아니요. 그럴 것까지는."

"그래요. 그렇다면 다행입니다만."

"……."

"좀 놀랐답니다. 그쪽은 이해하지 않을까 싶기도 한데. 내 아들이지만 무척 어려운 녀석이라 평생 이런 일이 있을까 싶었으니 말이지요."

혜동은 대답하지 못하고 그저 씁쓸하게 웃으며 생각했다. 그러니까요. 쉽지 않긴 하죠.

"후배라고?"

"네."

"쉽지 않은 녀석인데……."

"많이요."

좀 망설이다 한 대답에 허허, 석주가 웃었다.

"헌영이가 아직 일방이라고 하던데. 그런가 보군요."

혜동은 차분하게 석주를 마주했다. 곤란한 말이었냐며 그가 다시 웃었다.

"아니요. 제가 좋아하는 만큼 표현하질 못해서……."

"아."

올라가던 그의 머그잔이 공중에서 멎었다.

"반가운 소리군요."

혜동은 가슴을 옥죄는 느낌 탓에 버거워졌다. 정말 반가울까. 눈앞의 이 대단한 분에게 정말 반가운 소리가 맞을까.

"그래, 양친은……."

혜동은 무릎 위로 내린 주먹에 힘을 밀어 넣었다. 이분은 어디에 저런 미소를 숨겨 두고 있었을까. 헌영만큼이나 웃는 모습이 근사했다. 주영이 왜 아버지를 그렇게 평했는지 웃는 모습을 보니 알 것 같기도 했다.

"부모님은……"

혜동은 끊긴 말을 붙잡고 한참이나 애를 쓰다가 입을 열었다.

"부모님은 안 계셨어요. 할아버지 할머니께서 키워 주셨고요."

"아. 그렇군요. 무슨 사정으로 그랬는지 물어도 될까요?"

혜동은 차마 떨어지지 않는 입을 열었다.

"어머니는 생사를 모르고, 아버지는……."

혜동은 변해 가는 석주의 얼굴의 차마 얼굴을 볼 수가 없었다. 가슴이 아픈 건, 미안해서였는지도 모른다. 이런 이야길 듣는 석주의 심리가 어떻게 변할지 짐작하고도 남았으니까.

혜동은 끊긴 말을 이으려 무던히도 노력했다. 두어 번 숨을 들이마신 그녀는 마침내 결심을 했다.

"아버지는 중한 죄를 짓고 수감 중입니다."

말이 끝나자마자 탁자 위로 약국 로고가 선명히 박힌 봉투가 내려졌다. 혜동의 시선은 약 봉투에, 석주의 것은 헌영에게 옮아갔다.

헌영에게 우선순위는 아버지보다 혜동이었다. 덕분에 혜동은 더 가슴이 아렸다. 호의를 보이던 어른에게 더 할 수 없을 만큼 죄스러웠다.

"일어나."

"헌영아."

"다음에 제대로 찾아뵐게요."

그렇게 남기고 헌영은 혜동의 손목을 잡아 일으켰다. 잠잠하고, 즐거워 보였던 노년의 남자 얼굴에 어두운 기색이 역력해졌다. 오늘 내내 남아나질 않는 손목보다 혜동은 정말이지 가슴이 아렸다.

헌영에게 따라나서겠다는 의중을 전하고 혜동은 잠깐 말미를 줄 것을 청했다. 손목이 자유로워지자마자 혜동은 공손하게 묵례했다. 끄덕, 보일 듯 말 듯 인사를 받는 석주를 덩그러니 뒤로하고 두 사람은 병원을 나섰다.

"약 먹어."

부스럭, 떨어지는 약 봉투 안에서 쌍화탕 파우치가 비죽 튀어나왔다. 식후 3회, 30분. 성의 없이 그려진 약 봉투 위의 동그라미를 내려다보던 혜동에게서 습기 어린 웃음이 흘렀다.

왜 만날 그래요. 장헌영 씨는……. 아는 것처럼. 할머니, 할아버지처럼 어떻게 그래요.

가슴 아프게.

혜동은 착한 아이처럼 시키는 대로 파우치 하나를 찢었다. 달고 쓰고 따듯한 한약을 넘기며 그녀는 창밖으로 지나는 풍경들을 응시했다.

헌영의 진심을 확인받은 순간, 아이러니하게도 그제야 녹록지 않은 현실의 벽이 보였다. 아프지 말고 행복하게 가족이 되어 달라는 주영의 마음이 고마운 데서 그치지 못하는 건 견고한 현실의 벽으로부터 자유로울 수 없기 때문이다. 무시하고 훌쩍 넘길 문제는 아니니까.

그러게, 정혜동 삶은 왜 이따위일까. 당당하고 싶은데 애쓰자니 초라하기 짝이 없다.

"써요."

"제일 쓴 걸로 달랬어. 속 썩이는 놈 먹일 거라고."

혜동에게서 한약보다 쓴웃음이 흘렀다.

"더 쓴 게 없어서 유감이네요."

속 썩인 대가치곤 아무래도 덜 쓴 것 같으니.

혜동은 빈 쌍화탕 파우치로 시선을 내렸다. 익숙한 한약 냄새가 차 안을 떠돌았다.

후각을 관할하는 중추는 기억을 처리하는 대뇌 변연계에 박혀 있다. 그래서 냄새는 기억과 함께 붙어 다닌다. 냄새가 기억을 부르기도, 기억이 냄새를 부르기도 하는 것.

어려서 감기에 걸리면 노인네들이 늘 똑같은 냄새가 나는 한약을 달여 주곤 했다. 할아버지가 동네 심마니 현수 아재에게 약재를 받아 오면, 할머니는 정성스레 달였다. 덕분에 겨울 내내 한약 냄새를 달고 다녔다.

뜯겨진 투명한 파우치에서 입 속에서, 머릿속에서 똑같은 냄새가 났다. 이 순간부터 이 냄새는 노인네들과 함께 장헌영 씨도 불러낼 것이다. 아마도 오래도록 떨어지지 않을 것이다. 어쩌면 평생 떨어지지 않을지도 모른다.

"신경 쓰지 마."

긴 침묵 끝에 헌영이 뜬금없는 말을 했다. 분명 뜬금없는 말인데 뜬금없지 않았다.

"뭘요."

"아버지……."

거기서 끊겼다. 아마도 맺을 수가 없을 것이다. 맺을 수 있는 적당한 말이 있을 리가 없다.

아버지 존재를? 아버지가 묻던 질문을? 아버지가 정혜동에게 가졌을 어떤 감정들을?

혜동은 불가능한 주문을 하는 헌영에게서 시선을 거둔 채 바쁜 풍경을 눈에 담았다. 어둠이 내리는 풍경 너머로 수목원 입구가 점점 가까워 왔다.

“그거 아니잖아요. 지금 할 말.”

혜동은 다시 ‘성냥팔이 소녀’가 되었다. 애초에 그 고단하고 애처로운 소녀에게 스스로를 투영한 건 그럴 만해서니까. 연애니 결혼이니 먼일이라고 생각했던 건 이런 상황에서 결코 자유로울 수 없음을 알고 있었기 때문이었다.

“대답이 됐느냐고 물어야 되는 거잖아요.”

입구를 지나 한적해진 수목원을 가로질렀다. 동글동글 가로등 빛을 밝힌 주차장에 도착할 때까지 헌영은 말이 없었다. 사이드브레이크가 올라가고 시동이 꺼졌다. 규칙적이던 엔진 음과 진동의 잔향이 모두 사라질 즈음 그가 마침내 물어 왔다.

“그래, 말해 봐. 답이 됐는지.”

“네. 됐어요. 과해서 넘칠 만큼요.”

정말 넘치는 답이었다. 고집부려 얻어 낸 것치곤 과분했다. 덕분에 버거워져 버렸지만.

“과하지 않아. 내 온도, 내 속도 모두 그 이상이니까. 말로 표현하고 말기엔 어려웠어.”

혜동은 차분하고 담담한 남자의 시선을 받지 못하고 외면했다. 헌영은 아랑곳하지 않았다.

"네게 닿길 바라."

이 사람에게 도대체 뭘 요구한 걸까. 흘러가는 대로 두고 기다려도 언젠가 도달했을 텐데. 좀 더 기다렸다 아파도 되는 건데. 굳이…….

"괜한 짓을 한 것 같아요, 내가. 감당 못할 짓을 했어요."

"네가 감당할 거 없어. 없게 할 거야."

불시에 치밀어 오른 감정이 몇 시간 전과 꼭 같았다. 투정 부린 걸 그렇게 후회해 놓고.

'말 안 되는 소리잖아요. 그거.'

벌써 이렇게 고달픈데.

신경 쓰지 말라는 소리나 하게 만드는 초라한 인생이라서. 감당할 거 없게 한다는 말 따위나 하게 만드는 존재라서 이렇게 미안한데, 말도 안 되잖아요.

하고 싶은 말을 가슴 속에 처박아 버리고 혜동은 늘 하던 대로 헌영을 향해 웃었다.

"고마워요. 대답해 줘서."

사이드브레이크에 닿아 있던 손이 혜동의 뺨 위로 올라왔다. 미미하게 차 안을 떠도는 헌영의 한숨 때문에 혜동은 조금 더 미안해졌다.

"너야말로. 그거 아니잖아."

형편없는 답이라는 그를 향해 혜동은 다시 웃었다. 눈 밑을 쓸어 주는 손가락 위로 오한이 도는 뜨거운 손을 겹쳐 올린 혜동은 멋대로 대화를 끝냈다.

"그만 내려요. 솔 문 닫기 전에 가요."

혜동은 그날도 아버지가 원망스러워 마음이 힘들었다.

횡액(1)

"……정 선생 ……정 선생!"

"……."

"어디 안 좋아? 감기 안 떨어져 그래?"

혜동은 말끔히 정신을 차리지 못한 채 은정을 향했다.

"약은?"

"아. 먹었는데 별로 효과가 없나 봐요."

"링거라도 한 대 맞지 그랬어."

장수가 돌아보며 권유했다.

"들어가요. 오늘 일 별거 없으니까 조퇴 내요."

"목요일이 본래 그렇잖아요. 고갈 타이밍."

사정없이 키보드를 두드리던 준성까지 거들었을 때, 혜동은 망설이던 걸 그만두고 조퇴 의사를 밝혔다.

"오늘 특별한 일 없으면, 조퇴할게요."

은정이 여과 없이 놀란 얼굴로 물었다.

"응? 정 선생 많이 안 좋구나."

"감기 때문이 아니라, 일이 있어서요."

"아. 난 또, 놀랐잖아. 그 성격에 얼마나 안 좋길래 조퇴를 다 하나 해서."

"그거 왠지 나 저격하는 소리 같은데요."

"저격은 나 말고 황박 자기가 한 것 같은데? 제 발에?"

화기애애한 분위기를 타고 혜동은 인사 후 랩을 나섰다. 푹 쉬라는 말들을 몽땅 짊어지고 건물 밖으로 나왔지만, 쉴 수는 없었다. 혜동은 핸드폰을 꺼내 가장 최근 통화 목록에 뜬 번호를 찾았다.

변호사가 오후에 방문해도 되겠느냐 연락을 해 왔다. 더군다나 일행과 같이. 진원과 사실혼 관계였다던 그 사람이 꼭 봐야겠다며 사정을 했다고. 그 심란함이 모든 복잡한 것들과 함께 정신 상태를 최악으로 끌어내렸다.

아무래도 초우에서 만나는 건 내키지 않았다. 급한 마음이 닿았는지 변호사는 두 번째 신호가 끝나기 전에 전화를 받았다.

— 아. 전화하려던 참이었어요. 방금 도착했어요. 여기, 카페 베이커리?

혜동은 잠시 망설였다. 그대로 같이 수목원을 나서자 요청할까 하는 마음으로.

— 얼마나 기다리면 될까요?

부요황후

천하귀원 지음

100억 뷰를 넘긴 화제의 드라마
'부요황후' 원작 소설

이름 없는 묘 발굴 도중 사고로 고대 세계로 떨어진 맹부요.

원래 세계로 돌아가기 위해 통행패를 모아 나가던 중, 천하기재 세 남자가 다가온다!

불세출의 천재 무극국의 태자, 장손무극.
천살국의 맹장 열왕, 전북야.
세상 모든 병을 고치는 의성, 종월.

하지만 이 세계에 계속 머무를 수 없는 부요의 선택은……?

"내 앞길은 내가 연다!"

왕비님의 해부학

수가MM 지음

법의학자가 고대 세계로 떨어졌다!

유위는 현대에 살고 있는 유능한 법의학자. 그녀는 친가, 외가가 모두 의학 명문가였다. 그녀는 누군가의 계략으로 반려동물인 까마귀 진주와 함께 고대 세계로 타임슬립했다.

고대 사회의 오작인(검시관)으로 새로운 삶을 살아가는 유위.

그녀를 돕는 신동 아들 소려와 함께 새로운 모험을 하는데, 어느날 소려의 아버지 삼황자 용릉이 그녀 앞에 나타난다!

"곧, 갈게요."

검은 액정에 쏟아진 한숨을 거둔 채 혜동은 내키지 않는 걸음을 했다. 한 걸음 두 걸음. 도무지 속도가 붙지 않는 발길 아래 하얀 신발 끈마저 그녀를 잡아당겼다.

혜동은 걸음을 멈춘 채 물끄러미 내려다보다가 허리를 굽혔다. 주륵, 핸드폰이 손을 벗어났다. 퍽, 불길한 소리가 났다. 뒤집힌 핸드폰을 제대로 되돌려 뉘었다. 액정에 좌악 퍼져 나간 거미줄이 휘황했다.

불운은 믿기 때문에 생기는 것이다. 무시하면 그만이다. 혜동은 질끈 신발 끈을 묶었다. 시끌벅적, 카페는 다른 날보다 소란스러웠다.

휠체어를 탄 여자의 뒷모습을 찾아낸 혜동은 그들을 향해 나아갔다. 기이한 모습이었다. 변호사 옆에 앉은 중년의 여자는 새빨간 립스틱이 발린 비뚤어진 입술을 꽉 물고 있었다.

"안녕하세요. 곽범준입니다. 이쪽이 말씀드렸던 문현자 씨고요."

여인은 눈조차 깜빡이지 않고 의자에 앉는 혜동을 뚫어질 듯 바라보았다.

"안녕하……."

좌악. 인사가 끝나기도 전에 얼굴 위로 차가운 액체가 쏟아졌다. 불시에 끼쳐 온 액체는 마치 따귀를 때리는 것처럼 사나웠다. 떠들썩했던 공간이 순간 고요해졌다.

"문현자 씨! 이게 무슨!"

푸우푸우, 일그러진 입술에서 바람이 새는 이상한 소리가 흘러나왔다.

"네 엄마 때문이었어! 너 때문이었어!"

그녀는, 문현자 씨는 안간힘을 다해 똑바로 말하려 노력하는 것 같았다. 그럼에도 불구하고 그녀의 목소리는 바람 새는 소리와 섞여 기이하게 변형되어 나왔다.

"나쁜 건…… 너희…… 모녀야."

혜동은 수많은 벌레가 얼굴을 기어 다니는 기분으로 분노한 이를 응시했다. 현실감이 없었다. 호기롭게 무시하려고 했지만 내심 이런 불운을 믿고 있었구나, 하는 깨달음이 미쳐 왔다. 아버지 일은 언제나 이랬었다는 각성까지. 위장이 돌돌 말려들어갔다.

"형. 여기요. 좀 와야겠어요. 정 선생님……. 네."

헌영은 언제부터 광진의 형이 된 걸까. 통화를 끝낸 광진이 다가왔다. 안 그래도 된다고 말할 참이었는데 그럴 수가 없었다. 우당탕 문현자 씨가 테이블을 짚고 휠체어를 벗어나 달려들었기 때문이다.

"똑같아. 기분 나쁘게. 그 여자랑 똑같이 생겼어!"

바닥에 끌려 내려간 혜동은 꼼짝없이 현자에게 짓눌렸다. 너 오빠 딸 아니야! 진원 오빠 딸 아니야! 네 엄마 때문이야! 너 때문이야! 기이한 목소리가 고장 난 기계처럼 반복했다.

손이 달달 떨리고 이가 부딪쳤다. 온몸이 저려 힘이 들어가지 않았다. 그건 그녀가 달려든 행위 때문이 아니었다. 그녀가 우악스럽게 외치는 말 때문이었다.

혜동의 목을 조르는 손을 잡아떼어 내던 범준과 광진의 얼굴이 벌게졌다. 이명이 귓속을 지나 머릿속으로 퍼져 나갔다. 삐, 거슬리는 소리 사이로 변호사가 '문현자 씨'를 외쳐 부르는 소리가 여러 번 들렸다.

차가운 대리석 바닥의 감촉이 사라진 건 익숙한 냄새와 함께였다. 상체가 일으켜졌다. 혜동은 당겨진 품 안에서 비로소 숨을 쉬었다. 넓은 가슴팍으로 파고드는 머리 뒤로 커다란 손이 감겼다.

"광진아. 세미나실 문 열어."

급하게 의자가 밀렸고 빠르게 사라지는 발자국 소리가 들렸다.

"그쪽 분 진정시키십시오. 바깥 공기를 좀 쐬는 게 좋겠습니다."

권유처럼 들렸지만 그건 지시였다. 낮고 또 침착했다. 혜동은 달달 떨리는 손을 보이고 싶지 않아 헌영의 옷자락을 꽉 움켜쥐었다. 바람 빠지는 듯한 문현자 씨의 이상한 숨소리는 여전히 거칠었다. 그녀가 이성을 찾길 바라는 동안 번쩍 몸이 떠올랐다.

성큼성큼, 지난번 온실에서 걷던 보폭만큼이었으나 급하지는 않았다. 문이 여닫히고 더 이상 소란스러운 소리가 들리지 않았다.

팀 간 캐주얼한 회의의 장소로 종종 쓰이는 카페 세미나실. 안락한 패브릭 체어에 내려앉아 시간을 흘려보냈다. 달달 떨던 몸이 진정되고 높았던 호흡도 잦아들었다.

"눈 떠 봐."

혜동은 그의 가슴팍으로 더 깊이 얼굴을 묻었다. 이런 꼴을 보인 것이 말할 수 없이 수치스러운데도 불구하고 혜동은 의연한 척할 수가 없었다.

"혜동아."

혜동아, 애틋한 부름은 멈추지 않고 귓속을 지나 심장까지 파고들어 왔다. 머리를 감싸 안은 손이 여러 번 움직였다. 부드럽게 쓸고 또 쓰는 손이 멈추지 않았다.

"누구야. 저 사람들."

핏기 없는 얼굴이 한참 만에 들렸다. 허옇게 변색된 입술로 혜동은 변호사라고 말했다. 더듬더듬 이어지는 설명을 듣던 헌영은 말없이 혜동을 끌어안았다.

뒤적뒤적 조급한 손으로 서류철을 훑고 있는 범준은 혼자였다. 문현자 씨는 같이 왔던 간병인이 실외에서 보살피는 중이라고, 범준은 미안해하는 얼굴로 말했다.

"한 달 전 유성희 씨가 재심 의뢰를 넣어 왔어요. 재심 진행 절차 밟으려는데 정진원 씨가 원치를 않습니다."

헌영은 혜동에게 향해 있던 시선을 변호사에 돌렸다.

"유성희 씨가 누굽니까?"

"아. 그게 저. 그러니까 복잡합니다만, 정혜동 씨의 이모 되시는 분이라고."

"재심 의뢰 계기는 뭡니까."

"문현자 씨가 진범이 따로 있다고 주장하고 있거든요. 유성희 씨에게 편지를 써서 알렸어요. 재심을 해 달라고 부탁한 이도 문현자 씨고요."

"진범?"

"아. 그게 그러니까."

더듬거리는 범준을 향해 망설임 없는 요청이 떨어졌다.

"피해자 정보부터 주십시오."

범준은 서류철을 뒤집어 두꺼운 폴더 하나를 내밀었다.

"피해자는 유성희 씨의 오빠입니다. 유정혁 씨라고."

곤란한 목소리가 이어졌다.

"조사해 보니 윤혜진 씨가……."

"윤혜진 씨는 또 누구죠."

"아."

범준은 미동 없이 그들의 대화를 듣고 있는 혜동을 향해 눈길을 돌렸다.

"정혜동 씨의 모친입니다."

높아지는 혜동의 숨소리를 듣던 헌영은 무릎 위에 놓인 손을 감싸 쥐었다. 축축하게 식은 손이었다.

"유성희 씨가 이모라 하지 않았습니까?"

"네. 성이 다르죠. 윤혜진 씨가 유정혁 씨 남매 집에 입양됐던 전력이 있습니다. 그래서."

"전력?"

"스무 살에 파양됐어요."

헌영은 차가워지는 혜동의 손을 꽉 움켜잡았다. 변호사 면담 후 얘기해 주겠다는 헌영의 권유를 끝내 듣지 않고 혜동은 동석했다. 핏기 없는 얼굴로 미동 없이 버티면서.

"유성희 씨가 친오빠를 살해한 피고인의 재심을 의뢰했다는 말입니까?"

"네. 왜 그런지 깊은 내막까지는 모릅니다. 문현자 씨 요구를 들어주고 싶다는 의중만 전달해 왔어요."

"진범 이야기 마저 듣죠."

"문현자 씨예요. 본인이 진범이라고 주장하고 있습니다."

헌영은 자유로운 손으로 얼굴을 쓸었다. 한숨을 누르는 듯 가슴이 부풀었다가 그대로 꺼졌다.

"사건이 꽤 오래전인 것으로 알고 있는데 왜 이제야……."

"문현자 씨, 살해 현장에서 중상 입은 채 병원에 누워 있었거든요. 지난 가을에야 회복이 됐답니다."

벽에 붙어 있는 시계 소리가 들렸다. 창 너머 지나다니는 사람들의 웃음소리도 조그맣게 들려왔다. 짧지 않은 침묵을 흘려보낸 후 헌영은 범준에게 요청했다.

"정진원 씨 재판 기록 볼 수 있습니까."

"아, 여기 1심 기록입니다."
"불복이 없었습니까?"
"네. 정진원 씨가 범행 일체를 인정했거든요."
넘겨받은 서류를 빠르게 훑은 헌영은 재판 기록을 책상 위에 내렸다.
"본인이 재심을 원치 않고. 접견도 거부 중인 데다 형량은 이제 3년 남았는데 진범이라고 주장하는 이가 재심을 요청한다?"
"네. 문현자 씨가 따님인 정혜동 씨를 설득해 보겠다고 사정 사정을 해서 동행했는데."
"무슨 설득을 하겠다는 겁니까?"
"정진원 씨 마음을 돌려 보라고……."
헌영은 지긋이 변호사를 응시했다.
"정말 죄송합니다. 생각지도 못한 상황이 터져서 본의 아니게……."
"문현자 씨는 정진원 씨와 무슨 관계입니까?"
"사실혼 관계라고 합니다. 본인 주장으로는."
움찔 움츠러드는 혜동의 손을 부드럽게 당긴 헌영은 책상 위에 있던 파일에 손을 얹었다.
"꼭 재심을 해야겠다면 사실혼 증명의 소를 제기하시고, 그쪽에서 배우자 자격으로 재심 청구인 지정을 받으십시오."
책상 위 서류에서 시선을 뗀 범준이 놀란 눈으로 헌영을 응시했다.
"아. 그게 저……."

법무법인의 시니어 앞에서 주눅이라도 든 것처럼 당황하던 범준은 이내 한숨을 몰아쉬었다.

"왜요. 사실혼 증명할 만한 게 없습니까?"

"네. 문현자 씨가 정진원 씨 가족과 교류했다는 증거도 없고, 결혼을 증명할 사진도 없고요. 오랜 시간이 지나 버려 사실혼 관계임을 증명해 줄 이웃도 없는 상황입니다."

"재심 소청 증거, 증인. 모두 문현자 씨에게만 의지하고 있는 겁니까?"

"네. 일단은……."

헌영의 한숨이 이어졌다.

"오늘은 여기까지만 듣죠."

"정진원 씨 설득이 안 되면 정혜동 씨가 직계 비속 자격으로 청구를 하면 되니까……."

범준의 시선이 먼저, 그리고 헌영의 것이 혜동에게 왔다. 잠긴 목을 가다듬은 혜동은 기다리는 범준에게 답했다.

"할게요. 제가."

"그래 주시겠습니까?"

"네."

"그럼 진행되는 대로 연락드릴게요. 아. 그리고 이거."

모서리에 불탄 자국이 선명한 누런 종이와, 하얀 편지 봉투가 혜동의 앞으로 밀려왔다.

"어제 국제 우편으로 받았어요. 유성희 씨 현재 의료 봉사차 수단에 머물고 있답니다. 곧 귀국하실 예정이라고요. 일단은 편지 전하고 싶다고 하셔서요."

혜동은 범준이 내민 종이 꾸러미들을 선뜻 받지 못했다. 믿고 싶지 않은 이야기들이 부정할 수 없는 사실로 그 안에 담겨 있지 않을까 했기 때문이다.

혜동은 숙소로 돌아와 어스름해진 창가에 앉았다. 불빛도 없이 그녀는 범준이 엄마라 했던 이의 편지를 읽었다.

채 몇 줄 되지 않는 글은 간결했고 건조했다.

드디어 벗어났어.

아이는 무사해. 입덧도 안 시키는 착한 녀석이야.

세포는 독하게 증식하는 중. 지난달 BCLC C였는데 D*로 진입.

간담도전문의가 HCC**라니, 우습지?

어떻게든 이 아이 나올 때까지 버틸 거야.

다행히 좋은 사람을 만났어. 너 돌아올 때까지 이 사람에게 아이를 부탁하려 해.

도와줘 성희야. 이 아이 네가 돌봐 줘.

-혜진

누런 종이 위의 글은 거기서 끝이었다. 시야도 머리도 부옇

* 보통의 암 병기 중 3기, 4기에 해당.

** 간암.

게 흐려지는 속에서 혜동은 근본적인 의문에 빠졌다.

정혜동은 누구일까?

부스럭부스럭, 혜동은 좋아하는 종이 소리를 내 가며 편지 봉투를 마저 열었다. 한눈에 헤아리기 어려운 두꺼운 편지 속에서 손바닥 크기의 폴라로이드 사진 두 장이 떨어졌다.

하늘에서 찍었을 풍경 사진 한 장, 먼 초점으로 잡은 인물 사진 한 장.

물 위의 육지들은 짙고 검은 물감이 풀린 캔버스 위에 군데군데 성의 없이 찍은 초록 점 같았다. 검은 수면 한가운데 박힌 하얀 건물. 낡고 초라했으며 또, 위태로워 보였다. 금세라도 검은 늪지에 삼켜질 것 같은.

늪지의 그 위태로운 건물 앞에서 말라비틀어진 흑인 여인이 불룩한 배를 내민 채 찌든 얼굴로 혜동을 응시하고 있었다.

편지는 서간문의 형식 같은 건 지키지 않고 있었다. 아니, 지키지 못했다는 것이 맞을 듯했다. 그건 편지를 읽기 시작한 지 채 몇 분 지나지 않아 저절로 알아졌다.

이곳은 포우 강과 백나일 강변에 위치해 있는 남수단의 오지 '올드판각'이야. 사진에 보이는 건물은 올드판각 유일의 병원이란다.

말라리아나 콜레라에 걸린 아이들, 제왕절개술을 하러 오는 산모들, 그리고 총상을 입은 남자들을 주로 치료하는 곳이지. 이 나라는 열악하고 가난에 찌든 데다, 수 년째 지리멸렬한 내전 중이거든.

치료를 받을 수 있는 병원이 근처에 있다는 것만으로도 축복인 그런 나라란다.

나는, 이곳에서 사람들을 치료해. 몇 시간씩 걷고, 또 늪지를 헤쳐 가며 배를 탄 채, 살고 싶어 오는 이들을 맞이하는 일, 그것이 내 일이란다. 어느새 30년이 넘는 세월을 그렇게 살고 있었구나.

남들이 보기엔 어떨까. 대단한 헌신이나 소명 의식처럼 보일까. 이 일을 시작한 어린 한때는 그렇다는 프라이드가 있었단다. 그런데 지금은 그냥 자기만족에 가까운 그런 삶이야. 누군가 알아줄 일 없어도 내 도움이 필요한 이들을 돕고 산다는 그런 만족감.

혜동아, 네 이름이 혜동이라고 하더구나.

지금부터 나는 혜동이 네게 사과를 하려 한단다. 아니, 어쩌면 변명을 하고 싶은 건지도 모르겠다.

올드판각은 매년 5월부터 10월까지 우기를 맞아. 백나일, 포우. 모두 범람해 버리면 이곳은 늪지가 된단다. 10월까지 온 세상이 물에 잠겼다가 드러났다가 변덕을 부리지.

병원이라고 예외는 아니야. 우기엔 헬기에서 뿌려 주는 구호품에 오롯이 의지해서 살 수밖에 없단다. 범람의 정도가 심해지면 하늘에서 내려 주는 그 생명수처럼 소중한 것들이 온전히 못 쓰게 되기도 해. 약품들, 식량들, 생필품들, 그리고 때론 우편물들까지.

떠내려가 버리거나, 물이 스며들어 버리거든.

문현자 씨 편지를 받고 생각을 해 봤어. 혜진이가, 네 엄마가 네 일을 누군가에게 부탁하고 말았을 리가 없지 않을까. 그 성격에 그렇게 중요한 일을 그런 식으로 처리할 리가 없지 않았을까.

아마도 내게 편지를 보냈을 거야. 내가 답을 하지 않으니 차선을 강구했을 테고.

다시 고백할게.

그래, 나는 네게 사과와 변명을 하는 중이란다. 너를 이렇게 오랜 세월 동안 알지 못하고 지낸 건 전적으로 내 잘못이야. 내겐 더없이 만족스러운 삶에 파묻혀 사느라 소중한 존재의 도움 요청을 제때 받지 못하고 수장시킨 것 같구나.

우기가 아니었다면, 아마도 문현자 씨의 편지조차 받지 못했을지도 모르지. 평생 네 존재를 모르고 살았을지도 모른다. 가디언이 되어 달라는 부탁도, 무엇도, 아무것도 모른 채 그렇게 살았겠지.

이름도, 존재도 몰랐던 이의 변명과 사과가 얼마만큼의 위로가 될까.

그럼에도 불구하고 아가, 혜동아.

미안하다.

미안하고, 미안하고 또 미안하다.

횡액(2)

올드판각이라는 오지에 대한 소개로 시작된 글머리는 그렇게 사과로 끝이 났다. 그리고 성희는 마치 종이 위에서 머뭇대는 사람처럼 자신을 소개하며 본론을 시작했다.

'나는 네 고모지만, 이모이고 싶단다.'라고.

이 기이한 말은 긴 마라톤의 시작이었다. 분명 어딘가에는 있겠지 여겼던 존재와, 잘못 알고 있었던 존재에 대한, 그리고 전혀 생각해 본 적도 없던 존재에 관한 이야기. 이성적으로 이해하기 어려웠고 명확히 떨어지는 것도 없는 이야기였다. 뭐가 됐든 받아들이긴 어려운 이야기였다.

본래 윤혜진이었다, 혜동을 낳은 이는.

생각해 본 적도 없는 친부라는 이는, 그러니까 유정혁은 세검정 근처에서 작지 않은 병원을 운영하는 홀아비 의사의 맏이였다. 고모지만 이모이고 싶다던 성희는 그 집 둘째였다.

혜진의 부친은 그 병원에서 일하던 소아과 의사였다. 혜진의 부모가 한날 교통사고로 세상을 뜬 후 정혁의 부친은 홀로 남아 별채에 지내던 어린 혜진을 양딸로 받아들였다.

혜진과 성희가 열 살, 정혁이 열두 살이었다.

그때부터였다. 종종 혜진에겐 이유를 알지 못하는 상처가 생기곤 했다. 당시엔 그저 연약하고 하얀 피부 때문에, 조심성 없이 덜렁대는 성격 탓에 그렇다는 것으로 넘어갔다. 본인이 그렇게 말하고 말았기 때문이었다.

그때 세심히 보살필 집안의 여자 어른이 있었다면 세검정 의원 집의 아이들 인생은 달라졌을지도 모른다.

정혁은 바람 없는 날의 수면처럼 고요한 성정을 지닌 이였다. 모든 면에서 우수했고, 준수했으며 완벽히 모범적인 존재였다. 셋은 그렇게 자랐다. 혜진과 정혁 사이에 어떤 비밀이 있는지 성희는 알지 못했다.

정혁이 의대에 진학하고 이듬해, 이듬해, 혜진과 성희도 무사히 의대에 진학을 했다. 그해 겨울 정혁은 부친에게 혜진의 파양을 요구했다. 엄밀히 그건 대학에 입학한 혜진에게 동급생이니 선배니 하는 남자들이 관심을 보이기 시작한 시점이었다.

파양 요구에 대한 반향은 컸다. 성희의 반대는 극심했고 더없이 자상한 부친마저 노여움을 드러냈다. 정혁은 그때 부친에게 청했다. 혜진과 결혼을 하고 싶다고.

정혁과 혜진이 자라는 동안 어떤 감정을 나누었는지 성희뿐만 아니라 남매의 부친도 알지 못했으니 모두 놀랄 수밖에 없었다. 그럼에도 불구하고 무언가 드러내 놓고 요구한 적 없는 정혁이 강하게 청했던 그 결혼은 결국 성사됐다.

부친도 성희도 혜진이 원한다면 그렇게 하자고 받아들였기 때문이다. 혜진은 결혼을 거부하지 않았다. 둘의 삶이 이렇게 끝나 버린 지금, 결론적으로 그때 왜 결혼을 거부하지 않았는지는 미스터리다.

혜진은 밝고 순수했으며 유머러스했지만 내면에 뭐가 있는지 잘 드러내지 않는 성정이었다. 한 번, 딱 한 번 성희에게 그동안 드러낸 적 없던 내면의 한 자락을 비친 적은 있었다.

성희가 인턴을 마치고 국경 없는 의사회 소속 봉사의가 되어 아프리카로 떠나기 전이었다.

'자유?'

희미한 미소와 함께 대수롭지 않게 던진 말.

'그건 어떤 느낌이야?'

결과론일 뿐이지만 그건 일종의 도움 요청이었지 않았을까. 그렇지 않았을까 생각해 본 건, 의미 없게도 턱없이 늦어 버린 시점이었다. 혜진의 말을 깊이 있게 생각하기엔 성희는 어렸고, 또 여력이 없었다.

봉사에 쏟아부은 긴 시간 성희가 고국에 돌아온 건 세 번이었다. 말라비틀어져 가는 친구이자 자매를 볼 때마다 그녀는 묻곤 했다. 괜찮은가 하고. 결혼한 지 꽤 지났는데 아이 소식은 없느냐고.

먼저 질문엔 늘 그렇다는 답이 돌아왔다. 그리고 후자의 질문엔 늘 '오빠가 원치 않는다.'고 답했다.

오빠. 혜진에게 정혁은 오빠였다. 둘 사이가 정확히 어땠는지 답답하게도, 성희는 정말이지 모른다. 아마도 영원히 알 수 없을 것이다. 당사자는 이미 죽었고, 혜진이 오랫동안 남겼을 기록은 훼손되어 '드디어 벗어났다'는 누런 종잇조각 한 장만 남았으니까. 그건 문현자가 성희에게 보낸 편지에 딸려 온 기록이었다. 성희의 가슴을 짓이긴 종이 쪼가리.

돌이키고 돌이켜 보아도 별것이 없었다. 종종 몸에 상처를 입던 어린 혜진과, 지긋이 응시하며 위아래로 마주 보던 두 사람의 모습 외에는 성희의 기억엔 아무것도 없었다.

그저 정신 병리학적으로 접근하여 생각해 본다면, 정혁이 어린 혜진을 심리적으로 지배했던 것이 아닐까 하는 정도의 추론. 벗어나지 못하는 관계, '애'와 '증'이 과도한, 비정상적 관계는 아니었을까 하는 불명확한 추론만 있을 뿐이다.

성희가 혜진의 부음을 들은 건 정확히 26년 전이다. 혜동이 태어난 해였다. 그해 겨울 간암 말기였던 그녀는 세검정의 병원에서 숨을 거두었다.

장례식에 참석하러 귀국했지만 성희는 혜동의 존재를 알 길이 없었다. 다만 그녀가 반년간 정혁을 피해 미아리 유곽遊廓 진료소에서 지냈다는 것을 들었다. 집안의 고용인이 머뭇대며 말해 주지 않았다면 그마저도 알지 못했을 것이다.

미아리 진료소의 그 여자, 혜진에 대한 이야기를 쓴 문현자의 편지를 성희가 무조건 신뢰한 이유였다. 현자의 편지 덕에 성희는 비로소 혜동의 존재를 알게 되었다.

스스로를 '미미'라 칭하던 문현자의 고백은 거기서부터였다. 처음 현자의 편지를 받은 후 성희는 올드판각을 벗어나, 남수단의 수도로 향했다. 현자와 통화를 하고 싶어서였다. 그리고 긴 시간 통화를 했다.

현자의 고백은 횡설수설 같기도 했고, 원망 같기도 했으며 지독한 자책 같기도 했다. 고백의 큰 줄기는 그랬다. 그녀의 '오빠' 진원을 '그 여자'가 빼앗았고 허수아비로 만들었기 때문이라고.

미아리 유곽의 매춘 여성들을 관리하던 건달 정진원이라는 이가 혜진의 글에 등장하는 '좋은 사람'이라는 것도 그제야 알게 되었다.

전단을 살포하며 광인처럼 혜진을 찾아다니던 정혁에게 연락한 건 현자였다. '내 것'을 빼앗긴 여자가 할 수 있는 지극히 당연한 대책이었는지도 모른다.

혜진은 성희에게 남기는 두꺼운 스프링 노트 기록과 핏덩이를 진원에게 맡기고 제 발로 떠났다. 간암 말기, 죽음을 목전에 둔 이의 담담한 행동이었다고. 그러나 과연 마음 깊이까지 담담했을까?

혜진이 떠났지만, 진원은 과거의 그 '오빠'로 돌아오지 않았다. 20여 년의 세월을 폐인처럼 살아가는 진원 곁에서의 삶은 오롯이 현자의 몫이었다.

현자는 그 고단한 상황이, 애초 '그 여자' 때문이니 그 여자의 아이를 빌미로 한몫 잡아 볼까 했다고 했다. 미아리 구석을 벗어나면 진원이 정상으로 돌아오지 않을까 하는 기대가 있었다고. 깊숙한 곳 어딘가 보관하고 있던 정혁의 연락처를 꺼내 든 건 그래서였다고 했다.

현자는 그 시점에서 자기 잘못이라는 말을 수없이 되뇌었다. 겪지 말았어야 될 일, 겪지 않아도 될 일이 결국 일어났으니까.

진원과 혜진이 어떤 사이였는지는 미지수다. 현자가 말한 대로 정말 혜진이 그를 빼앗았던 건지, 그저 단순히 아이를 맡길 수 있는 '좋은 사람'이었던 건지.

성희에게 연락되기 전까지만 진원의 부모에게 맡기기로 약속되어 있었다고. 아마도 정혁이 절대 찾지 못할 이라서 그가 혜진의 선택을 받은 건 아니었겠는지.

왜 그렇게까지 했을까. 이미 태어난 아이를 맡기지 못할 만큼 정혁은 괴물이었을까? 성희는 묻고 또 물었지만 그 질문 역시도 공허하긴 마찬가지였다.

문현자 씨는 원망할 대상이 필요한 것 같았어. 욕심 많은 어린아이 같기도, 지독한 악녀 같기도 했거든. 분명한 건 그녀에게 정진원 씨는 우주였고, 지금도 여전히 그런 것 같다는 점이란다.

정진원 씨가 원치도 않는다는 재심을 추진하는 건 순전히 문현자 씨를 위해서야. 두 사람은 내 오빠의 생명을 앗은 사람들이지만, 외면해 버릴 수 없었단다.

아마도 혜진이가, 네 엄마가 이 상황을 알았다면 '미미'라는 여인과 진원의 인생을 본의 아니게 망쳐 버린 것에 자책하고 있지나 않을까 하는 생각이 드니까.

오랜 세월이 지났음에도 남아 있는 문제를 푸는 데 내가 조금이라도 도움이 될 수 있다면 뭐든 하고 싶었단다. 해야만 했고.

혜동아. 네가 어떤 아이로 자랐는지 궁금하구나. 이 일이 네게 어떤 영향을 미칠지 걱정되는 마음을 주체할 수도 없고…….

상처 입은 채 무너지지나 않았을까. 괴로워하고 있지나 않을까…….

이어지는 편지를 더 읽지 못하고 혜동은 종잇장을 내렸다. 어두워진 창밖을 응시하던 그녀는 스탠드를 켰다. 그리고 수납장에서 커다란 캐리어를 꺼냈다.

구석에 박힌 낡고 조그만 상자. 할머니가 간직하던 것들. 한 번도 제대로 볼 생각조차 안 했던 것들. 언젠가 불태워 버릴까 생각했던 것들.

정진원 씨의 사진, 군번줄, 그리고…….

혜동은 상자를 뒤집어엎었다. 쏟아져 떨어지는 온갖 것들 사이에서 그녀는 헌혈증을 잡았다. 부옇게 번지는 시야로 확연히 보인다.

RH+ O형

아버지가 아버지가 아닐 리 없다. 그럴 리가 없다고 끝내 저항했던 것이, 고모라는 이의 편지를 읽고도 믿을 수 없다 거부하던 것이 허무하게 부서졌다.

누구를 증오했던 걸까. 도대체 누구를 그토록 맹목적으로 증오했던 걸까.

혜동은 울음을 터뜨렸다. 욱욱, 구역질을 뱉는 사람처럼 울음을 뱉었다.

헌영이 안부를 확인하려 걸어 오는 전화에 두어 번 문자로만 답했다. 거미줄처럼 갈라진 액정과 꼭 같은 마음을 숨기고 혜동은 괜찮다고 회신했다.

정말 괜찮길 바라 그런 답을 했는지도 모른다. 바람은 채워지지 않았다. 혜동은 어둠 속에서 밤을 지새웠다. 그녀의 의지로 그런 건 아니었다.

돌아가는 온갖 사고가 잠들게 두질 않아 별수가 없었다. 날이 밝자마자 혜동은 기로에 갔다. 택시에서 내린 그녀는 부연 여명이 밝아 오는 주차장의 바리케이드에 기대앉아 할머니의 병실을 바라보기만 했다.

차마 엄두가 나지 않았다. 할머니가 눈을 감고 그녀를 보지 않았던 건, 그 모든 걸 알고 있어서였지나 않을까. 가족 모두에게 진짜 '횡액'이 누구인지 알고 있었기 때문은 아닐까.

기로 사람들이 출근하느라 바쁜 시간대가 될 때까지 그렇게 버티다가 혜동은 결국 그대로 돌아섰다.

해바라기

증거는 불충분했고, 증인도 없었다. 피고인의 범행 인정이 결정적이었다. 석주는 '정진원'의 재판 기록을 재독하며 식어버린 말차를 한 모금 넘겼다.

"에그머니. 이게 누구시래요?"

"안녕하셨어요."

"도련님. 대체 이게 얼마 만이랍니까. 이 새벽에 참말. 할멈 혼 빼려 작정하신 게지."

매동댁은 헌영 남매가 질색하는 도련님이며 아가씨며 하는 호칭을 고집스레 포기하지 않는다. 본가에서 석주가 독립할 때 같이 나와 일을 봐준 지 몇 년째인지 헤아리기 어려운, 고마운 이였다.

"아버지는요."

"서재에 기시지요."

석주는 펼쳐 둔 서류들을 덮었다. 정혜동에 관한 것부터, 정진원에 관한 것까지 깔끔하게 파일함으로 사라져 테이블 위는 말끔해졌다.

"준비할 테니 아침 자시고……."

고맙다, 인사하는 낮은 목소리 뒤로 몇 분. 서재 문이 열렸다. 석주는 식어 버린 차를 한 모금 더 넘기고 아들을 맞았다. 테이블 위, 서류철에 잠깐 머물던 시선을 거둔 채 헌영은 소파에 내려앉았다.

"이 시간에 웬일이냐."

몰골을 보니 밤새운 꼴이었다. 석주는 헌영의 고집을 당할 때면 늘 의문에 빠지곤 했다. 누구를 닮았다고 하면 좋을까. 저 완고함은 누구의 유전자에서 흘러들어 갔다 보는 것이 맞을까.

"어떻게 생각하시는지 듣고 싶어서요."

아직 어두웠다. 몇 센티 안 되는 공간만큼 열어 둔 창으로 특유의 오존 비린내가 섞인 새벽 공기가 흘러들어 왔다. 석주는 맑은 공기를 양껏 마시고 시작했다.

"뭘 말이냐."

박하게 평한다 해도 제 엄마 쪽이었다. 더 닮을 수 없을 만큼 닮았다.

"알고 계시잖아요."

"글쎄, 무얼."

"아버지."

차분하고, 독하다. 아무리 봐도 제 엄마를 닮았다. 식도를 녹일 듯 위산이 역류하는 것 같아 석주는 찻잔을 들었다. 그는 바닥에서 찰랑이는 정도밖에 남지 않은 차를 말끔히 비웠다.

"재심 청구 의견 듣고 싶어요."

"어디까지 전제해 놓고 묻는 거냐."

헌영은 물끄러미 서류철을 바라보다가 마른세수를 했다. 손바닥 아래 드러난 얼굴이 꺼칠하다 못해 안돼 보인다. 이럴 땐 또 장석주 아들 같기도 하고.

"은퇴하고 물러난 뒷방 늙은이가 뭘 알 거라고?"

"말씀 그만 돌리시고……."

석주는 웃으며 노란 서류철을 열었다. 혜동에 관한 정보가 그득한 서류에 시선을 꽂았던 헌영이 고개를 들었다. 복잡 미묘 하다. 아버지든 누구든, 이 불법적인 짓이 마음에 들진 않을 것이다. 제 사람에 대한 보호 본능이 지극할 테니.

그럼에도 불구하고 이쪽은, 은퇴한 뒷방 늙은이지만 정보력은 아직 쓸 만했다. 정보를 모으는 데 채 하루가 걸리지 않았다. 아이 아버지란 쪽은 꽤나 복잡했지만 아이 쪽은 심플하기 그지없는 인생이었다.

"승산이 없어 보이진 않는구나. 본인이 원치 않는 것이 변수라면 변수랄까."

"1심 판결 석연치 않은 구석이 보여요."

"그래, 제대로 봤다. 그이가 그래, 그런 면이 있어."

1심의 주심 판사 최승이란 이는 몇 해 전 알 만한 법무법인으로 자리를 옮겼다. 예의 그 전관예우를 받으며 주가를 올리는 중이다.

'백'이라고까지 할 순 없지만, 그이는 있는 이들에게 관대한 형량을, 없는 이들에게 중한 형량을 내리는 면이 없지 않았다.

"과한 형량이었어. 증거도 불충분했고, 모살*이라 판단할 수 있는 근거도 빈약했고."

자상에 의한 과다 출혈이 사망 원인이었다. 정진원은 피해자의 목을 조르고 있었으며 현장에서 잡혔다.

"흉기에 정진원 씨 지문은 없었어요."

"그래. 빈틈투성이야."

국선은 변호할 의지가 없었고 피고인은 자신의 범죄라 주장했다. 설상가상 편향성을 지닌 판사까지 가세해 도출해 낸 재판 결과였다.

"진범이라고 주장하는 이가 재심을 요청했고요."

"알고 있다."

재심 맡은 법인 대표가 석주의 연수원 동기였다. 신입 말단이 맡은 채 돌아가고 있는 것도 제대로 모르고 있던 사건이었다.

재심이 진행된다면 본의 아니게 화력을 올리는 데 영향을 미칠지도 모른다. 전직 대법원장 아무개가 궁금해한 사건이라는 타이틀을 달았으니.

본질은 '대법원장 아무개가 조사 중인 사건'이라는 데 있는

---

* 의도적으로 계획된 살인.

것이 아니라 '그 아이 아버지 사건'이라는 데 있다. 이토록 평범치 않은 인물과 상황은 생각해 본 적이 없었다. 경혜 일로 세간의 이목에 그리 몸살을 앓았으니 석주는 자식들만은 무탈한 삶을 살길 바랐다.

참으로 모진 인생 살아왔으니 장석주가 그 정도는 바라도 좋지 않을까 하는 보상의 심리였다.

"꼭 이 아이여야 하는 거냐."

석주는 '이런 아이'라는 말을 부러 피했다. 제 아버지가 중한 죄를 짓고 수감 중이라, 그 어려웠을 말을 뱉던 눈이 어찌나 아파 보이던지. 그는 차마 그 아이를 그렇게 표현할 수는 없었다. 그 지점에서 골치가 썩어 나기도 했고.

침묵 속 응시가 이어졌다. 오존 비린내는 옅어졌고 바람도 죽었다. 그러리라 예상했던 묵직한 답이 아들 입에서 흘러 나왔다.

"네."

석주는 순식간에 길을 잃고 과거 어느 순간으로 떨어졌다. 그래, 그때도 그랬었다.

'꼭 그래야겠어?'

'네.'

석주는 완고한 아들 얼굴 속에서 사랑하는 여자의 얼굴을 찾아내며 허무하게 웃었다. 젊은 아이들 말로, 이런 상황을 데자뷔라 한다지.

사랑하는 여자, 은경혜. 장석주의 부인. 헌영, 주영 남매의 엄마. 다 던지고 사라져 버린 여자.

석주와 경혜는 어려서 정혼이 된 사이였다. 두 집안 모두 정치가 집안이었다. 소위 말하는 정치 명문가 집안.

석주는 두 살 아래의 경혜를 열아홉에 처음 봤다. 예의며, 범절이며 나무랄 데 없는 무척이나 우아하고 아름다운 소녀였다. 정혼 소식에 있는 대로 쌓여 있었던 그의 분노 한 귀퉁이를 살며시 무너트릴 만큼이었다. 정혼에 대한 불만 제기는 허무하게 끝났다.

가끔 집안 행사에서 얼굴을 볼 수 있었다. 그녀는 예의 바르고 우아하고 아름답지만 그뿐이었다. 경혜는 불가근불가원의 원칙을 견고하게 두르고 있었다. 석주에게 결코 속을 내어 주지 않았다.

친밀해질 기회가 부족했으니 그럴 수 있다 여기고 말았다. 그땐 그랬다.

둘 사이 시간도 여타의 사람들과 같이 흘러 가끔은 개인적인 이야기를 나눌 만큼 가까운 정도가 되었다. 그럼에도 불구하고 남녀 간의 무언가를 나누는 사이가 되진 못했다.

석주는 스물두 살에 사시를 패스했다. 그해 여름 그는 경혜를 찾아갔다. 여름 방학, 겨울 방학이면 강릉 별장에 박혀 그림을 그린다는 소식을 들었기 때문이다.

결과적으로 그날의 그 충동적인 결정은 그가 인생에서 가장 후회하는 일이 되었다.

"왜."

석주는 스스로에게 던질 질문을 굳이 입 밖으로 뱉었다. '왜' 그 지독한 외사랑을 그만두지 못했을까. 그 괴이한 모습을 보고도 왜 당장 그만두지 않았을까. 가슴이 찢길 것 같은 감각에 시달리면서도 그녀를 얻고 싶다는 얼토당토않은 충동에 사로잡혔을까.

키 큰 해바라기가 가득한 뜰 구석이었다. 하얀 원피스를 입은 경혜는 이젤 앞에 앉아 있었다. 원피스보다 하얀 다리 끝. 그녀의 발등 위에 입술을 댄 또래의 소년과 함께였다. 한들한들 해바라기가 바람에 여러 번 흔들릴 동안 그 괴이한 모습은 미동 없이 이어졌다.

부챗살 같은 긴 속눈썹이 빈틈없이 덮여 있는 무결할 듯 아름다운 생명체. 그 무감한 표정의 옆모습에서 석주는 전에 알던 은경혜의 모습은 아무것도 찾을 수 없었다. 싸르르, 볼 옆까지 살갗을 긁는 소름이 독하게 퍼지는데도 석주는 오래도록 지켜보았다.

'그만해. 간지러워.'

하얀 손가락이 소년의, 아니 무릎 꿇은 남자의 머리칼 속으로 들어가 두어 번 움직였다. 심장이 불구덩이 처박히는 기분으로 석주는 돌아섰다.

"잘 아시잖아요."

쓸개를 생으로 씹으면 이렇게 쓸까. 석주는 다시 웃었다. 떠난다는 경혜에게 꼭 그래야겠느냐 물었을 때, 미련 없이 되돌아오던 그래야겠노라던 답. 그리고 그 끝에 붙은 질문이자 확인.

'알고 있었잖아요. 당신.'

알고 있었다. 그녀가 사랑하는 이를. 그 보잘것없는 놈쯤 예쁜 머릿속에서 지울 수 있다고 수도 없이 자기 최면을 걸었으니까.

"몰라, 나는. 잘 모르겠어."

석주는 그때 그렇게 답하고 싶었다. 자존심은 물론이거니와 인생 전체를 부정당하는 기분을 하고서도 잘 모르겠으니, 그는 그녀에게 떠나지 말아 달라 하고 싶었다.

끝내 그녀에게 하지 못했던 말을 아들에게 뱉어 버리고 석주는 일어섰다. 돌아서려는 그를 향해 헌영은 기어이 지지 않았다.

"혜동이 데리고 다시 와요."

석주는 서류를 챙겨 든 채 묵례하고 돌아 나가는 아들을 오래 응시했다. 제 엄마를 닮았다고 개운하게 정리해 버릴 수가 없었다. 말끔하게 결론 내리지 못한 채 석주는 창을 활짝 열었다.

여름이 되면 이 집 정원엔 빽빽하게 해바라기가 핀다. 은퇴한 첫해부터 그는 손수 해바라기를 심고 있다.

무얼 제대로 아는 것도 없는 주영이 종종 입바른 소리를 하곤 한다. 추억할 일도 아닌데 과도하게 기억하려는 건 '심리 이상'이라고. 그럼에도 불구하고 그는 그만두지 않았다.

해바라기가 가득 필 공간을 지나쳐 정원을 가로지르는 아들을 바라보며 석주는 잠정적으로 결론을 내렸다.

아무래도 제 어미 쪽이 아니라 아비 쪽이다. 지독하게 장석주를 닮았다.

그러니 뭘 어떡하겠는가.

"뭐야. 이 시간에 무슨 일이야."

현관문을 열어 맞는 상현을 뒤로하고 헌영은 익숙한 공간으로 올라섰다.

"씻을게."

"밤새웠어? 얼굴이 왜 그 모양이야. 설마 그 상태로 운전해 온 거야?"

석주를 만난 후 헌영은 여주 교도소에 들러 진원에게 면회 신청을 넣었다. 혜동에게 그랬다던 대로 여지없이 거부였다. 꼭 봐야겠다는 메시지를 전달하고, 그는 무력하게 돌아 나올 수밖에 없었다.

"무슨 일이냐니까?"

"옷이나 챙겨 줘."

구시렁대는 매제를 남기고 헌영은 욕실 문을 열었다. 익숙하고 깔끔한 욕실에 들어선 그는 기계적으로 셔츠 단추를 풀었다. 봉변당해 바들바들 떨던 모습이 시야를 어지럽히는 통에 그는 잠을 잘 수 없었다. 바로 아래 잠들지 못하고 있을 것이 빤한 존재를 둔 채 눈이 감기지 않았다.

지난번 한선우 일로 어렵게 꺼내 보였던 이야기 속 어디에도 없었던 친모의 이야기. 제 근원을 흔들어 대는 사실들을 감당할 수 있을까.

헌영은 무얼 어떻게 해 줘야 할지 감이 잡히지 않았다. 어머니가 집을 나가 버렸던 그 시절 이후 참으로 오랜만에 접하는 지독한 무력감이었다.

그리하여 밤새 재판 기록 서류 더미에 파묻힐 수밖에 없었다. 당장 할 수 있는 것이 그것밖에 없어서.

물이 쏟아지는 수전 아래 선 채 답 없는 생각에 잠식당하고 있을 때, 벌컥 문이 열렸다. 여는 쪽이나 그에 당하는 쪽이나 생활인 듯 자연스러웠다.

"샤워도 못 하고 나다닐 정도면 심각한 일이라는 거 아니냐고."

수건 수납장 아래 새 속옷을 내려놓으며 상현은 목소리를 높였다.

"응?"

"머리 아파. 그만 떠들어."

몇 초인지 몇 분인지 제대로 헤아려지지도 않는 시간이 지난 후 상현이 욕실 문을 닫는 소리가 들렸다.

"뭐 좀 먹었어?"

욕실 밖으로 나서자마자 상현이 들러붙었다.

"생각 없어."

"몸 곯아. 간단하게 챙겨 줄 테니까 먹어."

"커피나 마시자."

냉장고 문을 여는 상현을 만류하고 헌영은 멀리까지 시야가 뚫린 너른 창 앞으로 걸어 나갔다.

"혜동이는 어쩌고 이 시간에 온 거야."

"상현아."

"어. 왜."

"그놈이 아프단다."

헌영은 한숨을 문질러 버리듯 두 손으로 얼굴을 쓸었다. 그 녹록지 않은 삶에 뭘 보탰던 걸까. 준희 일로 맘고생시킨 직후였다. 아버지를 대면시켜 또 한없이 무겁게 했고.

이쪽이야말로 쉽고 또 쉽게 그저 기댈 수 있게 해 줘도 부족할 판에……. 헌영은 깔끔하고 단정하지 못했던 과거의 시간들이 사무치게 아팠다.

"뭐라는 거야. 아프다고? 혜동이가? 그래서 두고 혼자 왔어?"

커피를 추출하는 둔탁한 진동음이 주방에서 퍼져 나왔다. 양손에 머그잔을 들고 돌아온 상현이 소파에 앉아 헌영을 기다렸다.

"얼마나 아프길래, 그 악바리가……."

그래, 얼마나 아프길래 그러는 걸까. 헌영은 전화기를 꺼내 문자함을 살폈다. 긴 밤 망설이다 안부를 확인했던 그의 물음에 괜찮지 않을 '괜찮아요.'만 돌아왔고, 그것이 전부였다.

장수에게 출근하지 않았다는 메시지를 받은 후였다. 혹여 잠을 깨울까 싶어 그는 전화도 문자도 그만두고 기다렸다.

헌영은 묵직한 머리를 하고 커피를 한 모금 넘겼다. 쓰린 속이 요동을 쳤다.

"생물 간 유전체 염기서열을 비교하는 작업이 왜 필요할까요."

비교 유전체학comparative genomics에 관한 질문에 질문으로 답하며 헌영은 보드 마커를 들었다.

강당 규모의 넓은 강의실 앞, 널찍한 화이트보드 한가운데 선 채 그는 기계적으로 말을 이어 나갔다. 밖은 이미 어두워졌고 맡고 있는 강의는 한 시간 남짓 남아 있었다. 머릿속엔 여전히 정혜동밖에 없었다.

"그 지난한 작업을 하는 이유는……."

세포 내 유사한 단백질 영역을 확인해 그 종류와 기능을 유추하기 위해서다. 유전체와 단백질체의 조절 기작을 이해할 수 있게 되면 바이오 산업은 물론, 의학을 비롯하여 응용되고 있는 모든 분야에서 큰 성과를 얻을 수 있으므로…….

초롱초롱한 학부 1년생의 시선 속에서 그는 필기해 둔 것들을 지우다가 손을 내렸다.

반 이상 지워져 날아간 '유전체'라는 단어 앞에선 헌영은 머릿속 혜동에게 이끌려 들어갔다. 진원이 그 아이 친부가 맞는 것일까, 하는 근본적인 의문 속으로.

친모라는 윤혜진의 법적 배우자가 살해당한 유정혁이라는 사실을 바탕으로 거슬러 올라가 봤다. 결론을 얻지 못한 채 그는 변호사에게 전화를 했었다.

명확하지 않다는 모호한 답이 돌아왔다. 다만, 문현자의 주장대로라면 혜동은 정진원의 아이가 아닐 수도 있다는 더 모호한 말까지 붙었다.

헌영은 들었던 지우개를 완전히 내렸다. 석주가 마킹해 둔 정진원의 건강 기록지가 머릿속에 소환되어 펼쳐졌기 때문이다.

독한 양반, 언질이라도 줄 것이지.

헌영은 내렸던 지우개로 깨끗이 칠판을 지우고 학생들을 향해 돌아섰다.

"오늘 강의는 여기서 마치겠습니다. 추후 보강 일정 잡아 과사무실 통해 공지할 테니 양해 바랍니다."

웅성웅성하는 소리를 뒤로하고 헌영은 강의실을 나섰다. 재심을 거부하는 이유가 건강상의 어떤 이유 때문이 아닐까 하여 굳이 찾아봤노라 메모되어 있었다. 큰 병에 걸려 삶의 의지가 없다면 재심을 거부할 이유가 될 수도 있지 않을까 했다고. 결과적으로 중병에 걸렸다던가 하는 사실은 없었다.

벌컥 차 문을 열어젖힌 헌영은 실내등을 켜고 서류를 뒤집었다. 석주가 이 불법적인 정보들까지 모두 구해 들여다본 것에 그는 화가 뻗쳤었다.

아버지는 용의주도한 데다 지나치게 명석한 사람이다. 혜동의 신상이 적나라한 서류 위 혈액형란을 찾은 헌영은 탄식을 뱉었다.

어떤 의도로 시작했는지 알 길이 없으나, 표기되어 있었다. 두 사람의 혈액형 위에 같은 모양의 동그라미가 그려져 있었다. 정진원 O형, 정혜동 AB형.

혈액형으로 친자 친부 관계를 유추하는 것이 얼마나 시대에 뒤떨어지는지 가늠도 되지 않는다. 그럼에도 불구하고 간단하게 결론이 나온다. 어머니의 혈액형이 무엇이든 O형의 아버지에게 AB형의 자식이 나올 확률은 없다고 봐도 좋다.

헌영은 서류철을 소리 나게 닫았다. 주차장에서 튀어 나가는 차는 난폭하기까지 했다.

— 무슨 일로.

"혜동이."

— 무슨.

전화를 거는 수번 동안 혜동은 응답을 하지 않았다. 정체되는 길 위에서 타들어 가는 속으로 헌영은 선우에게 전화를 걸었다.

"혜동이 괜찮은지 확인해 줘야겠어요."

의자 밀리는 소리가 둔탁하게 전화기를 타고 흘러들어 왔다. 걸음을 걷느라 흔들리는 목소리가 이어졌다. 무슨 일인지 재차 묻는 한선우의 목소리엔 화가 실려 있었다.

헌영은 한숨을 눌렀다. 한선우가 생각하는 것과 같은 이유라면 감사할 듯했다. 장헌영이 뭘 잘못해서 그놈이 그러는 거라면 차라리 나을 뻔했으니.

정체를 뚫고 초우에 도달했을 때 분노와 초조함과 여타의 온갖 것을 눈에 담은 선우가 그를 맞이했다.

"마스터키 필요해요."

더 설명이 필요 없는 말이었다. 헌영은 주말 일정으로 자리를 비웠을 시설 관리소장실로 향했다.

인간이 만든 빛 공해가 없는 산속 수목원의 밤하늘은 여느 날처럼 무수히 별이 빛났고, 깊어지는 봄밤의 바람은 여느 날보다 순했다. 헌영은 아무것도 인식하지도 못한 채, 느끼지도 못한 채 열쇠를 들고 혜동의 방문 앞에 이르렀다.

혹여나 깊이 잠들었을까 싶어 그는 두어 번 문을 두드렸다. 복도를 밝히는 센서가 꺼졌다 들어왔다 여러 번 반복했다. 헌영은 카드키를 키패드 위에 올렸다. 익숙한 승인 음이 채 끝나기도 전에 그는 문을 열었다. 선우가 따라 들어왔다.

방 안엔 창밖에서 부서져 내리는 미약한 빛밖에 없었다. 침대 위 낮게 굴곡진 그림자를 향해 다가선 헌영은 막혀 있던 숨을 일시에 뱉었다.

"정혜동."

떨려 나오는 헌영의 목소리가 바닥으로 낮게, 낮게 깔렸다.

"전화를 왜 안 받아. 왜. 왜……."

빛 잃은 눈으로 그를 응시하던 혜동의 두 손이 헌영을 향해 올라왔다. 어린아이처럼 안아 달라는 몸짓 앞에서 헌영은 다시 숨을 끊었다. 자근자근 날카로운 이빨에 심장이 씹히는 것 같았다.

그는 작은 몸을 정성 들여 안았다. 동그란 뒤통수를 쓰는 손길에 말할 수 없는 애틋함이 묻어 있었다.

"나. 배고파요."

"뭐 먹고 싶어."

"밥."

"어떤 밥."

"그냥 밥. 집밥."

집에서 먹는 밥, 할머니가 해 주는 밥 같은 밥.

두 손을 들어 얼굴을 쓸던 선우가 문밖으로 나갔다. 헌영은 괴로운 신음을 쏟으며 혜동의 머리 위에 입술을 갖다 붙였다.

"먹으러 가자. 그래. 집밥 먹으러 가자."

헌영은 생기 잃은 작은 몸을 깊이 끌어안았다.

부디

— 응. 웬일로?

놀란 것이 분명한 경혜의 목소리가 여과 없이 돌아왔다.

"지금 가요."

— 지금?

"일행이 있어요."

— 이 시간에 무슨 일이니.

"밥 좀 차려 주세요."

— 응?

"그냥. 늘 해 주시던 밥이요."

침묵이 오래 이어졌다. 우아한 목소리는 한참이나 들려오지 않다가, '그러자' 하는 말로 짧게 끝이 났다.

헌영은 배가 고프다는 그의 여자를 데리고 어머니와 그녀의 남자가 사는 집으로 갔다. 그 아늑한 요새에 도착했을 땐, 뒤채에서 퐁퐁 연기가 솟아오르고 있었다.

잠들어 버린 혜동을 안아 든 헌영을 맞은 사람은 어머니의 남자였다. 헌영은 그를 따라 별채로 갔다. 진한 나무 냄새가 났다. 어려서 맡던 이 남자의 냄새라는 기억이 언뜻 스쳤다. 독기라곤 먼지만큼도 없어 보이는 사람. 돌아선 그가 헌영을 마주했다.

"불 넣었으니 곧 따듯해질 거야."

헌영은 묵례로 답했다. 미세하게 균형이 깨진 불편한 걸음의 잔상을 남긴 채 선한 에너지밖에 없는 어머니의 남자가 방을 나갔다. 헌영은 황토로 다져 둔 넓은 온돌 침상 위의 깨끗한 이부자리 위에 잠든 혜동을 뉘었다.

똑똑, 조심스러운 노크 소리 후 문이 열렸다. 돌아앉은 헌영은 많은 날들과 뭐가 다른지 알 수 없는 경혜를 마주한 채 일어났다.

문밖에서 그를 기다리고 있던 경혜의 시선이 잠깐 침상 위에 머물다 떨어졌다.

"잠들었니?"

"네."

"밥 준비됐어."

"죄송해요. 일어나면 챙겨 주세요."

봐 주기 안쓰러운 아들의 몰골을 바라보던 어머니가 빙긋 웃었다.

"너라도 먹어."

먹어야 누굴 챙겨도 챙기지. 턱없이 약한 부분을 건드리는 바람에 헌영은 경혜를 따라 본채로 들어갔다.

주영을 데리고 왔던 겨울날 이후 그 공간은 처음이었다. 그 남자 냄새가 났다. 거부감이 느껴지지 않아서, 아니 좋아서 더 싫은 냄새. 그렇게 냄새만 남긴 채 남자는 사라지고 없었다.

"그 아이니? 주영이가 말하던?"

"네."

정갈한 식탁 위에 마주 앉았다. 경혜는 무슨 일이 있느냐 묻지 않았다. 쪼르르, 물을 컵에 따라 국그릇 옆에 놓아 주었을 뿐.

몇 가지 되지 않는 나물 반찬이며 직접 기름을 발라 구운 김. 잘 구운 생선, 그리고 맑은 국. 담백하고 심심한 밥이었다.

이게 뭐라고.

어머니가 떠나 버렸던 내내, 이 밥이 그렇게 먹고 싶었다. 그 역시 그랬다. 혜동이 무슨 의미로 '배가 고프다' 했는지 헌영은 너무나 잘 이해할 수 있었다.

들렸던 헌영의 손은 수저 위로 가지 못하고 얼굴 위로 올라갔다. 몇 번이나 마찰하던 섬세한 손이 떨어졌을 땐 붉어진 눈이 고스란히 드러났다.

"입 깔깔하면 누룽지를 줄까?"

헌영은 붉어진 눈으로 경혜를 바라보다 웃음과 함께 뱉었다.

"네. 주세요."

어머니.

쓰륵쓰륵. 여름밤도 아닌데 풀벌레 소리가 별채로 향하는 길을 따라왔다. 고픈 담배 생각을 떨쳐 버리고 헌영은 조심스레 무거운 나무 문을 밀었다. 어둠에 잠긴 통나무집 침상 위, 우두커니 무릎을 세운 채 혜동이 그를 맞았다.

"일어났어?"

"……."

"밥 먹어야지."

전등 스위치를 찾던 그는 되돌아오는 침묵에, 찾던 걸 그만두고 돌아섰다.

"혜동아."

"잠을 못 잤어요."

"밥 먹고 마저 자."

본채에 다녀오려 걸음을 뗀 헌영은 금세 되돌았다. 그저 한마디였다. 한마디에 붙잡혔다.

"가지 말아요."

헌영은 처음 온실에서 봤던 때처럼 말끄러미 혜동을 응시했다. 건드리고 건드렸어도, 항상 제자리로 돌아와 견고하게 바로 섰는데. 그리도 꼿꼿하던 정혜동이 왜 이렇게 됐을까.

한껏 드러내길 바랐었다. 있는 대로 분출한다면 다 받아 주리라 생각도 했고.

헌영은 혜동을 안으며 지독한 무력감을 또 절감했다. 드러내고 분출하고 끝낼 일이라면 얼마든지 감당해 줄 수 있지만 거기서 끝날 문제가 아닌 것 같으니까.

"왜 못 잤는데."

품을 내어 준 채 나란히 누운 그는 흘러내린 머리카락을 쓸었다. 몸 어디, 제대로 힘이 들어가 있는 곳이 없었다. 무엇으로 버티고 있는 걸까 싶을 만큼.

"곁에 누가 없어서 그랬나 봐요."

"누가?"

"인간 수면제 같은 사람요."

"난로 아니고?"

재미없어요 하며 혜동이 가슴에 이마를 기댔다.

먼저 시작한 게 누군데. 나쁜 자식.

헌영은 한숨처럼 웃으며 뜨끈한 이마 위로 입술을 눌렀다. 규칙적인 숨소리가 품 안을 들고 났다. 그대로 잠들길 바라며 헌영은 조용히 기다렸다.

삐이, 알지 못할 새소리가 창밖에서 선을 긋고 지나갔다. 덜컹, 이음새가 불안정한 통나무집 창이 바람에 흔들렸다. 깊이 숨을 모으는 기척이 그의 바람을 깨뜨렸다.

"많이 원망했어요. 할아버지, 할머니 그렇게 되고 나서요."

이 독한 놈이 무너진 이유는, 그러니까 그렇지 않을까 예상했던 대로였다. 높디높은 도덕적 기준하에 제 아버지도 아닌 이를 원망한 스스로를 용납할 수 없으리라.

"아버지, 나 자라는 동안 한 번도 집에 온 적 없었거든요. 가족이라고 생각하기 어려울 만큼 먼 존재였어요."

힘겨운 한숨이 몇 번이나 헌영의 가슴 위에서 부서졌다.

"일 터지고 나서는 정말 나쁜 사람이라고 생각했어요. 왜 잘못 없는 사람들에게 돌이킬 수 없는 피해를 주는지 이해할 수 없었으니까요."

울음을 삼킨 목소리가 이어졌다.

"아르바이트가 너무 힘든 날은 차라리 일찍 죽어 버리지 하고…… 저주했어요. 그러면 할머니 할아버지는 무사했을 텐데 싶고. 내가 이렇게 힘들 일도 없을 텐데 싶어서요. 그런 생각까지 했어요."

형편없는 쓰레기 같은 생각까지 했는데…….

"내 아버지가 아니래요, 그분. 엄마라는 사람이 날 부탁해서 할아버지, 할머니가 키워 준 거래요."

흐어어, 풀어지는 호흡에 울음도 같이 녹아 있었다.

"나는…… 내가 누군지 모르겠어요. 정작 우리 가족에게 '횡액'이었던 주제에 나는 무슨 생각을 하고 살았는지. 정말, 진짜. 모르겠어요."

헌영은 돌아눕는 혜동을 붙잡아 품 안에 넣었다.

"정나미 떨어지지 않아요? 왜 그렇게 살았느냐 잘난 체하던 거 우습지 않아요?"

"혜동아."

"주제에…… 그 주제에……."

헌영은 혜동의 격앙된 숨이 잦아들 때까지 기다렸다. 턱 밑에 정수리를 밀어 넣고 그는 더 틈이 없을 만큼 그녀를 몸에 붙였다.

"너 아무것도 몰랐어, 몰랐잖아. 네가 그렇게까지 죄책감 가질 일 아니야."

상황이 만든 죄책감에서 벗어나길. 그리 어렵게 살아왔으니까. 본의 아니게 행했던 죄의 값. 그렇게 충분히 치르고도 남으니 그만 괴로워하길.

"몰랐어도요."

미안하니까. 미안해서 괴로우니까…….

헌영은 가는 어깨를 따라 팔꿈치를 지나, 펼쳐진 작은 손 위로 그의 손을 겹쳐 넣었다.

"대신해 줄게."

미안한 것도, 괴로운 것도 다 대신해 줄게. 헌영의 말이 끝나자마자 움츠렸던 작은 몸이 웃었다. 웃느라 어깨부터 팔꿈치를 지나 손등까지 흔들렸다.

바보 같아, 중얼거리는 소리가 웃음 속에도, 울음 속에도 녹아 있었다.

"그래도 될까요?"

"응."

"그럼…… 자는 동안만요."

"그래. 자는 동안만."

등 뒤 창밖에서 달빛이 넘어와 아늑한 통나무집을 희미하게 밝혔다. 높은 호흡이 규칙적인 숨으로 잦아들었을 즈음. 헌영은 보드라운 머리카락을 쓸어 넘겨 주며 평생 대신해 주겠노라 고쳐 말했다.

[새벽녘에 잠깐 일어나 밥 먹었어. 또 잠든 것 같고.]

경혜는 익숙하지 않은 문자 창 위에 쓴 짧은 문장을 헌영에게 보냈다. 별채에 아들이 데려다 놓은 아이는 마치 신생아처럼 잠깐 일어나 먹고, 내리 자고를 반복했다. 3일간 꼬박 그렇게 지냈다.

"잠들었어?"

별채 아궁이 옆 댓돌에 앉아 있던 경혜는 장작 몇 개를 안고 온 명호의 물음에 고개를 끄덕였다. 탁탁, 장작이 불에 익어 가며 지르는 비명과 호수 물이 기슭에 부딪혀 내는 소리. 두 사람의 일상에 속하는 것들이었다.

경혜는 아궁이에 장작개비 하나를 밀어 넣는 명호를 바라보았다. 귀밑머리가 어느새 목을 덮었다. 이발을 해야겠다고 생각하며 그녀는 손을 내밀어 남자의 머리카락을 쓸었다.

"이발해야겠지?"

"병원 가는 날 하고 들어와."

그럴까? 소년의 모습이 고스란히 남아 있는 미소로 답하던 그는 부지깽이로 이리저리 아궁이 속을 헤집었다.

경혜는 물끄러미 목장갑을 낀 손을 응시했다. 바지런히 움직이는 손은 늘 그렇듯 정직하고 성실했다. 스르르, 밀려 올라오는 눈물 덕에 경혜는 일어났다.

호숫가로 걸어 나가려 걸음을 옮긴 경혜는 별채를 뒤돌아보았다. 그녀는 죽기 전까지 볼 수 없으리라 여겼다. 그건 아이들을 버리고 명호를 택했을 때 각오한 일이었다.

제 아버지를 닮아 타고나길 자존심이 지극한 남매였다. 버리고 떠난 존재를 향해 먼저 손을 내밀 것이라 생각하기 어려울 만큼 대단하고, 꼿꼿한.

배불러 찾아온 주영이 그녀를 향해 쌓아 올린 원망과 그리움을 솔직히 고백했을 때부터 조금은 기대했는지도 모른다. 애초에 아이들에게 형편없는 존재로 남아야 된다는 마음이 허물어진 건 그때부터였다.

활강하던 물새 한 마리가 날렵하게 수면을 차고는 다시 비상했다. 삐그덕, 특유의 묵직한 나무 문 열리는 소리가 고즈넉한 공간을 울렸다.

침상 옆에 챙겨 둔 주영의 겉옷을 입고 나온 가냘픈 아이가 두 눈을 꼭 감은 채 쏟아지는 빛에 적응 중이었다. 저 아이가 그 대단한 아들 녀석의 눈시울을 붉히게 만든 그 아이다.

맑고 단정했다. 왠지 낯이 익은 얼굴. 아들아이가 좋아하는 상대라 그런 걸까? 경혜는 웃으며 혜동을 향해 걸었다.

“일주일 병가 냈으니까 쉬라고.”

경혜는 목 덮개가 나풀거리는 잔꽃무늬의 일 모자를 혜동에게 건네며 헌영의 말을 전했다. 편치 않은 낯빛을 살핀 경혜는 준비된 다음 말을 마저 했다.

“다들 춘계 대회 참석하는 주간이라 괜찮다고 하던데?”

아들아이는 고요한 얼굴로 제 여자를 대할 단계적 매뉴얼을 주고 갔다. 아마도 이런 반응을 예상했기 때문이겠지? 경혜는 슬쩍 웃음을 누르고 재차 노력해 보기로 했다.

“취나물 뜯으러 갈까 하는데, 같이 갔으면 해서.”

“아.”

“향이 너무 좋아. 나물 해 줄게요.”

같이 가요, 응? 하고 수락을 청하는 경혜의 물음에 혜동은 고개를 끄덕였다.

“네. 그럴게요.”

원하는 답을 얻어 낸 경혜는 들고 있던 모자를 둘러썼다. 경혜가 건넨 모자를 바라보던 혜동의 눈길이 되돌아왔다. 웃음이 스며 나는 보얀 얼굴을 응시하며 경혜는 같이 웃었다.

“내가 일을 좀 잘해요.”

흠흠, 목을 가다듬던 혜동은 민망한 듯 시선을 내렸다. 모자챙에 중고딕체로 ‘상머슴’이라 새겨져 있었다. 명호가 받아 온 비료 회사의 증정품이었다. 그 짧은 웃음으로 무겁던 분위기가 걷히니 비로소 알 것 같았다. 본래 성격은 밝고 유쾌한 아이가 아닐까 싶은.

경혜는 헌영이 마음을 준 아이와 나란히 걸음을 옮기며 회상했다.

'오래됐어요. 오빠 꽤 힘들지도요. 혜동 씨 마음 얻으려면.'

봄 시작 즈음에 헌영에게 좋은 사람 없느냐 주영 부부에게 물은 적이 있었다. 옆에 누군가 있노라 상현이 꺼낸 얘기에 주영이 보탠 말이었다.

누군가의 마음을 얻는 일이 쉬울 리가 있겠냐마는. 그 일을 할 수 있다는, 적어도 하기 시작했다는 아들에게 마음이 놓였었다.

헌영이 옆에 제대로 사람을 두지 않아 왔던 것이, 어미란 이가 준 생채기 때문이 아닐까 늘 걱정하고 있었기 때문이다.

"지천이 다 나물이야. 두릅도 올라왔고, 좀 있으면 고사리도 올라올 테고."

야트막한 언덕을 올라 산길로 접어든 경혜는 급해지는 숨을 고르며 설명했다.

"취는 지금 뜯어 두지 않으면 너무 자라 버리거든."

"네."

"뜯어 봤어요?"

"어려서 가끔요."

"응?"

"할머니 따라요. 여기 제 고향이거든요."

"어머. 그래요?"

"네."

솔 향이며 싱그러운 풀냄새가 그득했다. 온갖 초목이 연둣빛, 초록빛 생명을 틔워 놓은 채 그들을 맞았다.

"반가워요. 나 여기서 꽤 오래 살았거든요."

속속 자취를 드러내기 시작한 취나물을 가리키며 경혜는 쪼그려 앉았다.

"이렇게 뿌리 끝부분까지 넣어서 잘라야 해요. 이파리 떨어뜨리지 말고."

네, 하며 웃는 모습에 알지 못할 여유가 담겨 있었다. 경혜는 잠시 생각에 잠겼다. 아, 이 아이는 헌영과 같은 일을 한다고 했는데…….

"취나물에 대해 설명 좀 해 줄 수 있어요?"

혜동은 능숙하게 칼집을 넣어 뜯은 취를 바구니에 넣으며 웃었다. 자판기에서 음료 떨어지듯 설명이 흘러나왔다.

"국화과 여러해살이풀이에요. 한국, 중국, 일본에 분포하는 자생종이죠. 채집하고 있는 이건 우리 땅에 분포하고 있는 60종 중 하나고. 참취라 부르는데, 약용으로 쓰이기도 하구요."

'더 할까요?' 하는 눈빛에 경혜는 웃으며 물었다.

"그쪽 업무 종사자들은 초목을 보면서 늘 그런 생각을 하는 걸까요?"

혜동이 다시 웃었다.

"예쁘다. 보기 좋다, 하는 생각 먼저 해요."

"다행이네요."

두 사람의 웃음이 솔 향이며 흙냄새 섞인 공기 중으로 퍼져나갔다. 뉘엿뉘엿 해가 떨어지는 시간이 될 때까지 둘은 산에 있다 내려왔다. 종종, 대수롭지 않은 몇 마디를 나누었지만 경혜는 생각에 잠겨 있는 혜동을 그대로 두었다.

낮은 언덕을 타고 내려와 별채를 지나 뜰 앞에 이르렀을 땐 명호가 준비해 둔 바비큐 그릴에서 투명한 연기가 솟아오르고 있었다. 경혜는 재게 걸음을 옮겨 이파리 넓은 취를 골라 씻었다.

"주방에 들어가면 채반이 있어요. 좀 가져다줄래요?"

우두커니 마당에서 길을 잃은 혜동에게 부러 일을 던져 준 경혜는 차가운 물에 두어 번 더 취를 헹구어 냈다.

혜동과 명호가 함께 나왔다. 혜동의 손엔 주문했던 작은 채반과 명호가 들었어야 할 몇 가지 식기들이, 명호의 손엔 모락모락 김이 피어오른 밥공기와 반찬 몇 가지가 놓인 쟁반이 들려 있었다.

경혜와 혜동은 그릴을 사이에 두고 마주 앉았다. 명호가 올린 고깃덩이들이 그릴 위에서 치익, 치이익, 소리를 냈다. 하얀 연기가 피어오르고 기름이며 육즙이 붉은 숯덩이 위로 떨어져 내렸다.

"쌈 좋아해요?"

"네."

"주영이가 바비큐를 좋아해서 자주 먹어요."

지글지글 익은 고기가 능숙하게 잘렸다. 경혜는 모양 좋은 취를 한 장 집어 잘 구워진 고기 조각과 표고와 양파 한 조각을 얹었다. 집 된장과 고추장에 참기름을 넣어 비빈 쌈장을 찍어 올려 예쁘게 모은 쌈을 혜동에게 내밀었다.

머뭇, 내려다보던 혜동이 쌈을 받아 입에 넣지 못하고 있으니 명호가 집게를 내렸다.

"잠깐 다녀올 데가 있어서 실례할게요."

"아."

같이 드세요, 하는 혜동의 말이 끝나기도 전에 명호는 주차해 둔 트럭 쪽으로 사라졌다. 그의 자취를 좇던 경혜와 혜동의 시선이 그릴 위에서 만났다.

"괜찮아요. 먹어요."

경혜는 시범이라도 보이는 것처럼 똑같이 만든 쌈을 입에 밀어 넣고 씹어 보였다. 그제야 올라가는 손을 바라보며 경혜는 명호가 두고 간 집게를 들었다.

"맛있죠?"

"네."

아이들을 두고 왔던 첫해 지독한 우울증에 빠졌을 때 명호가 취나물에 고기쌈을 싸 줬다. 성치 않은 다리를 질질 끌고 이리저리 준비해 준 음식. 눈물이 날 만큼 맛있었다.

"저 사람이 속죄하는 방식이랍니다."

잘 구워진 고기와 양파를 혜동이 먹기 좋게 놓아 주며 경혜는 아무에게도 털어놓지 않았던 이야기를 시작했다. 왜 그랬는지 알 수 없지만, 이 아이에게 필요한 이야기일지도 모른다는 생각에 그녀는 가슴에서 오래 묵어 곰삭은 이야기를 꺼냈다.

"어려서 나는 아주 못된 아이였어요."

건강이 나빴던 어머니와 함께 경혜는 늘 이곳에서 지냈다. 명호는 별장을 관리하던 부부의 아들이었다. 경혜와 같은 나이의 순한 사내아이.

어린 경혜는 아픈 어머니에게 지녔던 분리 불안을 별장을 관리하던 명호의 부모에게 해소했다. 멸시하고, 업신여기고 강짜를 부렸다. 소리 지르고 집어 던지고 화를 내고 하는 일이 당시 일상일 만큼 되바라졌었다.

보좌관 아무개가 운전기사에게, 아버지가 바람이 났다며 속닥이는 걸 들은 후부터는 전보다 훨씬 심해졌다. 돌이켜 보면 어린 시절의 그녀는 정말이지 끔찍했다.

명호는 온갖 비위를 맞추며 경혜의 놀이 상대가 되어 주곤 했었다. 놀이 상대라기보단, 어쩌면 인간 장난감 같은 존재라 표현하는 것이 맞을지도 모른다.

어느 날엔가 제 어머니에게 시든 꽃을 집어 던지며 미쳐 날뛰는 경혜를 바라보던 명호가 그녀를 밀친 적이 있었다.

밀려 넘어지며 떨어뜨린 꽃병 조각에 경혜는 상처를 입었다. 발등 위에 깊이 박힌 도기 조각 덕에 뜨거운 피가 줄줄 흘러내릴 정도의 큰 상처였다.

명호 아버지가 달려와 명호의 따귀를 인정사정없이 때렸다. 경혜는 응급처치로 흰 천을 감느라 달달 손을 떠는 명호 어머니 뒤에서 일어나는 그 모습을, 하나도 빠트리지 않고 보았다. 맞는 쪽은 담담했는데 때리는 쪽이 울고 있었다.

'그만해! 그만 때려!'

경혜는 소리를 질러 명호 아버지를 말렸다. 그 뒤로 그만두었다, 명호 가족을 괴롭히는 짓은.

여자 남자라 부를 만한 나이가 되기 전부터였다. 그렇게 스며든 그들이 서로에게 각자 뗄 수 없는 존재가 된 것은…….

석주와의 결혼이 다가왔을 때, 경혜는 마지막으로 어린 시절의 경혜가 되었다. 같이 떠나 달라고 명호에게 막무가내로 떼를 썼다.

"맛있게 먹는 모습 보려고 준비한 건데, 쓸데없는 소릴 하네요."

"아뇨. 듣고 싶어요. 어떻게 됐는지."

"아버지 사람들에게 잡혔어요."

4선 국회의원이던 아버지가 웃으며 말했다. 반병신을 만들었노라고.

'온전히 병신으로 만들어 줄까?'

그렇게 상황은 정리가 되었다. 아버지가 죽었을 때 경혜는 미친 듯이 웃었다. 주영을 임신하고 있을 때였다.

석주는 좋은 사람이었고, 경혜는 태어난 헌영을 너무나 사랑했다. 한 번도 해 본 적 없던 음식을 매동댁에게 배워 직접 해 먹였다. 그건 언젠가 떠날 날을 정해 놓고 있던 그녀가 면죄부를 구하는 방식이었다. 지독한 어미였다.

석주에게 아이를 달라는 말을 차마 할 수는 없었다. 그 대단한 집안에서 용인해 줄 리도 만무했거니와 석주에게도 못 할 짓이었다. 주영을 품은 채 경혜는 마음도 몸도 두 갈래로 찢을 수 있었으면 하고 바랐다.

못된 어미 배 속에 있던 아이가 얼마나 불안했든지 예정일을 한 달이나 남기고 양수를 터트렸다. 헌영을 데리고 하원하던 길, 그대로 차를 몰고 병원으로 향하던 중 길 위에서 그녀는 정신을 잃었다.

지나던 의사가 주영을 받아 줬다. 8차선 도로 한가운데였다.

'따님이네요. 건강해요.'

놓았던 정신을 회복한 경혜에게 핏덩이를 안겨 주며 다행이에요, 웃던 여자의 모습이 선하다. 경혜는 잠시 회상하던 눈을 내려 혜동을 물끄러미 응시했다.

설마. 그럴 리가. 설마……. 경혜는 닮은 얼굴이 한둘이겠는가 하고 생각을 접었다.

"조금 더, 조금 더. 아이들이 조금 더 클 때까지만."

그렇게 버티다가 '반병신'이 된 채 그녀를 기다리는 명호에게 돌아왔다.

명호는 그림자처럼 산다. 성한 구석이 없는 몸을 이끌고 바지런히 움직여 가며 낮엔 농사를 짓고 밤엔 글을 쓴다.

"남의 부인과 아이들 어머니를 빼앗은 속죄예요."

주영이 이곳에 찾아왔을 때 경혜보다 더 기뻐했다. 그는 그런 사람이었다. 경혜의 의지였음에도 그는 대신 벌을 받고자 했다.

경혜는 다시 예쁘게 쌈을 싸 혜동에게 내밀었다. 받아 드는 손이 기꺼워 보이는 건 기분 탓일까.

"언젠가 들은 적이 있어요."

"무얼요."

"이해할 수 없는 존재에게 물어도 보고, 들어도 보고 싶은 이야기가 있는데 그러질 못했다고요."

경혜는 고기를 집던 젓가락을 끌어당겨 내렸다. 믿기지 않아 그녀는 재차 확인을 했다.

"헌영이가?"

"네."

혜동이 웃으며 답했다. 예쁘게 웃는 아이구나 생각하는 중이었는데 눈 밑이 뜨거워졌다. 민망해진 경혜는 고개를 내렸다. 당겨 온 젓가락을 내민 그녀는 고기를 집어 이번에도 예쁜 쌈을 만들었다.

물새 한 마리가 머리 위를 지나 호수 쪽으로 내달았다. 그녀가 만들어 준 쌈을 씹는 작은 얼굴을 바라보며 경혜는 다시 취한 장을 집었다.

— 정 선생이 사회생활 참 잘했나 봐.

"무슨."

— 야간 근무 대신하겠다는 사람이 차고 넘치네. 그 어려운 이윤주 박사까지 나서는 바람에 살짝 당황했지 뭐야.

헌영은 시기 구분이 어려울 만큼 상투적인 계도 문구가 박힌 교도소의 둥근 아치 간판 앞에서, 장수와 통화를 했다.

"혜동이 맡은 일 다른 사람 주지 말고 남겨 둬. 오늘 들어가서 내가 처리할게."

— 아이고야. 열부도 열부도 이런 열부가…….

"끊어."

장수의 웃음을 종료시킨 채 헌영은 걸음을 옮겼다. 춘계 대회 일정 틈틈이 진원을 만나려 찾곤 했다. 연일 밀어 넣었던 메시지 중 하나가 주효했다.

'알고 있다'는 짧은 문장이었다. 더 길게 설명하지 않고 그저 알고 있다는 메시지를 남겼을 뿐인데, 그제야 보겠다는 수락이 떨어졌다.

도대체 어떤 사람일까 하는 궁금증과 초조함을 지그시 눌러 붙이고 헌영은 교도관의 뒤를 따랐다. 낯선 장소에 적응하기도 전에 중년의 남자가 교도관과 동행해 접견실로 들어왔다.

헌영에게 시선을 꽂은 채 느릿하게 다가온 그는 투명하지만 강력한 아크릴 판 뒤에 털썩 앉았다.

혜동에게서 느껴지는 분위기와 유사한 건 아무것도 없었다. 남자는 아직 청년 냄새가 밴 무감한 얼굴을 하고 있었다.

"당신 누구야."

기계음으로 증폭되어 흘러들어 온 목소리는 까칠하고 사나웠다.

"장헌영입니다."

단순히 이름을 묻고자 하는 질문이 아님을 알면서도 헌영은 거기서 그쳤다. 정혜동의 무어라 설명하기에 여전히 부족한 존재인지라.

"그 아이 남자 친군가."

피식 웃어 버리는 얼굴에 장난스러운 소년의 모습이 스쳤다.

"뭐, 그건 됐고. 뭘 알고 있다는 거야. 대체."

"혜동이가 알았다고 하는 게 맞겠습니다."

"그러니까 뭘."

헌영은 대답 없이 응시했다. 알고 있지 않느냐는 눈빛을 담아.

"어쩌겠어. 나 같은 인간이 친부 아닌 게 그 아이에겐 백배 좋을 일 아닌가."

중년의 얼굴을 한, 청년의 답이었다. 그의 시간은 교도소에서 멈추었던 것일까? 아니면 그전 어딘가에서 멈추어 있었던 것일까.

"그 아이가 미안해합니다."

"……."

남자가 물끄러미 헌영을 응시하다가 혀를 차며 고개를 돌렸다. 허공에 머물다가 돌아온 눈에는 그림자가 짙었다.

"어째 그리 똑같을까? 제 엄마라는 사람하고."

쓸데없이 착한 척, 정의로운 척. 재수 없는 것도 유전인가?

드륵, 의자가 뒤로 밀렸다. 헌영은 그대로 일어서려는 아크릴 판 너머의 그를 붙잡았다.

"재심 거부하는 이유 말씀해 주시죠."

"내가 왜 시시콜콜하게 그걸 말해야 해. 하지 말라면 그냥 하지 마."

반쯤 몸을 일으킨 그를 향해 헌영은 힘주어 말했다.

"꼭, 알아야겠습니다."

벌컥 화를 내지나 않을까 싶은 눈이 헌영을 향해 달려들었다. 헌영은 다시없을지도 모를 기회를 놓칠 수 없었다.

"쓸데없이 착한 그놈이 많이 힘들어합니다. 그러니 부디……."

털썩, 다시 자리에 주저앉은 진원이 짧디짧은 머리를 쓸어 넘겼다. 손바닥 아래 걸려 까슬거리는 소리가 스피커를 타고 낮게 흘러들어 왔다.

"아무리 가방끈 짧은 건달이라도 알 건 알아. 재심 승소하면 현자가 진범이 될 텐데 뭣 하러 그걸 해."

말 없는 시선 대치가 이어졌다. 접견 시간 종료가 가까워 왔다. 진원은 후우, 한숨을 뱉고 마저 털어놨다.

"그 남자 내내 죽이고 싶었으니까, 내가 빵에 살다 나가는 게 백번 맞아. 이게 내 몫이야. 변호사 나부랭이들한테 쓸 돈 있거든 현자나 좀 주라고 해."

"정진원 씨. 접견 종료 3분 전입니다."

교도관 목소리가 그들 사이를 비집고 들어왔다. 헌영은 다급해진 마음을 누르고 요청했다.

"혜동이 찾아오거든, 거부하지 말고 만나 주십시오."

"뭣 하러. 뭣 하러 나 같은 인간을 봐. 그 아이 때문에 한 일이 아니야. 착각하지 말라고 해. 나한테 미안해할 일이 뭐가 있어. 다 내 선택이고 내가 한 짓이야."

진원은 거침없이 일어섰다. 헌영은 꼼짝없이 앉아 있었다.

"그 아이 생부한테 지은 죄는 여기서 받고, 노인네들한테 지은 죄는 죽어서 받을 거야."

"당신이 받고 있는 죗값."

낮았지만 헌영의 성량은 컸다. 삐, 증폭되는 기계음이 접견실을 울렸다. 돌아서려던 진원이 고개를 돌렸다.

"그 아이가 나누어진 채 살게 하지는 말아 주십시오. 지금껏 고단했으니까. 할머니 놓지 않고 아등바등 살아 냈으니까."

잠잠한 호흡을 되찾은 헌영은 마저 이었다.

"그 아이 죄책감 덜어 주십시오."

핏덩이 맡았던 그때처럼 부디…… 한 번 더 아량을 베풀어 주십시오.

틀었던 진원의 몸이 정면을 향했다. 살짝 기울었던 고개를 세우며 진원은 한참 헌영을 노려보다가 웃었다.

"그래 주십시오. 부탁드립니다."

"사람 홀리는 것도 제대로 내려갔던 모양이지? 그래, 제 엄마보단 쓸 만한 놈 만난 것 같으니 다행이네."

그는 기막히다는 웃음을 남기고 완전히 돌아섰다. 걸음하는 하얀 고무신 밖으로 그보다 더 하얀 발등이 보였다. 그의 시간을 대변하는 살 빛깔이었다. 교도관이 기다리던 문 앞에서 멈칫 걸음을 멈춘 진원은 성큼성큼 되돌아왔다.

"딸내미라는 게 접견 요청 참 빠르기도 하더란 말이지."

헌영은 청년 같은 중년 남자의 얼굴을 응시하며 생각했다. 혜동 친모가 이 사람에게 아이를 부탁한 이유가 있었을 것이다.

"그놈한테 전해. 아버지란 인간이 뒤끝 오지더라고."

진원은 헌영의 생각을 굳히고, 망설임 없이 교도관을 따라 문밖으로 사라졌다. 헌영은 안도하는 마음을 누리기도 전에 퇴실 안내를 받아 일어나야 했다.

— 정 선생 없으니까 수목원이 안 돌아가. 아주 패닉 상태야.

편의점 도서 코너에 선 혜동은 은정 특유의 너스레를 들으며 책 위로 손을 뻗었다. 느긋한 성격이 드러나는 그녀의 배려가 다른 때보다 더 빛이 났다.

"지금 저 멕이시는 거죠?"

"티 나?"

하하하, 이어지는 웃음소리가 유쾌했다.

"내일은 출근해요."

— 괜찮아?

"네."

— 말끔히 회복하고 와. 우리 황준성 씨가 열일하고 있으니까.

전화기 너머에서 뭐라 말하는지 정확하지 않은 준성의 목소리가 들렸다.

— 우렁 각시 하겠다는 사람 많은 거 보니 잘 살았나 봐. 정혜동 씨.

"많았어요?"

— 이윤주 박사까지 자기 할 일 없느냐 묻더라니까.

의외의 소식을 접한 혜동은 담담히 눈에 띄는 제목의 책을 한 권 빼냈다. 종일 병원에 누워 있는 주영에게 도움이 될 만한 걸 뭐라도 해 주고 싶은 김에.

이쪽이나 저쪽이나 마음에 진 빚은 빨리빨리 갚아야지 하는 마음이 더 깊어졌다. 3일이나 쳐 버린 땡땡이도 수습해야 할 테고.

"감사해요."

좀 더 쉬어도 좋다, 빈말 아니다 하는 은정의 권유에 알았노라 답하고 혜동은 통화를 종료했다. 추리 소설 한 권, 시집 한 권, 에세이도 한 권. 혜동은 반들반들한 책들을 계산대에 올렸다.

편의점에서 나온 그녀는 산부인과 병동으로 향했다. 주영에게 가지 않겠느냐 권하는 경혜를 따라나섰다가 로비에서 은정의 전화를 받고 낙오된 길이었다.

엘리베이터에 다다르기 전 혜동은 생각난 김에 헌영이 개통해 가져다 두었다던 전화의 이모저모를 훑었다. 선우로부터 온 안부 문자를 조르르 내려 보다가 그녀는 널찍한 대기실 앞 실내 화단 턱에 걸터앉았다. 갈 길 바쁜 사람들 속에 멈추어 앉은 혜동은 길게 통화 버튼을 눌렀다.

"여보세요."

— …….

전화를 받았나 싶은 침묵의 말미에 익숙한 한숨이 붙어 나왔다.

"전화 받으시는 분 거기 계신가요?"

—정혜동. 너 이 새끼.

툭툭 끊기는 열 받은 어조에 혜동은 멋쩍게 웃었다.

"미안."

— …….

"미안하다고."

— 나쁜 새끼.

그래, 그거. 나쁜 새끼 전매특허 보유자인 주제에 누구더러 나쁘다는 거야, 생각하며 혜동은 웃음을 머금고 물었다.

"잘 내려갔어?"

— 내려왔어. 누구 덕에 '잘'은 아니고.

"본의 아니게, 한 교수 신경 쓰게 했네."

후우, 다시 한숨이 넘어왔다.

"미안하다니까."

선우가 문이 부서져라 두드렸을 때 일어나려 시도는 했었다. 뜻대로 되지 않았을 뿐. 온 종일 생각하는 데 소모하느라 몸과 정신에 남은 에너지가 변변치 않았다.

똑똑히 잘난 척하던 인간이 어린아이처럼 퇴행하는 꼴을 했으니 좋아 보일 리가 있을까. 혜동은 씁쓰레해진 입을 열었다.

"못 볼 꼴이었지?"

휠체어를 타고 이동하는 핑크 복장의 산모들이 줄줄이 엘리베이터에서 들고 나는 동안 선우는 답을 하지 않았다. 문이 닫힙니다 하는 안내가 나오고서야 겨우 목소리가 들렸다.

— 아니.

이어진 선우의 어조는 낮고 차분했으며 무척이나 가라앉아 있었다.

— 보기 좋았어. 속이 뒤집힐 만큼.

혜동은 빠르게 바뀌는 빨간 디지털 숫자를 멍하니 응시했다. 그게 무슨 말인가 하며.

"뭔 소리야. 그게. 좋았으면 그만이지, 속은 왜 뒤집혀."

선뜻 답이 돌아오지 않는다.

— 정혜동.

"뭐. 왜?"

— 됐어. 이 잔인한 새끼야.

어느새 다시 내려온 엘리베이터 문이 쩍, 입을 벌렸다.

— 정신은 차렸냐?

"일단은."

— …….

"무슨 일 있었는지 안 물어?"

— 안 궁금해.

"다행이네. 물으면 어찌 설명하나 했는데."

예의 분홍 원피스 병원복을 입은 산모들이 링거 대를 밀고 휠체어를 타고 힘겹게 밖으로 나왔다.

— 말로야.

"어."

커다랗게 부푼 배를 감싸듯 손으로 받친 임부 하나가 그녀 곁에 와 앉았다. 나이 들어 보이는 임부의 힘겨운 호흡을 들으며 혜동은 통화 속 여백이 그날따라 왜 그리 긴 걸까 하는 생각을 했다.

— 미안해.

"뭐가."

— 그냥…… 다.

"무슨 사과가 그 모양이야. 범위 좀 좁혀서 다시 해."

— 그냥 주는 대로 받아.

웃차, 일어나 뒤뚱이며 걷는 힘겨운 여인의 걸음을 좇던 혜동은 책 위로 시선을 되돌렸다. 타인에게 미안한 감정이 그 어느 때보다 사무치는 때니까.

"알았어. 주는 대로 받을게."

— 정말로.

"응."

잠깐의 쉼표가 또 찍혔다.

— 해피엔드면 좋겠어.

이번엔 혜동이 쉼표를 찍었다. 푸스스 웃음과 함께.

"한 교수."

— 어.

"낮술 했어?"

선우가 소리 내어 웃었다. 웃음의 여운이 가실 즈음 잘 지내라는 인사도 나누지 않고 두 사람은 통화를 끝냈다. 오랜 친구 간 늘 하던 방식 그대로.

옆에 앉았던 임부처럼 웃차, 몸을 일으킨 혜동은 선우에게 하지 못한 말을 그 자리에 남기고 엘리베이터로 향했다.

인생에 그런 게 있다면, 너 역시도 그렇길…….

핑크빛 여인들 무리에 섞인 채 혜동은 엘리베이터에 올랐다. 몇 층인지 휠체어 행렬에 떠밀려 본의 아니게 밖으로 나온 그녀는 떠들썩한 소음에 시선을 휘둘렀다.

급히 움직이는 이동식 베드 위의 여인이 괴로운 비명을 질렀고 의료진들이 대화를 나누느라 소란스러웠다. 굴러가는 침상 옆을 지나던 산모들이 바짝 언 얼굴로 옆으로 비켜서는 것도 보였다.

엘리베이터에 다시 오른 혜동은 문이 닫힐 때까지 멀어지는 비명을 응시했다. 승강기 안의 이들 모두 같은 시선이었다. 부른 배를 한 이들도, 이미 아이를 낳은 것으로 보이는 이들도.

아무것도 모르는 혜동 역시도.

모두들 경외감으로 멀어지는 임부의 모습을 놓지 못했다.

승강기에서 내린 혜동은 무거운 걸음으로 언젠가 와 봤던 장소로 향했다. 베드 위에서 여인이 지르던 비명의 반향을 떨치지 못한 채였다.

애초에 이곳은 그런 곳이다. 평생 알 수 없을 거라 체념했던 존재에 대해 들은 후가 아니었더라도 경외감은 자연스레 우러났을 것이다. 이곳은 어머니들의 공간이니까.

그럼에도 조금 더 그 감도가 높아졌음을 부인할 수는 없었다.

열 몇 살 즈음, 할아버지에게 물은 적이 있었다. 엄마는 어떤 사람이냐고. 아는 것이 없노라, 미안해하던 노인의 얼굴을 접한 후로 자연스레 체념했었다.

쌍둥이 엄마를 대할 때 문득문득, 미지의 존재에 대한 막연한 그리움이 없진 않았지만 그건 그냥 그 정도였다.

확실히 그녀의 존재를 모를 땐 그랬다. 궁금해한다 해도 무슨 뾰족한 방도가 없었으니까.

미약하나마 막연했던 존재에 대해 알고 나니 달라졌다. 혜동은 궁금했다.

어떤 사람이었을까. 세상에 정혜동을 남기느라 고군분투한 '엄마'는 대체 어떤 사람이었을까.

환기를 위해 활짝 열어 둔 병실 문 앞에 이를 때까지, 혜동은 괴로워하는 임부가 야기한 복잡다단한 심리를 제대로 떨쳐 내지 못했다.

그리고 잔잔히 흘러나오는 모녀의 대화를 들었을 때 그건 걷잡을 수 없을 만큼 고조되었다.

"혜동 씨 어머니? 글쎄요."

"무척 낯이 익어서…… 정말 비슷해서 옛날 물건들을 찾아봤지 뭐니. 너희 남매 배냇저고리며 탯줄이며 모아 둔 상자에 남아 있더구나."

대로 위에서 주영을 받아 주었다던 그 의사 이야기였다. 출산에 관해 설명이 필요하면 연락하라 남겼던 메모가 있었다고.

“혜동 씨 고향 여긴 데다 조부모 손에 자란 걸로 알아요. 엄마 이야기는 못 들었고요.”

그래, 경혜가 수긍했다. 그런 일이 일어나기가 쉽지 않겠지?

“너 백일 즈음, 안고 인사하러 갔는데 그 병원 그만두었다는 얘기만 듣고 못 만났어.”

“어느 병원요?”

“대한 병원”

“대한 병원? 누구실까?”

음, 잠깐 머릿속으로 메모에 대해 회상을 하는지 경혜가 뜸을 들였다.

“윤……혜진 선생님.”

혜동은 복도에 놓인 의자에 조용히 기대앉았다. 며칠간 들은 이야기들이 총량을 이미 넘을 대로 넘은 터라 더 놀랄 기운이 없었다. 그럼에도 불구하고 눈 밑이 뜨거워졌다.

“참 신기하게도…… 어떻게 그런 타이밍이었을까요? 그분 아니었으면 나는 이 세상에 없는 존재였겠죠?”

“글쎄, 그랬을까?”

주영의 웃음이 이어졌고, 경혜의 한숨이 따랐다. 그 아이가 그이와 무슨 연관이 있지 않을까 하는 생각이 왜인지 계속 붙어 떨어지질 않는다고.

그러니까…… 그랬었다. 누군가 보내 준 것이 아닐까 했던 주영과의 인연은 그분에게서 시작된 모양이다. 혜동은 가만히 세 권의 책을 옆자리에 내렸다. 두런두런 대수롭지 않은 주제로 바뀐 모녀의 대화가 정겨웠다.

정혜동이 영원히 할 수 없는, 해 볼 수 없는 그 일은 무척이나 한가롭고 또 평화롭게 이어졌다. 가만히 기대앉아 누려 볼 수 없는 시간을 그들과 함께 흘려보낸 혜동은 앉았을 때만큼이나 조용히 일어났다.

엘리베이터로 되돌아가며 혜동은 생각했다. 해 볼 수 없지만 해 봐야겠다. 엄마를 아는 이와 대화를 해 봐야겠다.

어떤 사람인지 알고 싶으니 얘기해 달라고 해야지. 오래도록 하지 못한. 아니, 하지 않으려던 대화를 해 봐야지.

그리고 사과도 해 볼 참이다. 당신을 무척 미워했노라. 뭘 알지도 못하고 그랬노라. 받아 주든 받아 주지 않든 그래 볼 요량이었다.

발밑, 타박타박 힘없던 걸음은 어느새 사라지고 없었다. 또렷한 의지가 담긴 민첩한 걸음만 남아 있었다.

달카닥, 빽! 빽!

타공 프레스 눌리는 소리가 골을 쩍쩍 갈라낼 것처럼 높았다. 위잉, 드럼 샌딩 소리까지. 교도소 목공반 작업실은 여느 날처럼 온갖 소음 속에서 돌아가느라 바빴다.

"264번."

먹먹해진 귀를 뚫고 수인 번호가 불렸다. 샌딩 머신 앞에서 자작나무 패널을 밀던 진원은 다가오는 교도관이 호출하는 소리에 아랑곳하지 않고 제 할 일을 했다.

"진원 씨. 접견 요청 들어왔슈."

위잉, 위잉. 샌딩 머신 밖으로 하얀 나무 가루가 사정없이 날렸다.

"따님이라는디?"

딸칵, 딸칵, 딸칵. 태커 소리가 요란하게 흘러들어 왔다. 진원은 낮게 한숨을 뱉고는 돌아가던 기계 전원을 내렸다.

"여 와서 대기 중이여."

"……."

"나올 때까지 기다린댜."

고생시키지 말고 만나 보라는 권유가 이어졌다. 능구렁이 같은 충청도 출신의 늙은 교정 공무원은 '연 이틀 인기도 좋아.' 하는 너스레도 잊지 않았다.

목장갑을 벗은 진원은 탁탁, 몸에 붙은 나무 가루를 털어 내고 교도관을 따라나섰다. 목공실을 나서기 전 힐긋 유리문에 비친 모습을 훑은 그는 까슬한 머리부터 얼굴까지 두 손으로 훑어 내렸다.

턱 끝에 도달한 손 위로 조소가 흘렀다. 뭐 하는 짓인지. 진짜 부녀 상봉이라도 하는 것 같네. 까슬한 머리만큼이나 뾰족한 웃음을 뱉으며 그는 접견실로 향했다.

종종 노인네가 사진을 보냈었다. 아들놈 자식이라 여겼을 테니 오죽했을까. 망나니 아들에게 했던 만큼이나 손주 사랑 장한 어머니였다.

열 몇 살 때까지 사진을 봤으니 처음이지만 처음 보는 것은 아니다. 아니, 사진을 보지 않았어도, 처음 보는 것 같지는 않았을 듯했다.

'정동진 씨?'

아크릴 판 너머에 앉은 이가 빙긋 웃으며 당장이라도 그리 부를 것만 같다. 그 여자와 꼭 같았다. 진원은 범죄자들을 위해 마련해 둔 그 딱딱한 의자에 앉았다. 고통만 남기고 떠난 여자의 분신을 그는 비로소 똑바로 마주했다.

째깍째깍 시간이 투명 패널 위를 넘나들었다. 두어 번 입을 여나 싶다가, 그대로 다물기를 반복하던 아이가 마침내 침묵을 깼다.

"너무 늦었어요. 제가."

그렇지. 하지만 그건 피차일반이다. 피차일반.

"오려면 일찍 오든가, 말려면 끝까지 말든가."

발갛게 변한 눈 밑 살을 하고 아이가 웃었다.

"진즉에 부르지 그러셨어요."

이번엔 진원이 웃었다. 벌게진 눈으로 그는 혜동을 마주하며 웃었다. 딱 그 시절 철없던 건달 청년 정진원의 웃음이었다.

'당신이 그랬어요?'

혜진이 처음 그에게 건넨 말. 매춘 업소 아이들을 데리고 정기적으로 받던 성병 검진을 위해 진료소에 갔을 때, 다짜고짜 그리 던졌었다. 악질 손님에게 맞아 생긴 현자의 멍 자국을 본 후였다.

웃기는 여자라 생각하고 무시해 버렸던 첫 만남 이후 정기적으로 드나들며 안면을 텄다.

거들먹거리느라 무전기만 한 전화기를 들고 간 날 언젠가. 노인네가 걸었던 전화를 그 여자가 대신 받은 적이 있었다. 계집애 하나가 손님과 사랑에 빠졌다고 진료소에서 울고불고 '지랄 염병'을 떠는 바람에 벌어진 일이었다.

'동진아.'

그 노인네가 하는 소릴 듣고 그때부터 놀림처럼 부르곤 했다. 빙긋빙긋 웃으며 정동진 씨! 하고.

"좀 그랬어."

"왜요?"

어제 만나고 오늘 또 만나 농을 나누는 이웃 사람들처럼 그들은 대화를 이었다.

"라이벌과 대면을 피하고 싶은 심리랄까."

그 여자가 사라진 후 여력이 없었던 게 1차 이유다. 이 아이를 찾아볼 여력도 의지도 없었다. 허수아비처럼 살았으니까.

"누굴 두고요? 누굴 두고 제가 라이벌이 되는 건데요?"

"몰라 물어? 당연히 네 엄마지."

헛소리, 라이벌은 무슨. 어디 언감생심.

진원은 피식 웃어 버렸다. 그 여자에게 어떤 존재가 되는 건 바라지도 않았다. 곁에 있는 시간을 조금 더 연장하고 싶었을 뿐이다.

반짝 아이의 눈이 빛났다. 웃는 모양이 참 어여쁘다. 이걸 낳으려 그 고생을 했으면서. 좀 더 살 것이지. 나쁜 여자 같으니.

"저도요."

"무슨?"

"할머니를 두고요."

할머니에게 더 중요한 존재는 누구일까, 의식했다고.

이 바보들의 대화는 뭘까. 두 사람은 다시 웃었다. 웃음의 여운이 말끔히 사라졌을 때 아이가 당치도 않은 말을 했다.

"제가 많이 미워했어요."

"그럴 만해서 그랬겠지."

물끄러미 시선이 오가는 사이 아이 눈 밑은 다시 빨개졌다.

"할머니가 아시는지, 알고 계셨는지……."

진원은 까슬한 머리를 신경질적으로 쓸었다. 아이가 말을 맺지 못하고 입을 다물었다.

"네 할아버지만 알았어."

발갛던 아이의 눈 밑 살 색이 좀 더 진해졌다. 무얼 걱정하고 있었던 걸까.

"너는…… 그 양반들에게 너는……."

본질이 무엇이든 사람 죽인 벌 받는 주제에 이런 말 하자니 참 꼴같잖다. 노인네들 그리 만든 원흉인 주제에.

그럼에도 불구하고. 남실, 물기를 담은 아이 눈을 응시하던 진원은 자포자기해 버렸다.

"노인네들에게 너는 선물이었어. 그러니까 노인네들한테도 나한테도 그럴 필요 없어."

미안해하지 마. 쓸데없이 그러지 마.

"게다가."

진원은 비죽 웃었다. 만날 당하기만 했는데, 혜진에게 한 방 날리긴 했다. 본인은 알지 못하고 죽었을 테지만 통쾌하게 날렸다.

"네 이름, 내가 훔쳤거든."

까만 눈에 호기심 띤 빛이 와서 박혔다. 진원은 통쾌했던 한 방의 실체를 두고 슬쩍 흥정을 했다. 궁금해? 하는 장난을 담아.

"궁금해요."

"네 엄마가 준 이름 갖다 버리고, 내가 지은 거야. 그 이름."

그녀의 이름에서, 그리고 그 '정동진'에서. 한 글자씩 집어다가 콕콕 가슴에 새겨 만든 이름. 분이 좀 풀렸더랬지.

가만히 듣던 '혜동'이 웃었다. 제 엄마처럼 넉넉하게 웃는다. 말끄러미 들여다보던 진원은 한 번 더 다짐을 했다.

"노인네들 그렇게 된 건 내 잘못이니까. 너는 그럴 거 없어."

사람으로 다시 태어날 수 있다면. 내생에는 꼭 그 양반들을 정진원 자식으로 태어나게 해 달라 빌고 있으니까. 감옥에서 내내 비는 중이니까. 그 나쁜 여자를 꼭 정진원 여자로 주십사 하는 소원과 함께.

내생엔, 보잘것없는 인생에서 탈피도 할 작정이다. 그리하여 무슨 말 한마디 못하고 좋아하는 여자를 보낸 '개병신' 같던 인생을 벗어날 참이다.

"정진원 씨 접견 종료 3분 전입니다."

전날 그랬던 것처럼 접견실 교도관이 두 사람 사이를 갈랐다.

그러고 보니 그렇다. 어제 찾아온 그놈 그거참 쓸 만해 뵈던데 말이지. 그런 놈이 곁에 있는 것 같으니 그나마 다행 아닌가. 진원은 비싯, 웃으며 의자를 뒤로 밀었다.

"이걸로 끝. 다시 찾아와도 볼 일 없으니 오지 마라."

"재심은."

아크릴 판 위로 다급한 아이의 손이 올라왔다. 하얀 손목에 시선을 빼앗긴 진원은 한순간 정지 상태가 되었다. 무결할 것처럼 하얀 피부를 가진 그 여자에겐 문신이 있었다.

맥이 뛰는 곳 바로 옆. 뭐냐 물어도 그녀는 끝까지 대답해 주지 않았었다. 그게 그놈 이름이 아니었을까, 나중에야 깨달았다.

그 남자를 죽이고 싶은 충동은 그때부터 자라고 있었는지도 모른다. 진원은 머릿속에 떠오르는 정혁의 모습을 회상하며 혜동의 하얀 손목을 뚫어질 듯 응시했다.

현자의 연락을 받고 찾아왔던 유정혁은 이미 산송장이나 다름없는 몰골이었다. 그래, 그랬었다. 그 여자를 잃은 그 남자 역시 그랬었다. 광기로 번뜩이던 기괴한 눈빛으로 그에게 덤벼들기 전까지, 유정혁은 이미 죽은 사람처럼 보였다.

연락해 올 것이라던 유성희 씨가 감감무소식이었을 때, 진원은 그 남자에게 아이를 돌려주는 것이 맞지 않을까 하는 생각을 했었다.

혜진의 의중은 무엇이었을까. 그리 긴 시간 동안 아이를 친부 곁에서 떼어 놓으려 했던 것이 전부였을까?

몇 년쯤 지났을 때, 아이가 아직 어렸을 때, 심사숙고했어야 했을지도 모른다. 적어도 유성희 씨와 연락하려는 노력을 한 번이라도 했어야 했다.

긴 시간 혜동을 외면하고 살았던 건 정체 모를 죄책감이 진짜 이유였는지도 모른다. 죽이고 싶다 생각했던 그 남자의 목을 움켜쥔 채 더 힘을 밀어 넣지 못한 것 역시 그런 이유였는지도 모른다.

이 아이가 미안해할 일이 아니다. 뒤틀린 일을 방조하고 무력하게 살았던 죗값을 치러야 하는 쪽은 명백하다. 노인네들에게, 이 아이에게, 유정혁에게. 그리고 또 다른 한 사람에게.

"미안한 사람이 있어. 남은 3년간 그 여자에게 치를 죗값, 마저 치러야 해."

배신은 배신이었으니까. 현자를 배신한 죗값을 치러야 한다. 짊어진 죗값, 다 치러야 한다.

진원은 대꾸 없이 듣기만 하는 보얀 얼굴을 마주하다가 남아 있던 말을 마저 했다.

"원願."

네 이름, 네 엄마가 준 이름.

진원은 접견이 종료되었다는 말을 듣고 돌아섰다. 문밖에서 기다리던 충청도 출신 늙은 교도관이 능글능글 그를 맞았다.

닫히는 문틈 사이, 일어나지 못하고 앉아 있는 아이 모습을 뒤로한 채 진원은 삭막하고 긴 통로를 걸었다.

그래, 너는 누군가의 지극한 '바람'이었으니까.

행복해라. 행복만 해라.

개판으로 살아온 죄 많은 건달 정진원에게 정말이지 어울리지 않는, 때늦은 축복을 남기고 그는 시끄러운 목공 작업실에 도달했다.

고마워

"패모 1차?"

"응. 안정적으로 돌아가네."

헌영은 생육 설계 보고서를 넘기며 끄덕였다.

"2팀 새로운 작물 세팅 딜레이되는 모양이던데?"

"생육 조건 다시 잡는 중이야. 그건 됐고. 할 일이나 줘."

"무슨 할 일."

팔락, 보고서를 넘겨 닫은 헌영이 고개를 들었다. 묻고 난 직후 깨달았는지 장수는 금세 웃음으로 되받았다.

"7온실 뒤편이 좋겠지."

"뭔 소리야."

"열부문 세울 곳."

커지는 웃음소리가 거슬려 헌영은 의자 등받이에 딱 붙게 상체를 물렀다.

"우리 팀 일이니 원장님께선 신경 끄셔. 다들 분담해서 기꺼이 처리하고 있으니까. 아. 그리고 정 선생 내일부터 나온다고 했다던데?"

헌영은 팔짱을 낀 채 장수에게 되돌아가는 하얀 종잇장들을 응시했다. 민폐 끼치는 걸 극도로 싫어하는 놈이 3일이나 펑크를 냈으니, 뭐.

"너, 춘계 대회 금요일 발표 아냐? 신경 쓸 일이 이만저만 아닐 텐데, 오늘은 그만 들어가 쉬지 그래."

"그럴 거야."

덕분에. 혜동이 맡은 일 봐주고 늦게나 들러 볼 수 있지 않을까 했는데, 덕분에 좀 일찍 나설 수 있게 되었다. 마냥 손해 보고 사는 것 같아 사람 속깨나 썩였는데…….

혜동이 살아왔던 삶의 방식이 가져온 결과를 마주하려니 헌영은 생각이 깊어졌다. 많은 부분이 서로 달라 더 마음이 갔는지도 모를 일이다.

헌영은 장수와 함께 원장실을 나섰다.

"오늘 혜동이 야간이었어?"

"어제 준성이가 했어. 오늘 내 순번이고."

그렇게 신경 쓰이느냐는 첨언에 헌영은 대꾸할 말이 없었다. 점심나절 어딜 다녀오겠다는 문자만 남기고 저녁에 돌아왔노라 경혜가 전화를 했었다. 제 아버지 보고 온 것이 아닐까 하는 심증이 깊었다. 어떤 상태인지 걱정되고 궁금해 헌영은 저녁 내내 일이 손에 잡히지 않았다.

"장헌영."

"……."

"보기 좋네."

빙긋빙긋 웃어 대는 장수를 향해 마지못해 웃어 버리고 헌영은 건물을 나섰다. 어느새 이팝나무 꽃이 피었는지 쌀랑한 밤 공기가 달달했다.

잠들기 전에 보고 싶어 걸음이 조금 빨라졌다. 주차장이 머지않았다. 백여 미터 즈음.

부르르, 우는 전화 진동을 받아 넘기는 헌영의 손가락이 거침없었다.

— 수목원이니?

"네."

— 저녁 잘 먹고 들어갔는데, 마실 물 넣어 주러 갔더니 안 보여.

걱정스러운 경혜의 목소리가 훅훅 귀 뒤로 지나갔다. 보폭이 커졌다.

— 수목원에 돌아갔을까 해서.

"찾아볼게요."

— 무슨 일이 있는 건 아니겠지?

"주무세요. 걱정하지 마시고요."

스스로에게 하고 싶은 말로 마무리한 헌영은 핸드폰을 내렸다. 비자나무 길을 지나 주차장 입구에 이른 헌영은 급했던 걸음을 늦추었다.

불안했던 호흡이 안도감과 함께 잦아들었다. 긴 그림자 끝 널찍한 보닛에 기대앉은 낯익은 실루엣이 그를 맞았다.

그래, 그래야 정혜동이지. 헌영은 웃었다. 몇십 년 묵은 어떤 인간의 결핍마저 채워 주는 놈이 제 일이라 하여 맞고 쓰러져 못 일어날 리 없다. 바랐고, 또 믿었던 대로였다.

순 초록의 나무를 긁고 지나온 밤바람이 시선을 끌고 올 때까지 헌영은 제 여자를 응시했다. 달빛 아래 희미한 미소가 그를 향했을 때, 헌영은 그제야 걸음을 옮겼다.

이팝나무 단내와는 비교가 되지 않는다. 품 안에 들어온 목덜미에 얼굴을 묻으며 헌영은 깊이 여자를 들이마셨다.

"왜 여기 있는 거야, 이 시간에."

살짝 벌어진 간격 위아래서 두 사람 눈이 만났다. 올려다보는 눈동자에 쑥스러운 미소가 어렸다.

"기다리다가요."

"굳이 여기서?"

"그러니까 누가 늦으래요."

달빛 아래 미소 띤 남자의 얼굴이 미세하게 각도를 틀었다. 가볍게 붙은 혜동의 입술이 숨 한 번의 여유도 없이 그의 입술 안으로 딸려 들어갔다.

보닛에 기대선 혜동의 다리 사이로 파고든 그는 차체에 바짝 몸을 붙였다. 둘 사이 물리적 틈도, 심리적 틈도 용납하기 싫은 욕심.

습기 어린 마찰 음이 거세졌다. 격렬해지는 소리와 함께 뒤로 꺾여 밀려나는 몸이 하릴없다. 밀리는 몸을 바짝 끌어당긴 채 헌영은 입술을 열었다. 급한 숨을 받아 마시는 남자 쪽 호흡도 거칠기 짝이 없었다.

"그러게. 늦은 놈이 잘못했네."

웃음이 묻어나는 여린 입술을 다시 덮는 헌영의 목덜미 뒤로 혜동의 팔이 감겼다. 징, 문자 알림에 맞춰 마찰하던 입술이 멎었다. 헌영은 혜동의 머리 뒤로 전화기를 높이 올린 채 천천히 문장을 만들었다.

"뭔데요."

"은경혜 씨."

아, 탄식과 함께 두 사람의 간격이 좀 더 벌어졌다. 살짝 몸을 틀어 핸드폰 액정을 들여다보던 혜동이 물었다.

"저 찾으세요?"

"응."

"어떡해요. 민폐도 민폐도, 이런 민폐가 없네요."

찾았으니 걱정 말고 주무시라 전송 버튼을 누른 헌영은 번쩍 혜동을 안아 올렸다.

"괜찮아."

쏟아지는 머리카락이 관자놀이를, 공중에 뜬 채 웃음으로 내려다보는 얼굴이 심장을 간질였다.

"민폐든 지랄이든 총량으로 따지자면 정혜동은 한참 더 해도 되니까."

성큼성큼 숙소동을 향해 걷는 헌영의 걸음에 혜동의 웃음이 뚝뚝 떨어졌다. 보는 눈이 없길 바랐지만 깊이 고려할 여지는 없었다. 비상계단을 밟은 그는 망설임 없이 한걸음에 5층까지 올랐다.

현관 센서 등이 팟, 하고 맞아 주는 순간. 걱정으로 가슴이 아리던 장헌영은 사라지고 정혜동이 고픈 남자만 남았다.

샤워해요, 샤워, 샤워. 고집부리는 입술을 눌러 덮어 버린 채 헌영은 침대로 직행했다.

아무것도 없이, 더 이상의 아무런 전희도 없이 그는 그의 여자에게 몸을 묻었다. 다급했으며 또, 간절했다.

얇고 민감하고 섬세한 서로의 살갗을 정확하게 밀착시킨 채 헌영은 혜동을 마주했다. 차 안에서 그랬던 그날처럼. 괴롭기까지 한 감각 속에서 움직임 없이 상대를 품은 상태. 욱신욱신. 저린 몸의 진동부터 심장을 들고나는 혈류의 흐름까지. 내쉬고 마시는 공기 입자까지 모두 공유한 상태.

아버지에게 무얼 받아 왔을까. 편안해진 얼굴을 보니 비로소 살 것 같았다.

너는, 어느새 내게 전부인데.

나는 네게 무엇일까.

괘씸한 놈. 웃지 마. 울지도 말고.

쉴 새 없이 굴려 내는 눈물을 받아 마시며 헌영은 그의 '전부'를 누렸다.

“알고 있죠.”

“뭘.”

“아버지 만나고 온 거.”

“다녀왔어?”

그날처럼 비릿한 체액 냄새가 공기 중을 떠돌았다. 손바닥만큼 열어 둔 창으로 들어온 이팝꽃 향과 섞인 채 빈틈없이 부유 중이었다.

“모르는 척해 주는 건가?”

“응.”

“왜요?”

“그냥?”

턱 밑에서 웃음이 남실댔다.

“그래서. 심경의 변화가 있는 모양이지?”

“음.”

“없어?”

“잘 모르겠어요. 잘 모르겠는데.”

“응.”

“처음 알았을 때 같진 않아요, 마음이.”

생각보다 유쾌한 사람이었다고. 그저 나쁜 사람 이미지만 덧씌우고 덧씌웠는데. 순수한 소년 같기도, 청년 같기도 해서 조금 놀라웠다고.

귀 뒤로 머리카락을 넘겨 주던 긴 손가락이 귓바퀴를 쓸고 내려와 쇄골 위에 머물렀다. 검지 끝이 두어 번 가느다란 빗장뼈를 부드럽게 오가는 동안 목을 울려 나오는 소리의 진동이 손가락을 타고 올라왔다.

"아버지를 만났다고 해서 뭐가 변하는 것도 아닌데. 내 존재가 우리 가족에게 끼친 일이 변하는 것도 아닌데……. 그런데요."

쇄골을 쓸던 헌영의 손이 동그란 뒤통수로 올라가 감쌌다.

"그걸로 변했으면 좋겠어요. 이기적이지만요. 변했으면 좋겠어요. 아버지가 준 면죄부 받고 싶어요."

머리카락 사이로 손가락을 밀어 넣으며 헌영은 한숨도 같이 밀어 넣었다.

"나 좀 많이 지쳤나 봐요. 편하고 싶고."

"응."

"이제 그만 행복하고 싶어요."

"어깨가 무거워지네."

따듯한 습기 어린 웃음이 또 헌영의 목덜미를 간지럽혔다.

"왜 그 어깨가 무거워요?"

"그야 당연히, 행복해지고 싶다는 어떤 놈 때문이지."

"뭘 어떻게 행복하게 해 줄 건데요?"

"글쎄, 어떻게 해 줘야 할까?"

으스러질 듯 당겨 안으니 부드러운 여자의 나신이 녹을 듯 남자의 몸에 달라붙었다.

"어머니가요."

"어머니?"

"어머니."

"은경혜 씨?"

그분이 언제부터 정혜동 어머니가 된 걸까?

유치하게 말꼬리 잡지 말라며 툭, 앞이마가 턱 끝을 쳤다.

유치하다는 건 좀 억울하지. 이쪽도 어머니를 되찾은 것이 비슷한 시점이라 실감 나지 않아 그런 것뿐이니.

"참취로 쌈을 싸 주셨어요."

"한반도와 중국 일본에 자생하는 그 참취 말이지?"

웃어 대느라 혜동의 말이 잠시 끊겼다.

"맛있었어요. 무척."

"음."

"뭐가 '음'인데요?"

"어머니 밥이 맛있진 않지."

심심하고 담백하지.

"틀려요. 맛있었어요. 눈물 날 만큼 행복한 맛이었어요. 그렇게 마음이 복잡하고 아팠는데도요."

"알았어."

"뭘요."

"요리를 배우라는 주문이잖아."

배운다 하여 그 맛을 재현해 낼 수 있겠느냐만 노력은 해 봐야지.

턱 밑에 오래도록 웃음이 고였다.

그 한 끼가 어떤 위로가 되는지 공감하는 건 각자가 지닌 결핍 때문이리라. 다르지만, 궁극적으로 같은 결핍.

평생 가슴에 멍울로 남기고 말 존재를 찾아 도움을 청하게 된 건 그래서였는지도 모른다. 정혜동의 것과 더불어 장헌영의 것까지 채우고자 했던 심리.

그러니 말이다. 꼭 맞춤처럼 마치 준비되어 있었던 것처럼 너와 내가, 우리가 함께인 이유는 어떤 힘에 의해 견고하게 직조된 운명인지도 모른다.

과학이니 논리니 들이대며 비웃어 넘겨 버릴 수 없는 그런…….

"할머니한테 다녀왔어요."

"응."

"모르신대요, 할머니는."

정수리에 입술을 누른 헌영은 보드라운 등판 위를 쓸어내렸다.

"정말 모르시는 걸까 하는 생각이 들지만요."

"면죄부 받고 싶다던 놈 어디 간 거야."

"그러게요."

턱 밑을 파고드는 숨이 심상치 않았다. 높았다가, 잦아들었다가.

"벗어나. 그만."

"그러고 싶어요."

그럼에도 불구하고. 쉽지는 않겠지. 그 성격에…….

"도와줄게."

"일당 비싸잖아요."

"이번엔 특별히 열정 페이로 해 줄까 했지."

"좋아요, 그럼. 특별히 수락할게요."

건방진 요물. 꽈악, 정수리에 앞니를 박아 넣으니 웃음소리가 높아졌다. 잦아든 웃음 끝, 혜동은 두어 번 숨을 골랐다. 들숨 몇 번의 도움닫기가 필요했던 말.

"미안해요. 입바른 소리 했던 거. 잘난 체했던 거, 전부 다요."

그 자존심에 이건 예상 밖이었다.

"별말을 다 들어 보네."

"그러게요. 별말을 다 하게 하네요, 장헌영 씨가."

하여간 한마디를 안 진다. 위치를 바꾸어 몸을 포개려니 핸드폰 진동이 장하게 울어 댔다. 액정에 뜬 이름을 확인한 헌영은 무시하려던 걸 차마 못 하고 전화에 응했다.

"왜."

— 주영이 진통 시작했어.

헌영은 몸을 일으켰다. 덩달아 놀란 혜동까지.

— 갑자기 양수가 터진 모양이야.

"알았어. 지금 가."

— 어머니 지금 병원에 계셔. 난 밟으면 한 시간쯤 걸리지 싶고.

"매제야."

— 어.

"내 동생 과부 만들기 싫다. 유복자 조카 만들기도 싫고."

— 차도 없을 시간인데 뭐.

"송상현."

— 알았어요. 형님. 안전 운전 할 테니, 주영이 부탁해요.

깜빡이던 통화 종료 메시지가 금세 사라졌다.

"아기 나온대요?"

"내려가. 푹 자고 출근해."

"같이 갈래요."

"진통 오래 걸리지 싶은데. 잠 못 잘 테고."

"보고 싶어요, 아기."

헌영은 가슴께 시트를 움켜쥔 채 그의 답을 기다리는 여자를 주시했다. 이건 무슨 느낌일까 하는 생각에 갇힌 채.

주영 그리고 상현. 얕지 않은 관계라고 하니 그럴 수 있겠다. 아니, 그렇게 생각하고 말기엔 좀 부족하다. 좀 더 강하고 끈끈하다.

이 유대감은 가족 구성원을 엮어 주는 특질이 아니던가.

"왜요? 왜 그렇게 빤히 봐요?"

당차게 물어 놓고 얼굴은 왜 붉히는 걸까. 헌영은 시트를 말아 쥔 손목을 당겨 왔다. 버티는 힘까지 모두 품 안으로 몰아넣은 채, 키스. 정확히 몸을 섞어야 할 타이밍이 도래할 때까지 키스.

절대 손에서 놓기 싫은 밤인데 조카 녀석이 도와주질 않는다. 오늘은 꼭 발간 입술 밖으로 무언가를 끌어내려 작정도 했는데.

헌영은 괴로운 신음을 혜동의 입술 위에 고스란히 남기고 마지못해 침대를 벗어났다.

모성은 무엇일까. 여성성 안에 내재된 것일까, 사회가 만들어 씌운 굴레일까.

복도로 퍼져 나오는 고통스러운 비명 소리들은 물음을 유발했을 뿐, 답을 생각할 시간을 주질 않았다.

하나둘 분만실로 들어가는 임부들에게서 고통스러운 비명이 흘러나왔다. 가깝지 않은 거리였음에도 주영과 아기를 기다리는 이들 모두를 경직게 하는 광경이었다.

똑딱똑딱, 초침 소리가 들릴 듯 초조한 시간이 꽤 흘렀을 무렵 마침내 상현이 도착했다. 하얗게 질린 얼굴로 절차를 마친 그는 금세 분만실로 들어갔다.

"초산 땐 보통 그래요."

진통이 길 수밖에 없고. 길어지면 길어질수록 그저 새끼를 낳는 짐승이 되더라고. 말없이 반가운 기색으로 맞아 주었던 경혜는 혜동에게 담담히 경험을 나누어 주었다. 세상의 모든 어미들이 그렇게 아이를 낳으니 불안해 말라는 듯.

건강하게 무사히 태어나 주길 바라는 마음을 담아 혜동은 고개를 끄덕였다.

쉽사리 세상에 나오질 못하던 아기는 부연 새벽이 밝아 오는 시간에야 비로소 태어났다. 탄생의 의미가 무엇인지 오롯이 가르쳐 준 아기를 품에 안은 주영은 울음과 땀, 그리고 웃음으로 범벅이 되어 있었다. 잠깐 병실 문밖에 선 채 바라본 그녀는 그랬다.

요람에 담긴 아기를 데려가는 간호사의 뒷모습을 오래도록 바라본 혜동은 헌영에게 이끌려 병실로 들어갔다.

"어쩜, 그런 것까지 닮니?"

"그러게요."

양수가 터졌다는 소식에 혼비백산 달려왔다던 경혜가 뒤늦은 불안을 그제야 드러냈다. 늘 그런 것처럼 주영은 또 웃어넘기며 여유롭게 받았다. 심지어 그녀는 헌영 뒤에 오도카니 서 있던 혜동을 살뜰히 챙기는 것까지 잊지 않았다.

"혜동 씨. 왔어요?"

"네. 축하드려요."

"고마워요. 아기 봤어요?"

"잠깐요."

거뭇한 수염 자국 때문에 꺼칠해 보이는 상현이 물어 왔다.

"그랬지? 제대로 볼 여유를 안 주네. 내려와서 보라는 건가?"

"꼭 봐 줘요. 송상현 씨 닮아 좀 못난 것 같거든요."

진통 초반 옆에 있어 주지 못했던 상현이 속수무책으로 당한 '일 패'에 모두들 웃었다. 땀으로 들러붙은 아내의 머리카락을 쓸어 넘겨 주며 상현 역시 웃었다. 혼 빠진 사람처럼 굴던 모습은 제자리를 찾은 듯 그는 평상시의 다정한 '송상현 씨'였다.

"고생했어."

"고마워요. 외삼촌. 외숙모 데리고 와 줘 또, 고맙고요."
"누구 맘대로 외숙모야. 혜동이 못 준다니까."
"송 서방. 그건 곤란하네만."
당사자 얼굴이 뜨거워지는 걸 아는지 모르는지 각자들 잘도 주고받았다. 촌철살인, 시니컬한 한마디로 유명하신 장헌영 씨는 왜인지 그날따라 침묵이었다. 어울리지 않는 미소까지 보이면서.
유쾌한 여운이 사그라질 즈음 벌컥 병실 문을 열고 들어온 간호사가 해산 명령을 내렸다. 산모가 쉬어야 한다는 이유였다. 조금 쌀쌀맞은 지시를 받아, 경혜만 남고 모두들 쫓겨났다.
밝은 날 다시 찾아오마 약속하고 병실을 나섰을 땐 새벽이 아침으로 변하는 시간대였다. 상현, 그리고 명호와 이야기를 나누는 헌영을 뒤로하고 혜동은 스승님 닮아 못났다는 아이를 보러 갔다.
고요한 엘리베이터에 예의 그 핑크 복장의 산부 둘과 데면데면 같이 타고 내려갔다. 아이를 보러 가는 길일까 싶어 혜동은 여인네들을 따라 방향을 잡았다. 예상대로 그들은 커튼이 쳐진 넓은 신생아실 창 앞에서 통통, 유리를 두드렸다.
좌아, 커튼이 걷히고 반팔 유니폼을 입은 간호사가 나왔다. 산모 이름을 들은 간호사가 능숙하게 아기를 안아 올려 보여준다. 권태롭고 귀찮은 얼굴이었다. 유리에 들러붙을 듯 가까이 다가서서 바라보는 '엄마'와 너무나 대조적인.
혜동은 두어 걸음 앞으로 나섰다. 바구니에 담긴 아기들이

조로록, 열을 맞추어 누워 있었다. 하나같이 두 눈을 꼭 감은 채 괴로운 듯 몸을 틀어 대거나 울거나.

쪼글쪼글 발갛고 못난 조그만 생명들이 던지는 반향은 산모들이 안겼던 것 이상이었다. 혜동은 습기가 차오르는 눈으로 괴로운 듯 몸을 트는 아기들을 응시했다.

이 병동과 이 병실의 주인공은 분명했다. 엄마, 그리고 방금 탄생한 아기들. 혜동의 머리와 가슴을 점한 존재 역시도 분명했다. '원'이라는 이름을 줬다는 엄마. 그리고 그녀의 아이, 정혜동.

버려둘 수 없어 마저 읽었던 성희의 편지 마무리, 그녀는 그걸 전하고 싶어 혜동에게 편지를 쓴 것 같았다.

사진 속 여인은 아미르 자말이라는 사람이라고 했다. 그 찌든 얼굴 속 빛 잃은 눈을 한 그 여인은 올드판각의 많은 여인들처럼 내전에 참여한 군인의 아이를 가진 임부였다. 아이 아버지가 누구인지 모르는.

병원에 온 지 2주 차에 자말은 제왕절개로 아기를 무사히 낳았단다. 아마도 그 아이는 여기서 살아가는 대다수의 사람들처럼 비참한 삶을 살게 될 거야.

그런데 말이야. 혜동아.

검은 늪지를 찢을 듯 울어 대는 아이를 품에 안은 자말이 오늘 처음으로 웃는 걸 봤단다. 새까만 얼굴 속 너무나 하얀 이를 드러낸 채, 별처럼 반짝이는 눈물을 떨어뜨리면서. 그이가 웃더구나.

그래, 무슨 말을 하고 싶은지 네가 그저 알아줬으면 한다. 얼마 남지 않은 생명을 다해, 널 세상에 남기고 싶어 했을 네 엄마의 마음을 알아주렴.

너는, 그런 존재란다.

그런 존재. 행복한 유년을 선물한 아버지를 증오했고, 조부와 조모를 쓰러뜨린 불씨였으며, 그로 인해 사는 동안 죄책감에서 자유롭지 못할 테지만.

그럼에도 불구하고 나는…… 그런 존재다.

허리 위로 커다란 손이 감겼다. 잠들어 있는 주영의 아기를 굳이 깨울 수 없어 두 사람은 열린 커튼 너머로 잠든 얼굴을 들여다보기만 했다.

면회 시간이 끝날 때까지. 간호사의 권태로움이 조금 더 높아질 때까지.

"혜동아."

아기에게 시선을 고정한 채 그들은 주고 또 받았다.

"네."

"고마워."

"뭐가요."

"태어나 줘서."

고마워.

정말로, 정혜동.

에필로그 1

저녁 햇살 아래 반짝반짝 남실대는 호수를 끼고 남매는 나무 덱을 돌았다. 숲에 둘러싸인 집은 여느 날처럼 구석구석 정돈된 채 고요하고 평온했다.

"때가 된 것 같은데. 왜 소식이 없어요?"

약속이나 한 듯 두 사람은 보폭을 좁혔다. 자연스레 아이를 안은 채 상현과 담소 중인 혜동에게 시선이 모였다.

"그러게. 왜 소식이 없을까."

"뭐래요."

뾰족한 반응을 웃음으로 받아 넘긴 헌영의 시선은 다시 인동꽃 덩굴 아래 머무르는 얼굴을 찾아갔다.

연애만 하면 안 되겠느냐 청혼을 뭉갰던 날 이후로 혜동은 저 상태였다. 아무렇지 않은 듯 깊이 침잠한.

"그렇게 웃는 얼굴로 비비는 거 댁 동생에겐 안 먹힌다는 거 알죠."

장작더미를 가지러 가는지 상현이 아이에게 바이 바이를 하며 집 옆 창고로 걸음을 옮기고 있었다.

"걱정돼?"

"그러니까. 어땠냐고요. 청혼을 하긴 했어요? 제대로? 반지는요?"

"글쎄. 아무래도 제대로는 아니었던 모양이야."

"거절당했어요?"

"응."

흐음 하며 올려다보는 주영의 미간이 깊이 접혔다.

"여유 있으시네?"

"그래 보여?"

"어휴, 정말."

주영에게서 떨어져 나온 헌영의 눈길은 다시 인동꽃 덩굴 아래로 향했다. 며칠 만인지 혜동은 주영의 아이에게 이마를 부비며 웃고 있었다. 헌영은 한참을 응시하다가 웃었다. 대천문도 안 닫힌 핏덩이에게 밀리는 기분은 나름 신선했다.

"여유 없어 보이려면 어떻게 해야 하는 거냐."

"말을 맙시다."

무언지 한 바구니를 챙겨 들고 집 안에서 나오는 경혜를 맞아 혜동은 덩굴 아치 밖으로 벗어났다. 장작더미를 부린 상현이 민첩하게 장모가 든 짐을 받아 마당 가운데 세워 둔 그릴로 가져

갔다. 경혜는 금세 집 뒤편 텃밭 어딘가로 또 사라져 버렸다. 착착 진행되는 일도, 진행을 하는 이들도 모두 보기 좋았다.

어머니와 떨어져 지낸 시절을 보상받아야겠다는 주영의 일념은 아이를 낳은 후에도 변함이 없었다. 바비큐를 좋아하는 식성까지도.

헌영 역시 새로운 구성원을 데리고 대부분 참석했다. 새 구성원께서 어머니 밥이 눈물 나게 맛있었노라 고백한 연후라 실상 선택의 여지가 없었다. 덕분에 이 자리는 월말 토요일이면 어김없이 찾아오는 정례회가 되었다.

"아버지 때문일까요?"

"아마도."

"아마도?"

"응."

소개랍시고 대면시킨 상황은 더없이 나빴고 신경 쓰지 않아도 된다는 말은 그다지 효용이 없었을 테니 말이다.

"그거 쉽지 않아요."

헌영은 혜동을 향해 있던 시선을 씁쓰레 웃는 여동생에게로 내렸다.

"그렇다니까요."

"뭐가."

"같이 살겠다고 저이 따라갔던 날 한없이 쪼그라들더라구요."

상현의 부모는 주영의 일을 알고 있었다. 소위 명문가입네 떠드는 집안에서는 알음알음 이미 공유되고 있던 이야기였다.

이쪽 의사와 상관도 없이, 장 총리 댁 손녀 혼사 문제에 상관도 없는 이들의 관심이 넘쳤더랬다.

"천하의 장주영이?"

"그러게 말이에요. 천하의 장주영이, 그렇더라니까요."

사랑하는 사람 부모에게 거부당할까 싶어서, 당신 아들 네 몫 아니라고 냉대라도 당할까 겁이 나더라고.

"저놈이 그런 심리인가."

"다를까요?"

"글쎄. 그쪽 분석하는 일이 닥터 장 전문 분야 아닌가?"

웃는 얼굴을 올려다보던 주영이 다시 흐음, 하는 표정으로 미간을 구겼다.

"분석 끝나거든 정확히 알려 줘."

"나 좀 비싼데."

"후불."

"선불 아니면 상담 안 해요."

"아쉽네."

"뭐예요. 그 반응은. 영혼이나 좀 끼얹으시던가."

썰렁한 농담을 나눈 남매는 나무에 둘러싸인 너른 마당을 향했다.

"어떻게 할 거예요?"

"방법이 있나."

기다리는 수밖에. 배 속에서 자라고 있는 녀석이 이른 효도를 해 주길 바랄 뿐이다.

"가을에 북해도로 파견 근무 간다지 않았어요?"
"응."
"혜동 씨는요."
"데리고."
"가겠다고 해요?"
"하게 해야지."
주영이 따라 옮기던 걸음을 다시 늦추었다. 심란한 여동생 얼굴을 마주한 헌영은 다시 설명을 해야 하나 싶었다. 어떻게 보이는지 모르겠으나 결코 여유롭진 않노라고.
"혜동 씨가 공부 욕심이 좀 있죠?"
"아니."
"으응?"
"좀이라 표현하긴 부족하지."
덕분에 어떤 형태로든 동행시켜 볼 수 있지 않을까 하는 거고. 공부 욕심 넘치는 놈에게 그쪽 대학은 꽤 매력 있을 테니.
생각에 잠긴 여동생을 뒤에 남기고 헌영은 걸어 나갔다. 그릴 쪽으로 다가가니 장작개비를 툭툭 정리하던 상현이 제 아들에게 다가가며 던졌다.
"외삼촌. 불 좀 피워 주세요."
아비를 똑 닮은 송상현 2세는 혜동의 어깨며 뺨에 꿀 같은 침을 떨어뜨리고, 바르고 난리였다.
"그거 걷어 내."
"그거?"

"네 아들."

"아니, 이건 무슨 망발이야. 혜동이 울 아들한테 완전 빠져 있는 거 안 보여?"

하나둘 그릴 밑 공간에 장작을 쌓던 헌영은 나지막이 응수했다.

"그러니 말이지. 어디다 침을 바르는 거야. 피도 안 마른 게."

하, 주영 부부에게서 똑같은 강도의 헛웃음이 터졌다.

"규운아. 네 외삼촌이 본래부터 저런 사람은 아니었단다."

주영이 혜동에게 아이를 넘겨받으며 웃어 댔다.

"노소고, 혈육이고 나발이고. 그런 인간까진 아니었다고."

"그러게, 그건 엄마가 증인 설 수도 있어. 자, 자. 저 양반 라이벌 삼기엔 심히 벅차니까 일단 후퇴하고 맘마나 먹으러 가자."

쿡쿡 이어지는 부부의 웃음에 혜동은 민망했는지 뺨을 붉혔다. 상현이 웃는 얼굴로 소리를 높였다.

"숯 잘 구워 놔."

아기 띠와 기저귀 가방을 챙겨 부부가 집 안으로 들어갔다. 둘만 남은 고즈넉한 공간엔 탁탁, 장작 익는 소리와 풀벌레 소리밖에 없었다. 조용히 다가와 앉은 혜동은 물끄러미 붉은빛에 시선을 말아 넣은 채 말이 없었다.

청혼을 거절한 이후 둘 사이에 맴도는 기류는 이랬다. 아무렇지 않은 듯 어색한. 정확히는 둘 사이라기보다 혜동이 드러내는 것들이라는 것이 맞지만.

"배고프지 않아?"

"고파요."

그러게.

"많이 고프네. 나도."

마주한 눈이 살짝 흔들리다가 이내 자리를 잡았다. 딱 그 시점부터였다. 결혼만 거부한 게 아니라 정혜동은 내외까지 겸하고 있다. 출석 대체 페이퍼 작성 중이라는 핑계로 금요일 일정까지 모두 취소한 채 일정 시간 마주할 일을 없애면서까지 말이다.

탁, 불꽃을 이고 튄 나무 조각이 하얀 다리 위로 떨어지는 바람에 편치 않은 시선 대치는 끝이 났다. 움찔 놀라는 시선을 따라 헌영은 몸을 옮겼다.

사위엔 어둠이 내리기 시작했지만 무릎 위 붉은 자국은 선명히 보였다. 본능적으로 입술이 내려갔다. 열기가 남은 무릎에 입술이 마찰하는 소리가 고요한 공간을 울렸다. 빳빳이 경직하는 몸 상태가 고스란히 전해져 왔다. 어깨를 밀어내려 올라온 두 손의 힘까지.

헌영은 곤란해하는 눈길을 부러 집요하게 놓지 않고 마주했다.

결혼은 차치하고. 그래, 연애하자더니…… 어디로 회귀하는 거냐, 너는.

"연애할 생각은 있어?"

밑으로 덮이는 속눈썹이 뺨 위에 진한 그림자를 만들었다. 고집 장한 거야 알았지만 그렇게 중대한 문제를 배 속에 꽁꽁 숨겨 놓고 이럴 줄은 몰랐다. 괘씸하기까지 하다. 그래 봐야 기다리는 것밖에 딱히 할 수 있는 것도 없으면서 말이다.

"혜동아."

얼굴을 가릴 만큼 큰 손이 뺨 위로 올라가 짙은 그림자를 쓸었다. 사선으로 내려간 채 어딘가 박혀 있던 시선이 그제야 올라왔다. 살짝 식어 차가워진 뺨을 타고 내려간 남자의 엄지가 고집스러운 입술 위에서 멎었다.

"연애할 생각은 있느냐 물었어."

뜨끈한 한숨이 흘러들어 왔다. 손가락을 타고 가슴까지 순식간이었다. 알지 못하는 새 헌영에게서도 똑같은 한숨이 흘렀다.

"여기서 이러는 거 싫어요."

재치 있게, 여유 넘치게, 요물처럼. 평상시 정혜동처럼 받질 않는다. 확실히 여유가 없다.

프로게스테론 때문일까?

"여기? 여기가 뭐 어때서."

축 처져 있는 꼴이 보기 싫어 헌영은 살짝만 건드려 보기로 했다.

"여기 정혜동 장헌영 연애하는 거 모르는 사람 있어?"

"그래도 싫어요."

이런 멋대가리 없는 반응이라니. 정혜동은, 아니 정말로는 어디로 간 걸까.

"언제 돌아올래?"

금세 수수께끼를 풀어 낸 얼굴을 바라보며 헌영은 웃었다.

"모르겠어요. 언제 돌아올지."

덕분에 원하는 반응이 나왔다. 잠깐이지만 일단은 정혜동 같다. 마냥 두고 보기만 했던 것이 맞았었나 싶은 후회까지 들었다. 정혜동은 건드려야 진가가 나오니 말이다.

"기약은 있어?"

"그것도 모르겠어요."

가라앉은 눈길을 내려 받으며 헌영은 동그란 머리 뒤로 손을 넘겼다. 목덜미를 감싼 손에 힘이 들어갔다. 당황한 얼굴이 딸려 내려왔다. 흔들리는 눈이 눈꺼풀 속으로 사라지기 직전 헌영은 꽉 다물린 입술을 물었다. 바르르 떨리는 얇은 살갗 위를 일부러 느릿하게 쓸었다. 쌀쌀해진 공기가 입술 위에서 녹았다. 촉촉하게 달라붙은 입술 사이로 살짝 공간을 만든 헌영은 다시 쪽, 입술을 마찰시킨 후 속삭였다.

"무책임하네?"

고민은 그만하고 단순하게 생각하고 받아들였으면 싶은데 어떻게 전할까. 이 작은 머리통 터지기 전에 그만했으면 좋겠는데 어찌 전할까. 하긴 그렇다. 쉽게 뜻대로 움직여 주면 그게 정혜동인가.

삐그덕, 나무 문 열리는 소리가 들려왔다. 세게 어깨를 밀어내는, 좀 더 명확한 거부에 헌영은 쓸던 입술을 떨어뜨렸다. 한 번, 두 번 가벼운 입맞춤이 이어졌지만 혜동이 내미는 건 여전히 거부였다.

잦아드는 숨소리를 가르고 두런거리는 소리가 밀려들어 왔다. 속 시끄러운 모든 것들을 눌러 버리고 헌영은 그대로 물러나 앉았다.

어느덧 익숙해진 풍경이 그림을 딱 맞추었다. 빙 둘러앉은 가족과 가족이나 다름없는 구성원. 의도한 듯 참석하지 않고 부재중인 한 사람의 자리, 그리고 영원히 참석하지 못할 또 한 사람의 자리까지.

"혜동 씨, 어째 먹는 게 그래요."

"그러게. 입맛이 없어?"

"아뇨. 맛있게 먹고 있어요."

모녀에게 답하는 혜동의 속 빈 웃음을 마주하며 헌영은 후회했다. 괜스레 건드려 입맛을 빼앗아 버린 건 아닌지.

"혜동 씨는 계속 초우에서 일하게 되는 거야?"

"네."

"박사도 계속하고?"

"네."

"다행이네."

무언가 더 말하지 않을까 했던 경혜는 그대로 입을 닫았다. 관심과 애정이 깊었음에도 무례함을 무릅쓸 수는 없다는 듯.

"두 사람 좋은 소식 언제 들려 줘?"

거침없이 경계를 넘어선 쪽은 역시나 송상현이었다. 세 사람의 시선이 헌영과 혜동 사이를 왔다 갔다 핑퐁을 했다. 3개월하고 며칠이 지났다는 생명체마저 시선을 보탰다. 침을 뚝뚝 흘리며.

헌영은 답 없이 알맞게 익은 고기를 잘라 배급해 주기만 했다. 부담스러웠던지 고개를 숙인 혜동에게 붙어 있던 시선이 모조리 헌영에게 옮아왔다.

"뭔데? 장헌영."

"드시죠. 다들."

타닥타닥, 장작이 불에 익는 소리가 어색해지기 전에 헌영의 말을 받은 경혜가 수습했다.

"그러게, 입이 몇 갠데 굽는 속도를 못 따라가네. 어서들 먹어."

상현의 시선이 다시 집요하게 헌영에게 달라붙었다. 헌영은 무시해 버리고 내내 깔끄럽던 명호의 빈자리를 들추었다.

"어디 가셨어요."

"시내 나갔어."

"굳이 그럴 거 없어요."

"그 사람이 그러는 게 편하다니까."

기운 없는 어조로 마무리한 경혜가 자리에서 일어났다. 부족한 찬을 더 챙겨 오겠다며 황망히 멀어지는 뒷모습이 쓸쓸했다.

말끔해질 수 있는 문제는 아니다. 오래 묵은 이 관계 덕에 누구누구가 아팠고 여전히 아픈 누군가가 남아 있으니 자유로울 수 없으리라.

"혜동 씨, 컨디션 별로면 일어나요. 괜히 불편하게 붙잡고 있는 거 아닌가 싶네."

"점심이 좀 늦어서 입맛이 없나 봐요."

차분한 어조로 혜동은 불과 몇 분 전 배고프다 말했던 걸 부정했다. 이 신경 쓰이는 변덕은 심리 작용일까. 화학 작용일까.

혜동의 손이 가기 쉬운 곳에 등심 조각을 잘라 주는 손길은 조용했지만 헌영은 여전히 속이 시끄러웠다.

"규운이 제가 안고 있을게요. 편하게 드세요."

걷어 먹이고 싶어 넘치는 놈에 받을 생각 없는 놈. 이런 조합이니 걷어 먹이고 싶은 놈은 늘 속이 아플 수밖에.

"아들, 침 흘리면 안 되는 거 알고 있지?"

상현의 농을 받아 웃던 혜동은 자리에서 일어나 주영의 품에 있던 아이를 안아 올렸다.

"혜동아."

"네."

"규운이 삼촌 애 그만 먹이고."

"송상현."

"왜."

"먹어."

"애가 예쁘면 결혼할 때 된 거다, 너."

"그만하고 먹으라니까."

혜동이 아이를 안은 채 인동 덩굴 아래로 걸음을 옮기자 주영이 중얼거리며 쌈 야채를 폈다.

"누구 남편인지 눈치가 좀 없어야지."

"나? 내 얘기 하는 거야?"

"여기 남편 직함 다신 분 또 누구 계십니까?"

기막혀하는 표정 뒤로 상현의 넋두리가 시작됐다. 부인의 관심도가 바닥으로 떨어진 남편이라 서럽다느니 생활 패턴이 엉망진창이 되었다느니 수면 시간이 어떻게 변했다느니. 줄줄이 늘어놓던 상현이 고기를 그릴 가장자리로 옮기며 기어이 또 물어 왔다.

"왜 결혼 얘기가 금긴데?"

"누구 남편인지 정말 별로네."

주영이 다시 핀잔을 했다. 기름을 태우느라 연기를 피워 올리는 그릴 위로 헌영의 웃음이 맺혔다.

"규운 아버님. 아버님이야말로 장헌영 씨 속 그만 긁고 아, 해요."

"어엉?"

동그랗게 눈을 키우는 상현의 입 안으로 쌈을 밀어 넣으며 주영이 눈을 흘겼다.

다음 모임을 기약하고 두 사람은 호수 둘레 길을 걸어 나갔다. 여름이 지척이었다. 찰싹찰싹 기슭에 부딪치는 물소리와 나직이 들려오는 풀벌레 소리, 나뭇가지 흔들리는 소리.

속이 시끄러운 날이건 고요한 날이건 어김없이 걸음을 따르던 기억들인데 왜일까. 나무 덱 위에 녹아 늘 끈적였던 열세 살 장헌영의 기억이 어쩐 일인지 들러붙질 않았다.

"신기해요."

"뭐가."

"규운이요."

"뭐가 신기한데."

"볼 때마다 쑥쑥 자라잖아요. 예뻐요."

헌영은 앞서 나가던 걸음을 멈추고 돌아섰다. 쑥쑥 자라는 걸로 치자면 누구 배 속에 있는 놈만 할까. 헌영은 다가온 혜동을 가만히 당겨 안았다.

"예뻐?"

"안 예뻐요?"

"그런 것도 같고."

"뭐예요. 그게."

살짝 가슴을 밀어 간격을 만든 얼굴에 근심이 서려 있었다.

"아기 별로 안 좋아하죠?"

"뭐든 누구든 다 별로지. 정혜동 빼고는."

살포시 구겨지는 미간을 내려다보며 헌영은 웃었다. 어두워지는 눈빛 안에 걱정이 담긴다. 이럴 땐 또 알기 쉽다. 정혜동은.

아기 별로 안 좋아하면 어쩔 참인데?

묻고 싶은 걸 꾹 누른 채 헌영은 아래로 내려가려는 턱 끝을 손가락으로 밀어 올렸다. 꼭 다물린 입술을 가볍게 쓸던 엄지 뒤로 입술이 붙었다. 마찰하는 소리가 기슭을 오르내리는 물소리보다 크게 들릴 때까지 깊이깊이. 안으로 말린 남자의 어깨 근육이 움츠러드는 여자를 향해 파고들어 갔다. 잘근잘근. 아랫입술을 지나 턱을 거쳐 팔딱팔딱 고조된 목덜미의 맥을 물어뜯을 듯 거센 흔적을 남기려니 혜동이 숨을 터뜨렸다.

"가요."

높아진 숨과 함께 던져진 맥락 없는 말.

"어딜."

"연애하러."

"연애하러?"

끄덕이는 얼굴 위로 익숙한 빛깔의 물이 들었다.

"각오는 하고 하는 말이지?"

품에 쏙 들어오는 몸을 번쩍 안아 올린 남자가 웃었다.

"멋대로 내외한 값 받을 생각인데."

"다 낼게요."

흐음, 눈썹을 밀어 올린 남자가 첨언했다.

"한 달하고 열흘."

"한 달하고 열흘."

"이자까지."

"이자까지."

웃음이 깊어진 남자의 입술에 여자의 웃음이 내려앉았다.

방금 샤워를 마치고 누운 작은 몸에서 훈김이 올라왔다. 따끈따끈한 몸을 내려다보며 끄응, 탄식을 흘린 헌영은 짚었던 팔의 힘을 풀었다.

버티던 높이만큼의 간격이 사라지고 야들야들 녹을 듯 부드러운 몸이 빈틈없이 달라붙었다. 꽉 끌어안은 채 헌영은 위치를 바꾸었다. 쏟아져 내린 머리카락 사이로 까만 눈이 물어 왔다.

'왜요? 왜 안 해요?'라고.

그러니까. 늘 하던 대로 격렬하게 하면 안 된다는 말을 해 놓고 이런다. 그렇게까지 말해 놓고도 끝까지 고백하지를 않는 데다가 어찌 된 영문인지 다른 날보다 색기마저 돌았다.

"채무자님께서 불가능한 옵션을 붙이셨잖습니까."

옆으로 돌려 품에 집어넣은 채 헌영은 이마 위에 입술을 찍어 눌렀다. 뜨끈한 살갗에서 향기가 올라왔다.

"불가능해요?"

"그걸 말이라고."

머뭇대던 따듯한 손이 헌영의 가슴 위로 올라왔다.

"미안한데요."

"뭐가 미안한데."

머뭇머뭇, 따끈한 한숨이 품 안으로 파고들었다.

"묻지 말고 조금만 더 기다려 줄래요?"

"묻지 말고?"

"네."

보드라운 등을 가볍게 쓸던 커다란 손이 멎었다. 묻지 말라니 더 묻고 싶어지는 얄궂은 심리.

"기다려 주면 뭐가 있어?"

"네."

"뭐가 있는데."

"묻지 말라니까요."

턱 밑에 이마를 붙여 오는 발칙한 여자를 꼭 끌어안으며 헌영은 조용히 웃었다. 대략 계산을 해 보니 그랬다. 이 못 말리는 여자가 12주를 넘기고서야 겨우 가까이 오는 걸 허락한 것이다.

모성의 발현일까. 복잡한 심경일까. 둘 다일까.

뭐가 됐든.

"정혜동 씨 뜻대로 하세요."

지극한 심리를 무시할 수도 없고 조심스레 안을 자신 또한 없으니 애초에 시작을 말아야지.

"고마워요."

"고맙긴 해?"

"많이요."

웃음을 머금은 채 헌영은 부드러운 머리카락을 쓸었다.

"배 안 고파? 뭐 좀 더 먹을래."

저녁에 깨작대던 걸로 보아 입덧이 시작된 것 같으니 그것도 걱정이었다.

"별로요. 졸려요."

자도 자도 졸리다 중얼거리는 정수리 위에 헌영은 가볍게 입술을 눌렀다.

"진짜 고픈 사람 앞에 두고 미안해요."

"아니 다행이네요."

조그만 얼굴에 웃음이 조금 더 깊어졌다. 조명을 낮추고 얼마 지나지 않아 혜동은 새근거리는 소리를 냈다. 손바닥 위에 옆얼굴을 괴어 올린 채 헌영은 제 새끼를 밴 여자를 응시했다.

어느 밤이었을까. 피임이 없었던 밤은 두 번이었다.

기꺼웠을까. 행여 족쇄로 여기지나 않았을까.

잠들어 있는 순한 얼굴 위로 여러 번 손이 올라갔다. 눈썹을 지나 색이 바랜 입술까지.

낮은 한숨을 두어 번 뱉던 남자는 여자의 숨을 마시고 싶어 입술 위에 제 입술을 눌렀다. 더할 수 없이 부드럽게.

에필로그 II

로스쿨 도입의 필요와 전망.

부드러운 조명 속 노년의 남자는 중후했고 사회적 지위에 걸맞을 만한 품위를 지니고 있었다. 빔이 쏘아 만든 글씨 앞 단상에 선 그는 좌중의 어린 후학들에게 또렷하고도 분명하게 특강의 주제를 전달하고 있었다.

"사법 시험 안에서 구축된 법조계의 폐쇄 회로화와 그에 대한 문제 제기는 지속적으로 있어 왔습니다."

석좌 교수 장석주의 특강은 넓은 대강당 어디 하나 빈자리 없이 성황이었다. 혜동은 흩어지는 집중력을 다잡아 가며 석주의 강의를 들었다.

"아울러 사법 시험 제도가 소위 고시 낙오생을 양산해 국가 인력의 낭비를 초래하고 있다는 비난도 계속되고 있는 현실입니다. 물론 로스쿨 도입이 이 모든 문제를 완벽하게 해결해 주지는 못합니다. 다만…….”

흩어지는 집중력의 원인은 100퍼센트였다. 아직은 사과 한 알만큼 작은 존재. 분명 작고 미약한데도 불구하고 몸부터 정신 상태까지 온전히 좌우하는 이상한 힘이 있는 존재.

임신을 확인했을 때 혜동은 복합적인 감정 상태에 빠져 허우적대기를 몇 날 며칠 반복했다. 행복해지고 싶다 고백한 연후였지만 좀 더 시간이 필요했다.

차분해지거든, 얽혀 있는 것들 모두 납득할 만큼 정리되거든 뭘 해도 그때 하고 싶었다.

생각지도 못했던 존재 덕에 계획도 의지도 엉망이 되었다. 아기가 불러내는 온갖 생각 속에 파묻혀 있는 동안 하릴없이 시간이 흘렀다. 입덧을 통해 제 존재를 드러내기 시작한 이후엔 더 머뭇댈 수가 없었다. 정신 차리라는 메시지 같았기 때문이다.

말끔히 정리하고 싶다는 사실보다 아기를 축복 속에서 태어나게 해 주고 싶다는 소망이 더 큰 동력으로 작용했다. 속이 뒤집힐 것 같은 긴장 상태로 석주를 마주하고 있는 건 그런 이유였다.

웅성웅성 강의가 끝나자마자 풀려나가는 인파들 속에 선 혜동은 사람들과 악수를 나누는 석주를 주시했다. 밀집한 사람들을 뚫고 다가가기가 여의치 않았다.

휙휙, 지나치는 이들 사이로 웃음기 없이 사람들을 대하던 석주의 시선이 잠깐 혜동에게 머물렀다가 멀어졌다. 못 알아보는 건가 싶어 힘이 빠졌다.

석주의 눈길이 빠르게 되돌아왔다. 오묘하게 변하는 노신사의 눈빛을 마주한 혜동은 깊이 숨을 들이마셨다.

동글동글한 키 작은 정원수들이 줄지어 선 길 옆으로 학생들이 삼삼오오 지나다녔다. 커피숍 유리 커튼 월 밖으로 보이는 캠퍼스 전경은 늘 보던 모습 그대로였다.

"그래, 어쩐 일로……."

편치 않은 몸 상태와 긴장감만 다를 뿐 이곳은 6년 넘게 지낸 학교 안이었다. 혜동은 심호흡부터 시작했다. 상대가 눈치채지 못할 수준으로.

"드릴 말씀이 있어서요."

공중에 떠 있던 석주의 에스프레소 잔이 목적을 이루지 못하고 내려갔다. 두 번째 만남인데도 불구하고 마주하는 눈에 담기는 것들은 익숙했다.

똑바로, 제대로 알아듣게 얘기하라든지, 요점만 전달하라든지 하는 소리가 딸려 나올 것 같은 얼굴. 그 시절 옥상 온실의 장헌영 씨와 꼭 같았다. 아이러니하게도 혜동은 자신감이 솟았다. 박살 나면서까지 충분히 겪어 봤던 터라.

"일전에 주신 물음에 제가 충분치 못한 답을 했습니다. 그래서……."

딸깍 컵 받침에 컵이 부딪치는 소리 끝을 물고 석주가 답했다.

"그래요. 나도 더 듣고 싶은 참이었어요."

혜동은 촉촉해진 손바닥을 꽉 움켜쥐었다. 웬일인지 그 순간은 내내 따라다니던 입덧이 잠잠했다. 작고 작은 존재가 보내는 응원일까 하는 얼토당토않은 생각이 들었다.

"부모님 없이 자랐다는 건 알고 계시니까……."

혜동은 드러나는 것이 없는 무미한 눈을 마주한 채 끊었던 말을 이었다.

"온전치 못한 가정으로 보일 수 있지만, 저는 조부모님에게 과분한 사랑을 받고 자랐습니다. 덕분에 부족함 없이 유년을 보냈고요."

석주에게 꼭 전하고 싶은 건 그런 것들이었다. 모난 구석 없이 평범하게 살아온 삶. 타인에게 폐 끼치지 말고 베풀며 살라는 조부의 가르침을 받고 실천하려 했던 노력과 긍지.

눈앞의 높고 높아 보이는 이에겐 충분치 않은 것 같지만 어쩌면 충분하지 않을까 기대하게 하는 것들을 전하고 싶었다.

경혜가 들려준 이야기로 그의 인생이 녹록지 않았음을 알고 있으며, 아들 짝으로 기대하는 바에 미치지 못할 것이라 자각하고 있지만. 조금은 알아줬으면 하는 바람을 담아 혜동은 자신을 드러냈다.

그리고 여전히 어려운 아버지 이야기까지도 털어놓았다.

"중한 죄를 지었다고 말씀드린 아버지는……."

혜동은 차분히 호흡을 가다듬으며 한 박자를 쉬었다. 석주는 딱히 무언가를 드러내지 않고 마주한 채 기다려 주었다.

"제게 은혜를 베풀어 주신 분입니다."

짧은 문장을 맺은 혜동은 고개를 떨구었다. 보통의 부녀 사이에 해당되는 말은 아니니까. 말이 되지 않으니 질문이 나오지 않을까 하는 심정으로 기다렸지만 석주는 어째서인지 다른 말을 했다.

"그 이야기가 전부인가요?"

혜동은 고개를 들었다. 마주한 노년의 남자 얼굴 위로 미소가 떠올랐다. 사르르, 뭉쳐 있던 긴장감 덩어리 하나가 풀려 나갔다.

"할 말이 더 있을 것도 같은데, 어떤가요. 본론을 들어 볼까요?"

본론 요구. 혜동은 익숙한 대화 패턴 덕에 상황도 잊고 웃을 뻔했다.

"본론을 듣고 싶군요."

석주가 한 번 더 독촉했다. 혜동은 어찌할 수 없이 당사자에게도 한 적 없는 고백을 했다.

"제가 선배님을 많이 좋아하고 있습니다. 그래서……."

"그래서?"

"그래서……."

석주가 낮은 소리를 내어 웃는 통에 갑작스레 국면이 전환되었다. 생각지도 못한 타이밍이었다. 혜동은 얼어붙은 채 유쾌한 노신사를 응시했다.

"식은 여름 전에 하고 싶다던데, 합의는 된 상태인지?"

아, 하는 얼빠진 소리를 들은 석주가 다시 웃었다.

"헌영이가 말했던 것보다 좀 늦어서, 아들놈이 퇴짜 맞는 건가 싶었습니다만."

웃느라 남자의 눈가에 잡힌 주름이 깊어졌다.

"같이 오겠다고 던져만 놓고 감감무소식이라 물었더니 그럽디다."

그 아이가 찾아갈 테니 기다리시라 했다고.

"그쪽이 우리 아이를 많이 좋아한다니 이 얘길 해야지 싶군요."

잠깐의 쉼표를 찍은 석주는 담담히 마주한 채 헌영이 했다는 말을 내놓았다.

"혜동 양이 내 앞에 서는 건 다 내려놓고 찾아가는 길일 테니 배려해 달라, 자존심이 9할인 놈이니 꼭 그렇게 해 달라 합디다."

인생 참 오래 살고 볼 일이라며 웃는 얼굴이 된 석주는 내렸던 커피 잔을 들었다.

"그렇게 저자세로 내게 부탁을 하는 경우가 처음이라 꽤나 신선하고 유쾌했지 뭡니까."

촉촉하게 밴 손의 식은땀을 쓸어 내며 혜동은 시린 눈을 깜빡였다. 헌영의 손바닥 안이었다는 깨달음을 얻었으니 분해야 마땅한데, 대책 없이 목구멍이 뻑뻑해지는 통에 당혹스러웠다.

"그래, 많이 좋아는 해도 이 정도였던 게지요?"

그 대단하다는 자존심 던지는 데 걸리는 시간만큼, 딱 그만큼 당신 아들을 좋아하는 거 아니냐는 물음 뒤로 석주는 생각지도 못한 짓궂은 웃음을 보였다. 헌영이 가끔 보이는, 무척이나 보기 좋은 미소였다. 덕분에 혜동은 부끄러움을 잊었다.

"여러모로 걱정되고 두려운 마음이 없지 않아서 망설였지만……."

이런 얘길 해도 될까 주저하는 마음을 밀어내고 혜동은 말을 이었다.

"사정이 생겨서 더 일찍 오질 못했어요."

무슨 사정일까요? 하고 묻는 얼굴엔 여전히 미소가 묻어 있었다.

"몸이 뜻대로 따라 주질 않기도 했고. 또……."

"또?"

"입덧이 시작되는 바람에……."

크기가 변하는 눈을 마주하느라 뜨거워지는 낯에 혜동은 그제야 후회하는 심정이 되었다.

"그렇군요."

커졌던 눈을 수습하며 석주는 커피를 한 모금 마셨다. 좀 당황한 것이 아닌가 싶은 얼굴이었지만 그는 내렸던 시선을 다시 맞추어 왔다.

"귀한 소식 고마워요."

여러 번 혼잣말처럼 고맙다는 말을 하던 석주는 낮은 기침으로 목을 가다듬었다.

"이리 솔직하게 나오니, 나도 남김없이 고백을 해야지 싶군요. 그때 혜동 양에게 아버지 이야기를 듣고 이것저것 들여다 봤답니다."

진원의 기록까지 찾아봤음을 고백한 석주는 미안한 얼굴로 부연했다.

"용서를 먼저 구했어야 하는 건데 미안하게 됐어요. 이쪽에 오래 종사하면 사람이 음흉해진답니다."

혜동은 농담인지 진담인지 구분 안 가는 마무리에 고개를 들었다. 기록을 봤다는 건 유쾌하지 않았다. 그럼에도 불구하고 그 모든 걸 알면서도 결혼식 이야기를 하는 것을 어떻게 받아들이면 좋을지 몰라, 혜동은 경직한 상태로 석주를 응시했다.

"내가 사람 하나를 놓치고 살았어요. 본의는 아니었지만……."

알고 있지요? 그는 에스프레소 잔을 놓으며 물었다.

"내 사람을 잃고 살아 보니 알아지는 것들이 있더군요. 헌영이는 제 엄마를 닮아 독한 구석이 있는 데다."

채 말을 맺지 못한 노신사의 눈가에 다시 주름이 잡혔다.

"나를 닮아 미련하기 짝이 없으니 말입니다. 절대 제 사람을 놓지 않을 거라는 것도 알고……. 그러니 나처럼 살지 않길 바라는 마음도 있고."

큼큼, 어색하게 목을 가다듬은 그는 고개를 떨구는 혜동을 향해 마저 속내를 털어놓았다.

"이런 말을 당사자 앞에서 하기 참 그렇지만. 나는 혜동 양이 마음에 들어요. 처음 마주했을 때부터 그랬답니다. 헌영이를 그리 만드는 상대를 보자니 내심 즐거웠다고 해야 할지."

지그시 눈으로 웃던 그가 마저 이야기했다.

"그래서 축복을 해 주기로 했어요. 요즘 아이들 말로 쿨하게?"

내내 소리 없이 웃던 그의 웃음이 조금 높아졌다. 웃음의 여운이 모두 가실 즈음 석주는 또, 고맙다는 말로 마무리를 했다.

혜동은 똑같은 말을 되돌려 주기 쑥스러웠다. 그래서 미소로 답했다. 노신사의 것만큼이나 보기 좋은 미소였다.

살랑살랑, 열어 둔 병원 창으로 순한 바람이 불어 들어왔다. 아마도 여름이 오기 전 냉방 장치의 힘을 빌리지 않고 누릴 수 있는 마지막 바람이 아닐까 싶었다.

"할머니."

평상시처럼 메마른 손을 잡은 채 손녀는 노인 옆에 앉았다.

"경과 보고하러 왔어요."

여전히 눈을 보여 주지 않는 노인을 내려다보며 혜동은 속삭였다.

"허락받았어요. 할머니. 축복해 주신대요."

아기의 존재를 알고부터 혜동은 틈나는 대로 기로를 드나들었다. 홀로 행복해지는 것이 여전히 미안해서였다. 혜동은 답을 하지 않는 노인네에게 전처럼 야속하다 투정부리지도 못하고 연신 사과만 했다.

"할머니. 손녀 사윗감 말예요."

혜동은 뜨끈해지는 눈 밑을 하고 멋쩍은 웃음을 흘려보냈다. 꾹꾹 손마디를 주무르며 미동 없는 노인에게 속삭였다.

"좀 멋진 것 같아요. 할머니 눈에도 그래 보이는지 꼭 봐 줬으면 좋겠어요."

반응 없는 손을 주무르는 손가락에 힘이 들어갔다. 꾹꾹, 포기하지 못하는 손녀 마음은 여전히 시렸다.

"혜동아."

불쑥 들려온 다정한 부름에 혜동은 고개를 들었다. 문밖에 선 이가 노인네를 대신하여 미소 짓고 있었다.

새롭게 할머니를 맡은 양방 주치의, 고모인지 이모인지 여전히 혼란스러운 사람. 혜동은 자리에서 일어나 성희를 맞았다.

"할머니랑 얘기 끝났으면 잠깐 좀 걸을까."

"네."

손등을 한번 쓸어 주고 또 오마 인사를 남긴 채 혜동은 돌아섰다. 건물 밖으로 나선 두 사람은 병원 뜰을 둘러 둔 길을 조용히 걸었다.

휠체어를 타고 간병인과 함께 산책하는 노인 몇 외엔 지나다는 이가 없었다. 노인네가 회복되어 저 정도만 되어도 좋을 텐데 싶어 혜동은 앞서 나가는 이들을 오래 응시했다.

"혜동아."

"네."

"요즘 할머니 보러 자주 오네?"

"그냥요."

"호르몬이 괴롭혀?"

"그런 것도 같구요."

임신 초반 핼쑥해진 얼굴을 보고 성희는 단번에 물어 왔다. 혹, 아이 가진 거 아니냐고.

"입덧 시작했니?"

"네. 좀 빠르대요."

두어 걸음 앞, 벤치에 내려앉으며 성희가 옆자리를 톡톡 두드렸다. 오렌지 빛깔로 물들기 시작하는 저녁녘 하늘을 바라보며 두 사람은 나란히 앉았다.

"마음에 걸리는 거지?"

혜동은 답하지 않고 성희 쪽으로 고개를 돌렸다. 막연하고도 궁금했었다. 진짜 피가 통하는 사람과 대면하는 건 어떤 느낌일지.

"그럴 거 없어. 넌 이제 그만 훨훨 날아다니면서 살아. 내가 네 할머니 돌볼게."

따듯하고 포근한 사람이었다. 긴 시간 존재 자체를 모르고 지내 왔는데도 불구하고 그렇게 느껴졌다. 사르르, 웃음이 잡히는 눈가를 바라보며 혜동은 고개를 내렸다.

처음 초우에 찾아와 만났던 날, 성희는 말없이 혜동을 꼭 껴안은 채 오래 놓질 않았다. 편지에서 했던 사과를 온몸으로 다시 한 번 하고 싶은 사람처럼 그랬다.

"게다가 나 말고도 한 사람 더 올 것 같거든. 네 할머니 돌볼 사람."

무슨 말인가 하는 눈빛을 마주한 성희가 설명했다.

"정진원 씨, 네 아버지 말이야. 모범수로 석방될 것 같다는구나."

"아. 언제……?"

"곧. 나오면 이쪽에서 지내기로 했어. 문현자 씨, 정진원 씨 같이 살 집 마련해 뒀단다. 네 할머니 근처에서 작은 공방 열어 먹고살아야겠다고 도와 달라고 하더구나. 찬찬히 갚는다고."

혜동은 말문이 막혀 한참을 헤매다가 한마디를 짜냈다.

"고마워요."

"미안하다는 말 평생 할 참이었는데, 고맙다는 말을 듣게 되네?"

"이모가 미안할 게 뭐 있다구요."

웃는 얼굴과 함께 이끌린 혜동의 손이 성희의 무릎 위에 놓였다.

"나 말고. 실은 네가 고마워할 사람 따로 있어."

"누구……."

혜동은 맺으려던 말을 그만두었다. 굳이 물을 필요가 없다는 걸 직관적으로 알았기 때문이다. 성희가 눈치를 챘는지 웃었다.

"네 곁에 좋은 사람이 있어 얼마나 다행인지 모르겠다. 헌영이가 이리저리 고생을 많이 했어. 네 아버지 살 집 알아보고 계약하는 데도 신경을 써 줬고. 그리고……."

바스락바스락. 성희는 벤치에 내려 두었던 종이봉투를 뒤집었다.

"이거."

시큰해진 눈앞에 불에 탄 자국이 얼룩덜룩한 두꺼운 스프링 노트가 밀려왔다.

"내가 먼저 읽었어. 네 엄마가 내게 남긴 글들이 많아서."

"어디서 이걸……."

"문현자 씨."

성희의 미소가 흐릿하게 번졌다. 이어지는 말 덕에 시야는 엉망이 되었다.

"그것도야."

헌영에게 좀 더 엄마에 대해 알고 싶노라는 말을 지나치듯 한 적이 있었다. 이런저런 이야기를 헌영답지 않게 자세히 물었었다. 엄마 편지의 출처를 비롯하여.

"문현자 씨가 태워 버릴까 하다가 처박아 뒀었대. 그 청년 제발 그만 찾아오게 하라면서 주지 뭐니. 문현자 씨. 네 엄마한테 맺힌 게 많았던가 봐."

다 태워 버리지 않아서, 없어지지 않아서 얼마나 다행인지 모르겠다는 말이 이어졌다. 혜동은 성희 말을 들으며 불탄 자국에 얼룩덜룩한 노트 모서리를 꼭 쥐었다.

"거기, 네 아버지. 아니, 내 오빠 사진 넣어 뒀어. 궁금하지 않을지도 모르지만, 일단은."

"뭐라고 말해야 할지 모르겠어요."

"무슨 말 듣자는 거 아니니까."

"저, 어려서는 무척 행복했어요."

"그래, 널 보고 나니 왠지 알 것 같았어. 할머니 할아버지 사랑 제대로 받고 자랐구나 싶었으니까. 그만큼 그분들께 감사하고."

그을린 노트 위에서 두 사람 손이 다시 만났다.

"지금보다 더 평온해지거든 그때 읽어 봐. 아, 콜 들어온다."

성희가 저녁 바람처럼 부드러운 미소를 남기고 일어났다.

"다음엔 오기 전에 연락해. 저녁 먹자!"

하얀 가운 위에 노란빛을 잔뜩 짊어지고 성희는 병원 건물 안으로 사라졌다. 머리끝으로 내리던 노을이 기울어 사라질 때까지 혜동은 꼼짝없이 무릎 위에 놓인 노트를 바라보기만 했다.

이해할 수 없는 사람들, 그리고 이해할 수 없는 이들의 인생.

그들을 의연하게 들여다볼 수 있는 날이 올까? 생각만으로 이렇게 가슴이 아려 오는데 그런 때가 올까?

탁탁, 하얀 신발 앞에 익숙한 신발이 놓였다. 고개를 들기도 전에 태양빛 같은 오렌지 한 알이 밀려들어 왔다. 혜동은 커다란 손을 따라 고개를 들었다. 다 넘어가 버린 줄 알았던 햇빛을 머리 위에 이고 온 남자가 서 있었다.

"이게 프로게스테론 대항마라고 하던데?"

혜동은 어룽어룽했던 시야를 닦아 내며 웃었다.

어디까지 알고 있었던 걸까. 이 사람은 정말이지 너무하다.

"너무해요."

웃음과 울음이 범벅이 됐다. 치솟아 올라가는 모양 좋은 눈썹을 바라보느라 웃음 쪽으로 조금 기울었을 때 헌영이 물어 왔다.

"아닌가?"

혜동은 커다란 오렌지를 받아 들었다. 여전히 울음과 웃음이 섞여 엉망진창이었다. 탐스러운 오렌지 한 알을 말끄러미 바라보던 혜동은 고개를 들었다. 눈이 부셨다. 눈자위가 먹먹해질 때까지 혜동은 빛나는 햇살 같은 남자를 바라보았다.

"장헌영 씨."

"응."

"나랑 결혼해 줄래요?"

"……."

"행복하게 해 줄게요."

내려왔던 잘난 눈썹이 다시 올라갔다. 혜동은 헌영을 향해 손을 내밀었다. 오른손을 부드럽게 쥔 손가락 마디에 힘이 실렸다. 일으켜져 여느 날처럼 마주했다.

"정말로요. 행복하게 해 줄게요."

품 안으로 당겨졌다. 뒤통수로, 등판으로 올라오는 손의 감촉을 느끼며 혜동은 두 눈을 꼭 감았다. 낮고 깊은 한숨만 전해져 왔다.

"대답해 줘요. 한숨 쉬지 말고."

정수리 위로 턱이 꾹 눌렸다.

"RA 너."

"네."

"대답이 필요해?"

혜동은 웃느라 답할 타이밍을 놓쳤다. 꾸욱 꾹, 정수리가 두어 번 더 눌렀다.

"대답이 필요하냐고."

"필요해요, 대답. 듣고 싶어요."

"그렇게 절실하다면야……."

웃음의 여운과 함께 헌영의 목소리가 가슴을 타고 넘어 들어왔다.

"숙고해 볼까?"

동글동글 굴러떨어지는 눈물에 웃음이 섞이는 통에 다시 엉망진창이 됐다. 번져 버린 울음과 웃음 위로 헌영의 웃음이 빈틈없이 덮였다. 마주한 두 사람의 발치 아래 도르르, 오렌지가 굴렀다.

외전 | 선우

'됐어.'

'부탁.'

'됐다니까.'

'너 내년엔 여기 없어. 가기 전에 추억 하나 남기고 남겨 주면 좋잖아. 얼마나 보기 좋은 그림이냐고.'

'전교생이 다 보는 자리에서 그딴 걸 하라는 발상이 어떻게 가능한데?'

'그러니까 말이지. 한선우 네가 하면 파괴력이 어마어마할 거 아냐. 그럼 우승은 따 놓은 당상이고.'

'아서라, 그 자신감 근거 없다.'

'반 애들 전부 배 터지게 피자를 먹을 수 있다니까. 3분이야, 3분. 눈 딱 감고 추자. 응?'

'싫다니까.'

불룩 부은 볼을 하고 노려보는 혜동을 향해 선우는 한숨을 흘렸다.

'정말로, 포기하지?'

불쑥, 지우가 두 사람 사이에 끼어 놀리듯 말하고는 웃어 댔다.

'한선우가 남들 앞에서 춤을 추겠어? 올해 우승은 우리 반한테 양보하라니까.'

교복을 입은 세 사람 모습이 한눈에 보였다. 익숙한 하굣길. 멀리 보이는 집. 목선이 다 드러나는 짧은 단발머리의 정혜동이 있었다. 한지우가 있었다.

어째서? 왜?

꿈…… 또, 꿈이다.

가슴이 뻐근해져 선우는 숨을 골랐다. 지우의 웃음소리가 점점 커졌다. 고르고 골라 내쉰 숨은 보람도 없이 빡빡하기만 했다.

드르륵, 드르륵. 사이드 테이블을 긁는 강한 진동음과 함께 선우는 눈을 열었다. 이마 위로 올라간 손등에 식은땀이 묻어났다. 블라인드를 뚫고 내려온 빛줄기가 뻐근한 가슴 위를 비추었다.

잠깐 멎은 진동이 다시 울어 댈 때까지 선우는 멍하니 빛줄기를 응시했다. 일곱 번째 진동음이 테이블 위에서 난동을 부렸을 때 마침내 그는 전화기를 들었다.

— 한 박사.

벌컥 솟아오른 은정의 목소리에 지끈, 골이 울었다.

"안녕하세요. 김 박사님."

— 이번 주 토요일이에요. 잊지 않고 있죠?

"네."

— 진짜 아무것도 안 해요? 팀별로 다 준비됐는데, 기술지원팀 이러기죠?

노래라도 해라, 음치라도 이해한다, 수목원에서 올리는 결혼식의 전통이니 협조해 달라.

은정의 부탁인지 협박인지 모를 말들이 이어졌다. 가볍지 않은 몸을 일으킨 선우는 블라인드를 걷어 올렸다. 창문을 열어젖히며 그는 아침 바람 속에서 다시 한번 심호흡을 했다.

"할게요."

— 으응?

햇살에 눈을 찡그리며 선우는 못 미더워하는 은정에게 확답을 했다.

"할게요, 그 공연."

높은 톤의 목소리가 당장 반색한다.

— 어머, 어머머, 정말요?

호들갑스럽기까지 했다.

"대신 부탁이 있어요."

— 콜, 콜! 한 박사가 참여한다면야 무슨 부탁이든 들어줘야죠.

은정의 웃음 섞인 말에 뭐라 반응을 한 것인지, 전화기 너머로 분명치 않은 준성의 목소리가 흘러들어 왔다. 결혼 당사자보다 들뜬 동료들의 즐거운 수다가 선우의 정신을 불러 깨웠다.

이제 진짜 보내야 하는구나. 정혜동.

식은땀을 날리는 미지근한 바람 앞에 선 채 선우는 조용히 웃었다.

연보랏빛 등꽃을 빼곡하게 매단 등나무 아치 밑. 선우는 미니 사이즈의 부케를 내려다보고 있는 혜동의 뒷모습을 찾아 응시했다.

"왔습니까."

낮은 목소리와 함께 차분한 발걸음이 나란한 위치에서 멎었다. 선우는 다가온 남자를 잠깐의 눈길로 맞이하고는 그대로 시선을 되돌렸다.

결혼 전날 기어이 지우를 봐야겠다는 정혜동과 만나는 순간에 마치 공기처럼 자연스럽게 이 남자가 함께했다.

눈 내리던 숙소동 앞에 서 있던 두 사람 모습을 발견했던 날, 그날 이미 예감했는지도 모른다. 이런 날이 오지 않을까 하는.

선우는 혜동에게서 말끔히 시선을 걷어 와 이십 몇 년 짝사랑의 종지부를 내 준 애증의 상대를 바라보았다. 아이러니였다. 긴 여정이 끝나 가는 동안 가슴에 박혀 있던 가시는 점점 흐물해져 빠져나가는 것 같았는데도 통증은 심해지기만 했다.

어린아이처럼 이 남자에게 손을 내미는 혜동을 보았을 때, 느슨했던 가시는 완전히 빠졌다. 분명 그랬다. 그런데도 여전히 아리다.

뭉근한 통증 속에서 혜동에게 시선을 되돌린 선우는, 평온해 보이는 남자를 향해 돌멩이 하나를 던졌다.

“옆모습이 참 예쁘죠. 목선은 기가 막히고.”

몽정의 대상이 혜동이었다 도발했던 때만큼의 반응을 기대했으나, 헌영은 기대에 부응해 주질 않았다. 혜동을 향해 있던 시선을 붙잡아 오긴 했다.

“다행이네요.”

동요가 없다는 것이 문제였을 뿐. 선우는 시니컬하게 물었다.

“뭐가 말입니까.”

뾰족한 물음에 보일 듯 말 듯, 헌영의 눈에 웃음이 스몄다. 항상 그랬지만 헌영은 오늘도 선우에게 정중하게 존대를 했다.

“잘 지내고 있는 것 같아서요.”

늘 그렇듯 정중했음에도 불구하고 묘한 뉘앙스가 묻어 있었다. 살짝 놀리는 듯한, 일부러 그러는 것이 아닐까 싶은.

복잡하고 미묘한 심리가 된 채 선우는 헌영을 빤히 응시했다. 오롯이 그의 시선을 받던 헌영은 예의 그 잠잠한 말투로 기어이 확신을 안겼다.

“나름?”

하, 정말이지 언제 봐도 열이 뻗쳐오르게 하는 타입이다, 이 인간은……. 터질 땐 분명 어이없는 헛웃음이었는데, 터뜨리고 나니 시원했다.

시원한 웃음 끝에 잦아드는 여운이 말도 못 하게 썼다. 첫사랑을 잃었다는 사실보다 못난 내면을 들여다보게 된 것이 더 뼈아팠는지도 모른다. 정혜동을 그 자리에 두고 한선우는 늘 비겁하게 도망치기만 했으니까. 그 사실을 이 남자가 극명하게 일깨우니까.

완전히 잃고 나니 보이는 것들. 아니, 어쩌면 완전히 잃었기 때문에 보이는 것들 앞에서 선우는 씁쓸하게 뱉었다.

"여전하시네."

"뭐가 말입니까."

여전히 재수 없으시다고요. 말하지 않았는데도 전해졌는지 헌영이 웃었다. 선우는 남자의 근사한 웃음 앞에서 한숨으로 정리했다.

"진심이 아니라 축하는 못 해 드리겠고."

"됐어요. 이쪽은 와 준 것만으로 고맙다고 해 드리죠."

잘난 남자의 얼굴에 웃음이 진해진다. 살짝 구겨지는 선우의 미간을 내려다보던 헌영이 한 방을 더 날렸다.

"진심입니다."

이래서 더 열 받는다. 한 번은 저 여유를 뭉개 줘야지 싶고. 선우는 어쩌지 못해 짓던 웃음을 지우고 남자에게 축객령을 내렸다.

"가세요. 친구 타임이니까. 남자는 못 끼워 드려요."

정혜동과 한지우, 그리고 한선우.

헌영이 결코 넘볼 수 없는 친구 자격으로 맞서는, 소심한 한 방이었다.

"부인 되실 분 온전히 빌리고, 또 고이 모셔다드릴 테니 살펴 가십시오."

가볍게 웃던 헌영이 선우 앞으로 무인가를 내밀었다. 툭, 손바닥으로 떨어진 유리병은 정신이 번쩍 날 만큼 차가웠다. 의문이 담긴 눈을 들자마자 헌영이 말했다.

"자체 점검 한 번 더 하고 갑시다."

"무슨?"

"그쪽 입으로 남자 못 끼워 준다고 했잖습니까."

선우는 웃음기가 사라진 헌영의 얼굴을 빤히 마주했다. 새삼스러웠다. 정혜동이 초우에 오기 전의 헌영은 늘 이랬다.

잎사귀라곤 없는, 바짝 메마른 겨울나무 같은 남자. 간만에 이런 얼굴로 뿌리는 소금은 꽤 아팠다. 적어도 드러난 상처는 아물었으니, 소금 따위에 쓰라릴 이유가 없는데 말이다.

여전히 그렇게 보이는 걸까?

"불순해요, 여전히."

내놓지도 않은 물음에 헌영이 답을 했다. 정혜동 속 시끄럽게 하지 말라는 조용한 일침, 그리고 부탁.

"그 시선만이라도 정화해 주면 어떻게 될 것도 같습니다만."

곁에 남아 계속 친구 하라던 그날 밤 헌영의 얼굴이 오버랩된다. 언제나 정혜동이 우선인 남자. 그래, 이런 남자니까, 이런 사람이니까……. 이제 그만 놓아줘야지. 선우는 쓴 웃음과 함께 곱씹으며 답했다.

“상관없어요. 저 자식 둔해 빠졌으니까.”

두 사람 기척을 느꼈는지 혜동이 먼 벤치에서 일어나 손을 흔들었다. 가슴 언저리가 욱신거리는 걸 드러내지 않고 선우는 혜동을 마주했다. 가만히 두 사람을 지켜보던 헌영이 한 박자 늦게 대화를 이었다.

“그거야 알고 있지만 보고 있으려니 거슬려서요.”

“그거야 그쪽 사정이니 알 바 아니고요.”

선우는 힐긋 헌영을 향해 짜증 어린 말을 던지고는 혜동을 향해 걸어 나갔다.

“한선우 씨.”

멈칫 자리에 선 채 선우는 뒤돌았다. 헌영은 선우의 손에 들린 유리병으로 느른한 시선을 내렸다가 되돌렸다.

“잘 부탁해요.”

선우는 손바닥 위 유리병을 돌려 보았다. 샛노란 액체가 찰랑인다.

“그쪽 친구 되시는 분, 요즘 호르몬과 사투 중이라서요.”

오렌지 주스, 그리고 호르몬.

빗금처럼 머리를 관통하고 지나가는 깨달음 덕에 선우는 고개를 들었다. 빙긋 웃는 남자를 응시하던 선우에게서 하, 어이없는 헛웃음이 또 터졌다.

정말이지 인정사정 봐주질 않는다. 이 인간이…….

수목원 원장 부부 사택의 너른 정원에서 진행된 혜동과 헌영의 결혼식은 스몰 웨딩이라 칭하면 적당할 그런 예식이었다.

턱시도와 웨딩드레스, 주례, 그리고 양가 부모가 조명되는 순서 등의 일반적인 결혼식에서 기대될 만한 격식이 없었다.

심플한 화이트 원피스를 입은 채 설유화 가지 몇 겹을 둘러 만든 화관을 쓴 신부와 정갈한 슈트를 입은 신랑. 그리고 두 사람의 결혼을 축복해 주고자 하는 이들. 그런 사람들이 모여 먹고 마시고 축하를 해 주는 작은 잔치 같은 결혼식이었다.

이 자유롭고 범상치 않은 예식이, 온전한 가족이 없는 신부를 배려하여 추진된 것임을 아는 이는 많지 않았다. 몇 해 전 혜동과 비슷한 환경이었던 김인후 원장의 사모를 위해 치러진 결혼식과 오늘의 예식이 꼭 같았다는 것을 아는 연구원도 소수였다.

덕분에 신부에 대해 잘 알고 있는 몇몇 지인과 오래 수목원에서 근무한 직원을 제외하고는 유니크한 웨딩이라 찬사했고, 심지어 적령기에 있는 몇몇 젊은 하객들은 부러워하기까지 했다.

"모두들 즐기고 계신가요?"

"네!"

네, 네. 중첩되는 긍정의 대답을 흐뭇하게 듣던 사회자가 마이크로 고개를 숙였다.

"이제 곧 웨딩 케이크가 준비된답니다. 르 코르동 블뢰의 그랑 디플롬을 받은 우리 카페 매니저님께서 심혈을 기울여 만든 작품이라는데요. 오늘 아침부터 열심히 만들어 선보이는 거라니 기대해 주시고요.”

이벤트 진행자로 전직해도 좋지 않을까 싶을 만큼 자연스럽게 진행을 하고 있는 이는 황준성 박사였다.

“케이크 준비되기 전에 화훼 1팀이 준비한 축하 공연을 보겠습니다. 아! 저분들 벌써 각이 잡혔죠?”

하얀 바탕에 커다란 장미꽃 프린트가 박힌 티셔츠를 맞추어 입은 다섯 명이 큼큼 목을 가다듬거나, 멋쩍게 웃으며 연단을 향하고 있었다.

“저 센스는 무엇일까요. 화훼팀이라고 꽃무늬인가요? 하객 여러분, 너그러이 용서 부탁드립니다. 이분들이 학창 시절부터 공부만 해서 그렇지 악의는 없답니다. 자, 박수로 맞아 주시면 감사하겠습니다.”

호응을 유도하는 기술도 출중한 데다 가끔 실없는 소리를 해서 분위기를 띄우는 것까지, 준성은 빈틈이 없었다.

“아! 외부에서 오신 하객 여러분. 혹여 초우 연구원들이 연구는 안 하고 유흥만 즐기는 건가 오해하실까 염려되어 말씀드리겠습니다. 이제 곧 팀별로 축하를 듬뿍 담은 공연이 이어질 텐데요. 이 공연엔 엄청난 비밀이 숨어 있답니다.”

휘익, 휘파람 소리, 굵직한 환호 소리가 여기저기서 솟아올랐다. 외부 손님들이라 해 봐야 조촐한 양가 가족과 혜동과 헌영의 대학 선후배 몇 정도였다. 그나마도 점잖은 이들이 대부분이라 환호를 보내는 이들 대다수는 수목원 직원들이었다.

"자, 여러분. 지금 당장 테이블 위, 도기 통을 봐 주십시오. 있죠? 네네, 맞습니다. 뭐가 있습니다. 종이를 펼쳐 보십시오. 참가 팀과 공연 내용이 보이실 겁니다. 하객 여러분의 픽을 기다리는 딴따라 연구원들이 되겠습니다. 축하 공연을 잘 지켜보신 후 망설임 없이 찍어 주십시오. 최종 선발된 팀에겐 엄청난 특전이 기다리고 있답니다. 물론 부상과 상금은 온전히 저기 계신 장헌영 원장님이 쏘신다고 합니다."

혜동과 나란히 앉아 있던 잘생긴 사나이의 눈길이 준성을 지나 장수에게 옮겨 갔다.

"아! 이게 어찌 된 일인가요? 찬조하실 분과 사전 협의가 없었던 걸까요? 이런, 이런, 이거 곤란하게 됐네요."

이 시점은 누가 봐도 어색한 발 연기 진행이었다. 장수가 으쓱 어깨를 들어 보이니 헌영이 헛웃음을 웃었다.

"아! 원장님이 바로 오케이하시나요? 여러분! 보셨죠? 워러박 팀장님의 협상력이 이 정돕니다. 풋 유어 핸즈 업! 아 세이 '장', 유 세이 '수'."

장! 수! 장! 수!

박수와 깔깔대는 웃음소리가 커졌다. 하얀 도기 안을 살펴보느라 하객들의 테이블 위가 분주해졌다.

"형."

삐익!

마이크 소리가 증폭되고 피아노 반주가 깔리기 시작한 정원의 구석 테이블. 의자에 기대앉아 준성을 지켜보던 선우를 부른 이는 호연이었다. 호연은 와인 잔을 채워 넣고 디캔터를 소리 나게 내리며 선우에게 권했다.

"마셔요."

더 독한 술이 없어서 유감이라 중얼거리며 호연은 찰랑한 투명 글라스를 선우 앞으로 밀었다.

"뭐라는 거야."

"실연엔 역시 독주가 답 아니겠습니까?"

실없는 소리 말라 핀잔할까 하던 선우는 피식 웃어 버리고 와인 잔을 들었다.

"이윤주 박사님 그만뒀다던데 들었어요?"

"그놈의 오지랖 어디 안 가지."

한 달 전 공부하러 출국한다는 연락이 있었다. 무얼 의도하고 한 연락인지 알 수 없지만 선우는 윤주를 잡지 않았다. 잘 다녀오라, 잘 지내라 인사만 했다.

"그쪽도 참 괜찮았는데……. 아, 첫사랑에 집착하는 미련한 남심이여."

"오늘은 하나만 해라. 위로든 비난이든."

"아아, 약한 모습 싫다. 우리 형."

CCM 느낌이 나는 축가를 들으며 선우는 드라이 한 와인 한 모금을 넘겼다. 많이 썼다.

윤주와의 관계는 만취한 무의식에서 출발했다. 여자를 볼 때 혜동을 겹쳐 바라보던 건 늘 하던 짓이었다. 상대에겐 정말 쓰레기처럼 보였을 짓.

인정하고 사과했지만 그걸로 해결되지는 않았다. 해결되길 바라 고백했던 건 아니었다. 마음의 짐을 덜고자 그랬을 뿐이니까.

혜동에 관해 고백하기 전 거침없이 그녀의 감정을 드러내던 윤주는, 어째서인지 그 솔직한 고백을 듣던 날엔 화를 내지도, 울지도 않았다. 묘하게도 선우는 그 상황이 더 괴로웠다.

상대에게 공감하고 반응하는 마음은, 그러나 그뿐이었다. 늘 그랬던 것처럼 여자를 정리하던 패턴, 아니, 정리를 당하려던 패턴대로 관계는 끝이 났다.

선우는 씁쓸하게 웃으며 고개를 들었다. 모든 관계의 기준이자 중심이었던 존재가 거기 있었다.

무엇이었을까. 한선우에게 정혜동은. 그저 이성이라는 틀 안에 묶고 말기엔 무겁고 컸다. 버거울 만큼 절대적이었다.

그러니 말이다. 왜 그랬던 걸까. 왜 그렇게까지 놓지 못하고 붙잡혀 있었을까.

선우는 쓴웃음을 쓴 와인 한 모금으로 지웠다.

"참 예쁘네요, 신부."

"글쎄. 그런가? 내 눈엔 신랑이 더 멋져 보이는데."

때때로 대화를 나누는지 신랑 신부 모두 같은 타이밍에 가만히 웃곤 했다. 가끔 당사자 모르게 혜동을 내려다보는 헌영의 시선은 깊고 또 깊어서 보고 있으려니 선우는 여전히 아렸다.

"아, 왜 이래요, 형. 눈물이 앞을 가려서 눈 뜨곤 못 보겠네."

과장된 호연의 반응에 선우는 피식 웃음을 흘리며 한숨처럼 중얼거렸다.

"못 보겠으면 감으시든가요."

"아우, 뭐래요."

호연의 칠색 팔색 하는 리액션이 끝나자마자 바짝 짧아진 머리의 광진이 거대한 케이크가 실린 트롤리를 밀고 사택 정문을 통과해 들어왔다. 캐러멜색 털의 고양이가 슬렁슬렁 그의 발치를 따르고 있었다.

모두가 기꺼워하는 그런 결혼식이었다. 완전한 이별을 하러 온 한 남자를 제외하고는 유쾌함이 충만한 정원이었다. 나풀나풀 즐거운 걸음으로 다가온 김은정 박사 역시 그랬다.

"한 박사 준비됐어요? 케이크 커팅하고 조경 관리팀 플루트 연주 끝나면 바로 시작해요."

"어? 형 뭐 해요?"

"네. 뭐 해요."

은정이 대신 답하며 웃었다.

"나는요? 나 빼고? 아니 대체 언제? 언제 하기로 했는데요? 와, 진짜 어떻게 이럴 수 있어요?"

호연이 진상을 부리는 동안 신랑 신부가 케이크를 잘랐다. 그나마 보통의 웨딩에서 볼 법한 유일한 광경을 지켜보며 사람들은 박수를 보냈다. 분주히 움직이는 헬퍼들에 의해 케이크가 동그란 테이블 위로 옮겨졌다.

"먹어 봐요. 광진 씨가 엄청 연구해서 준비한 거래요."

은근슬쩍 호연의 진상 짓을 밟은 은정이 케이크를 권하고 멀어졌다.

"진짜, 형!"

"하고 싶으면 따라 나오든지."

"뭔지도 모르고, 합도 안 맞춰 보고 어떻게 나가요. 배신자 같으니라고."

호연이 구시렁대는 사이 조경 관리팀의 신참 아무개가 소개되고 플루트 연주가 이어졌다. 커다란 덩치의 사나이와 플루트는 묘하게 부조화스러워 케이크를 먹던 이들이 연신 힐끗댔다. 반전은 연주 실력이 세미프로급이었다는 데 있었다. 한창이던 진상 짓을 잊은 듯 호연마저 감탄하며 연주에 집중했다.

"와아, 뭘까요. 저 양반은."

비제의 〈아를의 여인〉이었다. 잔뜩 모인 시선 속에서 연주 막바지에 이르렀을 때 호연이 속삭였다.

"그나저나, 뭐 할 건데요?"

"비밀."

선우는 똑떨어지게 답하고 자리에 일어나 슈트 재킷의 버튼을 풀었다. 플루트 연주가 끝나자마자 박수가 이어졌고, 기다렸다는 듯 준성이 멘트를 날렸다.

"네. 정말 대단했죠. 취미로 배우셨다는데 저렇습니다. '어젯밤에 벼락치기 했는데 반에서 1등 했다네.'와 같은 맥락이죠? 다시 한번 박수 부탁드릴게요. 아, 케이크 맛은 어떠신가요?"

맛있다, 최고다 하는 요란한 호응에 광진이 흐뭇하게 웃었다.

"감사합니다. 자, 다음 공연은 기술 지원팀입니다. 우리 훈남 한선우 박사 준비 중이네요."

의자 위에 검은 슈트를 벗어 걸쳐 두고 훈남이라 지목된 남자가 테이블 사이를 가로질렀다. 훤칠한 키의 호리호리한 미남자를 향해 하객들의 시선이 모였다. 그의 걸음을 따라 째깍째깍 시계 초침 소리가 스피커에서 박자를 맞추었다.

"뭘까요? 이 공연은?"

비싯 웃으며 호기심을 고조시킨 채 준성이 마이크 뒤로 물러났다.

— 발 없는 새가 있었다.

낮게 가라앉은 익숙한 남자 목소리가 내레이션을 시작했다. 선우가 정원 정중앙의 너른 공간에 도착한 직후였다.

"'아비정전'?"

하객석에서 요절한 배우 이름이며, 영화에 대해 소곤거리는 소리가 들려왔다.

— 이 새는 날아다니는 것 외엔 알지 못했다.

혜동을 향해 돌아섰던 선우가, 그녀의 옆에 앉아 있는 헌영을 정면으로 마주한 채 셔츠 소매를 풀었다. 가볍게 옷자락을 접어 올리는 동작이 무척이나 섹시해, 꺄아, 젊은 여자들이 소리를 질렀다. 아랑곳하지 않고 선우는 길게 뻗은 팔 끝의 손바닥을 까딱 접었다. 누가 봐도 헌영을 향한 손짓이었다.

눈에 띄게 당황한 쪽은 혜동이었다. 손짓의 대상이 된 당사자의 얼굴엔 그저 가벼운 웃음만 어렸다. 하객들의 호기심은 최고조였다.

— 새는 날다가 지치면 바람에 몸을 맡기고 잠들었다…….

내레이션이 끝나자마자 익숙한 맘보 곡의 전주가 흘렀다.

빰빠라바라밤, 다라라라라.

온몸으로 하객들의 시선을 받고 있던 선우는 가볍게 들어 올린 팔과 어깨를 틀어 맘보의 기본 동작을 해 보였다.

"〈Maria Elena〉!"

하객석에서 튀어나온 곡명과 함께 테이프 되감기는 효과음이 증폭됐다. 다시 시작된 전주 속에서 가볍게 어깨를 틀어 맘보 기본 동작을 한 번 더 보인 선우는 다시 손짓을 했다. 그건 누가 봐도 도발이었다. 안 나오고 배겨? 하는.

두 번째 테이프 감기는 효과음이 울려 퍼지는 순간, 딸려 나오는 비명 소리는 콘서트장을 방불케 했다.

헌영이 선우에게 화답했기 때문이다. 세 번째 턴테이블 튀는 효과음이 흘러나오는 순간 헌영은 자리에서 일어나 슈트 재킷을 벗었다. 여유 있게 걸어 나가며 커프스링크를 푸는 동작을 하자 장내는 일대 소란이 벌어졌다.

"품절 반대 장헌영! 우유 빛깔 한선우! 돌려줘요, 공공재!"

젊은 여인들의 구호는 마치 짠 듯 일사불란했다. 딸려 나오는 하객들의 웃음이 무척이나 유쾌했다.

더 이상의 효과음 없이 마침내 음악이 시작되었다. 여인들이 외치던 구호는 흔적 없이 사라지고 함성만 남았다. 장신의 두 남자가 하얀 셔츠 소매를 걷어 올린 채 유연하게 허리와 어깨를 틀어 가며 영화보다 더 영화 같은 장면을 연출했기 때문이다.

“뭔데, 뭔데!”

“말도 안 돼!”

가볍게 치는 박수로 박자를 맞추는 시점도 딱, 탄탄한 상체를 고양이 등처럼 휘어 접은 모양도 딱. 두 사람은 완벽하게 조화로웠다.

여인네들을 자지러지게 할 만큼 섹시한 춤사위를 나누던 선우가 툭, 뱉었다.

“영화 보셨네? 제법 하시는 거 보니.”

“제법은 그쪽이 하고 있는 것 같은데.”

사전에 언질도 없이, 확실히 반칙이긴 했다. 한 번은 저 여유로움을 뭉개고 싶었으니까. 이번에도 틀린 것 같지만 뭐 어떤가. 정혜동이 웃으면 된 거지.

“저 자식 이 영화 좋아했어요.”

“…….”

“배우는 최애라죠, 아마.”

탄탄하고 쫙 빠진 몸을 흔들며 두 남자는 자신들이 하객들의 혼을 빼고 있다는 건 신경도 쓰지 않은 채 대화를 이었다.

“안타깝네요.”

“뭐가요.”

“돌아가신 분을 최애 자리에서 끌어내리는 건 야박하잖습니까.”

선우가 헛웃음을 웃으며 마침내 인정했다.

"정말이지 출구가 없으시네, 당신이란 양반은."

활짝 웃는 선우를 바라보는 댄스 파트너도, 뒤에서 바라보는 오랜 친구도, 바라보는 사람들 모두 웃었다.

찬찬히 걷어 올린 소맷자락을 내리는 선우에게 다가온 혜동이 웃는 얼굴로 물었다.

"뭐야, 너."

"깜짝 선물."

고2 겨울, 카이스트에 합격한 후 맞이한 축제의 피날레는 댄스 경연이었다. 포인트가 가장 많이 걸린 꼭지였다.

"정말 생각지도 못한 선물이네."

선우는, 참여하자고 설득하던 혜동의 부탁을 끝내 들어주지 않았다. 덕분에 그해 축제 우승은 지우네 반이 가져갔다.

"그래야 깜짝 선물이지."

"고마워."

그때 들었으면 더 좋았을 말. 한선우의 타이밍은 늘 이따위다. 선우는 마주 웃으며 혜동에게 물었다.

"좀 늦었지?"

혜동의 대답은 늘 그렇듯 칼이었다.

"많이 늦었지."

부창부수. 인정사정 봐주지 않는 것까지 판박이다. 선우는 푸스스 웃음을 날렸다. 높았던 숨이 잠잠해질 즈음 멀리 K대 교수진에게 붙잡혀 있던 헌영이 두 사람을 향해 다가왔다.

한 발, 두 발. 헌영이 다가올수록 지척에 선 혜동이 점점 멀어지는 것 같았다. 표현할 길 없는 양가감정까지 미쳐 왔다. 두려움과 홀가분함.

오래 지녔던 무언가를 영영 잃는다는 두려움과 비로소 그 오랜 고뇌에서 벗어날 수 있다는 해방감이 교차했다.

"혜동아."

"응."

꽃망울을 터뜨리기 시작한 수국 송이가 저녁 바람에 흔들렸다. 선우는 수국 송이 앞에 선 채 그를 올려다보고 있는 혜동을 한참이나 응시했다.

돌이키고 싶은 삶의 한 부분, 되돌아가 바로잡고 싶은 인생의 상징 같은 존재. 그래서 그토록 오래 붙잡혀 놓여나지 못했던 건지도 모른다.

"왜? 왜 불러 놓고 말이 없어."

"그냥."

"그냥?"

"응. 그냥."

"싱겁기는."

선우는 핀잔하는 혜동을 한참이나 응시하다가 입을 열었다.

"저 남자."

짧게 선우의 눈길을 따라갔던 혜동의 시선이 되돌아왔다.

"진짜 같아."

"뭐가 진짜 같은데."

"진짜 해피엔드 써 줄 수 있는 사람 같다고."

혜동의 미간이 살짝 구겨졌다. 지척까지 다가온 헌영이 던진 말에 혜동의 미간은 좀 더 심각해졌다.

"엔드보다는 에버 애프터가 낫지 싶은데."

톡, 검지로 혜동의 미간을 누른 헌영이 선우에게 시선을 돌렸다.

"둘 다 별로인가 봅니다."

"그러게요."

"왜들 그래요. 낯 뜨겁게."

혜동의 응수에 두 남자 모두 웃었다. 웃음기가 걷히고 어색한 분위기가 감돌 즈음 헌영이 상황을 정리했다.

"컨디션 괜찮아? 좀 걸을까?"

"아."

반사적으로 선우를 바라보는 혜동의 눈길에 망설임이 비쳤다. 선우는 흔쾌히 혜동의 등을 떠밀었다.

"가 봐."

"저녁 식사 맛있을 거야. 매니저님이 신경 써 줬다니까."

먹고 가라는 말이 이어지기 전에 선우는 알겠노라 답했다. 빙긋, 웃음을 남기고 나란히 걸어 나갔던 커플이 동시에 멈추었다. 헌영이 먼저 돌아서서 남겨진 선우에게 말했다.

"고마워요."

그건 온전히 진심을 담은 말이었다. 혜동 역시 꼭 같은 어조로 말했다.

"고마워."

으쓱 어깨로 답하는 선우를 뒤에 남기고 두 사람은 다시 걸어 나갔다.

눈이 부셨다. 멀리 직선을 긋는 빛줄기 앞에 선 연인을 눈으로 따르던 선우는 잠깐 눈을 감았다. 이내 귀 옆에서 터진 찰칵 소리에 그는 다시 눈을 떴다. 나란히 앞을 향해 걷던 키 큰 남자가 옆으로 깊이 몸을 숙여 여자에게 입을 맞추고 있었다.

"그림이네."

호연이 폴라로이드 인화지를 뽑아 선우에게 내밀었다. 고스란히 카메라에 잡힌 광경은 직접 보는 것만큼이나 눈이 부셨다.

선우는 고개를 들었다. 화관을 쓴 작은 얼굴이 옆에 선 남자를 향해 올라와 있었다. 빛과 바람이 여자의 웃는 얼굴을 실어왔다. 혜동의 웃음을 응시하던 선우는 또, 웃었다.

"가자."

"지금요?"

"응."

"시상이 코앞인데?"

우승은 따 놓은 당상이라며 내지르는 호연을 남기고 선우는 걸음을 옮겼다. 준성이 우승 상금이 두 배가 됐다며 너스레 떠는 소리가 들려왔다. 그는 방금 도착했다는 김인후 원장을 향해 당연히 찬조하지 않겠냐며 바람을 잡는 중이었다.

"오랜만에 뵈니 더 반갑네요. 잠시 김인후 원장님 말씀 듣겠습니다."

인사하러 올라가는 인후를 향해 직원들의 환호가 쏟아졌다. 마이크 앞에 도착한 원장은 품에 안고 있던 여자아이를 조심스레 옆에 내렸다.

대여섯 살쯤 되었을까? 뽀얀 피부에 동그란 눈, 은색 원피스를 입은 아이는 사람들이 어머머 하는 탄성을 내지를 만큼 어여뻤다.

많은 사람들의 시선에 어색했는지 아이는 제 아빠의 바짓단을 앙증맞은 손으로 꼭 붙잡았다. 어디선가 '엄마를 꼭 닮았네.' 하는 소리가 나왔다. 인후는 아이의 동그란 머리통을 부드럽게 쓰다듬어 안심시키고는 마이크 앞으로 살짝 고개를 숙였다.

"오랜만에 뵙겠습니다."

웃음기 없는 얼굴에 건조한 음성이었다. 그럼에도 불구하고 직원들이 원장을 반기는 소리는 요란했다.

"축하할 자리에 지각을 해 면목이 없습니다."

괜찮아요, 소리 질러 대꾸하는 호응에 인후는 비로소 웃는 얼굴이 되었다.

"의미 있는 축하 인사를 해야겠는데, 제가 도통 말주변이 없습니다. 음. 이 자리는 말보다 실질적인 축하가 좋을 것 같기도 하고요."

준성이 기다렸다는 듯 추임새를 넣었다.

"아무렴요. 현찰이죠, 현찰. 말보다 현찰."

가만히 웃던 인후가 살짝 고개를 돌려 준성을 향해 물었다.

"우승 상금 다섯 배면 되겠습니까?"

준성의 진행은 '빙속 계열 인간'의 전형이자 전설이라는 김인후 원장 앞에서도 여지없었다.

"받고, 회식 플러스 1회."

"그렇게 하죠."

인후의 기꺼운 수락에 와아, 직원들이 함성을 질렀다. 기다렸다는 듯 준성이 또 '풋 유어 핸즈 업'을 외쳤다.

소란스러운 반응을 한 박자 쉬는 것으로 받아넘긴 김인후 원장은 마이크를 향해 다시 가볍게 고개를 숙였다.

"수석 연구원들을 대표해 신부 되시는 분께 감사 인사를 전하고 싶습니다. 장헌영 박사의 재사회화가 신부 되시는 분 덕분이라고 들었습니다."

이 대목에서는 점잖던 각 랩의 팀장들이 환호했다. 듣고 있던 준성이 또 장단을 맞추었다. 요즘 팀장 회의 시간에 팀장들이 숨을 쉴 수 있게 되었노라고.

인후는 웃음과 함께 마무리했다.

"결혼 축하합니다."

이어지는 박수를 뒤로한 채 김인후 원장은 부인을 꼭 닮았다는 그의 아이를 품에 안고 연단을 내려왔다. 잠깐 걷자던 신랑 신부는 어느새 되돌아와 인후를 맞이하고 있었다.

선우는 그대로 돌아서서 걸음을 뗐다. 호연이 빽 소리를 질러 선우의 뒷덜미를 붙잡았다.

"형!"

"대신 받아, 상금."

폴라로이드 사진을 어깨 너머로 흔들어 보인 선우는 주차장으로 향했다. 진주황빛으로 물들기 시작한 서쪽 하늘을 바라보던 선우는 다시 한번 돌아보았다. 무슨 기척을 느낀 것인지 혜동이 그를 응시하고 있었다.

선우는 가볍게 손을 들어 보이고는 그대로 다시 돌아섰다. 뭔가 할 말이 있어 보이는 오랜 친구를, 나약했던 한선우의 인생 한 부분을 그곳에 남기고 그는 차에 올랐다.

대전으로 향하는 경로를 세팅하던 손가락을 멈춘 채 그는 폴라로이드 사진을 들여다봤다. 결심한 듯 주차장을 벗어난 그는 지우를 향해 달렸다. 빠르게 지나치는 풍경들을 뚫고 목적지에 도착한 그는 거침없이 걸어 들어갔다.

늘 함께 오던 친구 없이 마주한 유리 위에서 선우는 한동안 동생을 응시했다. 유리문이 밀리고 하얀 항아리 앞에 폴라로이드 사진이 놓였다. 전날 혜동이 두고 간 부케에서 향기가 밀려 나왔다.

"결혼한다고 보고했으니까. 어땠는지도 봐야지."

담담한 남자의 말이 고요한 공간으로 퍼져 나갔다.

"행복해 보여서 다행이지? 예쁘더라, 정말로."

지우를 바라보며 선우는 가슴으로부터 밀려 올라오는 무언가를 눌렀다. 두어 번 울음이 될 뻔한 말을 뱉지 못하던 그는 마침내 입을 열었다.

"미안해. 지우야."

미안해, 미안하다.

오랫동안 꺼낸 적 없던 말을 혜동의 사진과 함께 내려 둔 채 선우는 돌아섰다. 남겨진 작은 공간에서 지우는 여전히 웃고 있었다.

외전 2 혜진

가볍게 이마 위에 붙었다 떨어지는 마찰 음에 혜동은 몸을 틀었다. 얼굴에 닿은 찬 공기가 익숙지 않아 그녀는 비스듬히 몸을 웅크린 채 이불 속으로 파고들었다. 눈꺼풀 위로 한 번 더 부드러운 촉감이 닿았다.

아, 눈을 뜰까, 계속 잘까.

쉽사리 잠기운을 떨치지 못해 고민하는 사이 방문 닫히는 소리가 들려왔다. 계단을 내려가는 발소리에 현관문이 여닫히는 소리까지.

조심스레 이어지는 소음 덕에 수면 아래 맴돌고 있던 의식이 점차 또렷해졌다. 혜동은 뻑뻑한 눈꺼풀을 힘겹게 밀어 올렸다.

가물거리던 시야 안에 낯선 천장이 뚜렷하게 새겨졌다. 꿀렁, 배 속의 아기가 같이 깼노라 하는 신호를 보내왔다. 빙긋 웃으며 혜동은 불룩한 배에 손을 펴 올렸다.

"잘 잤어?"

애정이 담뿍한 엄마의 물음과 손길에 아기는 한 번 더 반응을 했다. 만족스러운 한숨을 뱉으며 혜동은 창 쪽으로 시선을 돌렸다. 커튼 밖으로 보이는 사위는 아직 어둑했다. 사이드 테이블에 놓인 전화 액정을 터치해 시간을 확인한 혜동은 낮은 신음을 흘리며 몸을 일으켰다.

장헌영 씨는 왜 이렇게 일찍 일어나는 걸까. 잠도 부족하면서.

좌르르, 두꺼운 커튼을 젖히니 낯선 풍경이 시야에 담겼다. 헌영이 포닥을 했던 대학 연구소에 파견을 나오게 되어 혜동은 그를 따라왔다. 모교의 학적을 정리하고 이쪽 대학에서 공부할 준비까지 하느라 좀 늦은 합류였다.

가을 끝자락에 들어선 눈의 도시는 아직 고요했다. 1년의 6개월 정도가 겨울이라고들 하던데 진면목은 어떨지.

이 도시에서 몇 해를 났던 경험자가 순식간에 눈이 쌓여 파묻혀 버린다고 겁을 줬다. 그렇게 눈이 퍼붓는 날엔 '설녀'가 출몰한다며, 장헌영 씨답지 않은 농담까지 했다.

혜동은 미소와 함께 상념을 떨쳐 내고 욕실로 향했다. 샤워로 충분히 온기를 충전한 후 조심조심 계단 설주를 짚어 가며 아래층으로 내려왔다. 따끈하게 김이 나던 몸이 으스스 떨릴 만큼 1층은 냉기가 강했다.

두꺼운 터틀넥 스웨터를 목 끝까지 끌어 올리고 혜동은 냉장고로 직행했다. 먹을 게 뭐가 있나, 훑어보는 눈에 난감함이 어렸다. 달걀과 생수 빼고는 없었다. 냉장고 안으로 손을 뻗어 넣으며 혜동은 중얼거렸다.

“장헌영 씨는 대체 뭘 먹고 사셨을까요.”

끼니 제대로 챙기라며 걱정해 주던 사람의 냉장고치곤 터무니없이 빈약했다. 늦었어도 어제 장을 좀 봐 들어올걸. 생각하며 혜동은 달걀이 담긴 팩을 열었다.

전날 저녁 비행기로 도착해, 뭘 하긴 모호한 시간대였다. 엄밀히는 일찍 도착했어도 ‘다른 일’을 하느라 쇼핑을 할 여력이 있었을지는 미지수였다. 공항에서 만나 밖에서 식사를 했고 집에 들어오자마자 헌영이 그 ‘다른 일’을 했으니 말이다. 그것도 늦은 밤까지.

발그레해진 뺨으로 혜동은 달걀을 꺼내 들고 일어났다. 수납장을 뒤져 팬을 찾아 닦고, 새 올리브유를 발견해 포장을 뜯었다. 접시를 찾아 씻어 두고, 쓸 만한 조리 도구가 있을 리 없음을 확신한 후 숟가락을 빼 드는 순간이었다.

달칵, 현관문이 열렸다. 가스레인지 점화 버튼 위로 막 손이 올라가려는 타이밍이기도 했다. 양손 가득 짐 꾸러미를 들고 헌영이 들어왔다.

“일어났어?”

끄덕이며 맞이하는 혜동을 향해 그가 물었다.

“아직 이른데.”

“그러니까요. 아직 이른데.”

장헌영 씨야말로 왜 이렇게 일찍 일어났느냐는 맥락을 단번에 파악한 그가 웃었다.

"정혜동 씨 아침 먹여야죠."

들고 온 짐들이 모두 아일랜드 식탁 위로 올라갔다. 바스락대는 소리가 잦아들자 혜동은 잔뜩 부린 것들을 응시하며 물었다.

"뭔데요? 요리해 줄 거예요? 할 줄 알아요?"

식도락과는 거리가 먼 인물인 터라 헌영이 무언가 요리를 하는 모습은 상상이 되지 않는다.

"말만 해. 한식, 일식, 중식, 프렌치, 이탈리안, 아메리칸 브렉퍼스트. 골라."

게다가 떨어져 지낸 기간은 불과 한 달. 말도 못 하게 바쁜 사람이 그 기간 동안 뭘 할 수 있었을까? 미덥지 않아 혜동은 비스듬히 눈썹을 세웠다.

"뭐야, 그 건방진 눈썹은."

"그냥 제가 할게요."

혜동은 돌아서서 레인지 점화 버튼 위로 손을 올리며 덧붙였다.

"재료 뭐 있어요? 냉장고엔 달걀밖에 없던데. 집에서 뭐 안 해 먹었죠?"

이렇게 이른 시간에 어디서 뭘 사 온 걸까? 생각이 끝나기도 전에 툭, 툭 커다란 손이 대리석 싱크대 턱을 차례로 짚었다. 덕분에 혜동은 고스란히 헌영의 팔 안에 갇혔다. 볼록한 배가 싱크대에 눌릴까 싶어 혜동은 돌아섰다. 기다렸다는 듯 헌영이 상체를 굽혀 왔다. 조금 찬 숨결을 뿌리던 그는 지그시 혜동의 귓불을 물었다.

"어떤 게 좋은지 골라 보라니까."

혜동은 반사적으로 잔뜩 몸을 웅크렸다. 남자는 아랑곳하지 않았다. 냉기가 남은 입술이 귓불을 지나 그대로 목덜미로 파고들어 살갗 위에서 웃었다. 혜동은 올라오는 한숨을 꾸욱, 누르고 사태를 수습하고자 했다. 이대로 '다른 일'을 하기엔 지나치게 배가 고픈 까닭이었다.

"한식이요! 한식으로 할게요."

쪼옥, 목덜미에 마찰 음과 소름을 남긴 남자가 비로소 고개를 들었다.

"한식?"

"한식."

"아, 이걸 어쩐다."

"흐음?"

"일식 고를 줄 알았는데."

진지하게 난감한 척하는 사람을 올려다보며 혜동은 웃었다.

"고르길 바랐겠죠."

마주 웃으며 헌영은 번쩍 혜동을 안아 올려 조심스레 아일랜드 식탁 위에 앉혔다. 비슷한 눈높이로 혜동을 마주한 그는 동그랗게 솟아오른 아내의 배를 부드럽게 쓸었다.

"이렇게 머리 좋은 엄마를 만났으니 얼마나 똑똑할지 기대가 되네."

"이렇게 뻔뻔한 아빠를 만났으니 얼마나 능청스러울지 걱정이 되네요."

춥, 진한 웃음이 묻은 입술이 혜동의 입술 위로 붙었다가 떨어졌다가 또, 붙었다. 습관대로 그는 혜동의 입술 위에서 말했다.

"아무렴 어떨까."

입술 위로 쫀득한 마찰 음이 길게 이어졌다. 힘겨운 신음을 몇 번이나 흘리고서야 마침내 헌영은 입술을 분리했다.

"한식은, 음…… 사흘 정도 기다려 줘. 어머니가 이것저것 보냈다니까."

혜동은 높아진 호흡을 가다듬은 후 아무렇지 않은 척 물었다.

"프렌치는요? 이탈리안은?"

"보자, 그건 대략 6개월쯤?"

"배우는 데 그만큼 필요해요?"

웃음과 함께 그가 다시 혜동의 입술을 간지럽혔다.

"배우는 데 필요한 건 아니고…… 숙련하는 데 필요하지."

기본적인 건 지금도 가능하다는 뻔뻔한 첨언에 혜동은 다시 웃었다.

"못 믿어?"

"믿어요."

춥, 춥. 사랑스러운 소리가 한참을 이어졌다.

헌영이 방문을 밀어 혜동이 들어갈 공간을 내어 주었다. 딱

꼬집어 일식이라 평하기엔 모호한, 그러나 생각보다는 그럴듯한 아침을 먹은 후 혜동은 헌영을 따라 집 안 곳곳을 도는 중이었다.

"침실하고 여기만 바꿨어. 다른 곳은 다 그대로고."

"왜 여기만 특별히?"

"다다미 별로라."

김인후 원장 부부가 살던 때엔 침실이었다던 다다미방은 깔끔하게 서재로 변해 있었다. 폭신한 다다미를 밟으며 혜동은 웃었다. 저 성격에 2년 넘게 살 집으로 낡은 목조 주택을 선택한 건 아무리 생각해도 의외였다.

"왜 이 집이에요?"

주택보다는 빌라나 아파트를 골라 두지 않았을까 했는데 말이다. 넓은 창문 앞에 선 헌영은 대답 대신 혜동에게 손을 내밀었다. 혜동은 두어 걸음 미세한 왕골 냄새가 섞인 방을 가로질러 그에게 도달했다. 창가에 선 채 그녀를 위해 자리를 내어 준 헌영은 창밖을 내다보며 답했다.

"여기 때문에."

헌영의 눈길이 인도한 곳엔 제법 넓은 정원이 펼쳐져 있었다. 잘 정돈된 화단과 빼곡하게 심어 둔 나무 울타리가 무척 조화로운 곳이었다.

"봄여름엔 꽤 그럴듯하거든."

가을꽃들이 다 진 상태라 지금은 을씨년스럽다고.

"조만간 눈꽃이 피겠죠, 뭐."

무거워진 배를 지탱하느라 힘겨운 혜동의 허리를 가만히 당기며 헌영이 답했다.

"말해 뭐해. 기가 막히지. 정혜동이 좋아하는 눈싸움도 마음껏 할 수 있을 테고."

혜동은 고마운 남자에게 머리를 기댔다. 이것저것 배려해 내린 결정이었구나 하는 깨달음 후였다. 넓은 뜰을 좋아할 만한 사람은 실질적으로 장헌영 씨보다 정혜동이니까.

"좋아요, 여기. 마음에 들어요."

쪽, 어깨에 기댄 머리 위에 입을 맞춘 남자가 말했다.

"눈덩이는 던지는 대로 다 맞아 줄게."

혜동은 쿡쿡 웃었다. 눈 내리던 초우에서 만났던 날 밤, 도대체 무슨 조화였을까. 제정신이라면 절대 하지 않았을 짓이었다. 내리던 눈에 뭐가 깃들어 있었는지도 모른다.

"그거 뒤끝이죠? 그렇게 아팠어요?"

웃음이 터져 몸을 움츠리는데도 불구하고 헌영은 혜동의 귓바퀴를 꽈악 깨물었다. 혜동은 으르렁대는 남자를 밀어내며 웃음을 섞어 말했다.

"눈싸움은 됐고요. 이글루를 만들어 주세요."

재료도 풍족하다니까.

"이글루?"

"가능해요?"

"가능하지, 그럼."

헌영이 눈도 깜빡하지 않고 답했다.

"이쪽 대학은 이글루 제작 속성 특강이 있거든. 수강 신청 할게."

혜동은 웃음을 머금은 채 헌영을 밀어내고 다다미를 밟아 나왔다. 늘 그렇지만 농담은 웃으면서 해야 한다는 상식을 파괴하는 남자가 그녀의 뒤를 따랐다.

"다락이 있는 것 같던데 거긴 뭐가 있어요? 그냥 짐만 두는 곳인가?"

마침 초록색 지붕이라, 이 집은 '그린 게이블즈' 느낌이 물씬 풍겼다. 뒤뜰에 늘어선 나무들이 보리수 대신 벚나무였으면 좋으련만.

"아, 다락."

혜동은 돌아서서 따라오는 남자를 바라보았다. 그는 잊은 것이 생각난 듯 살짝 미간을 접었다.

"주중에 한 박사 연락한다고 했는데, 깜빡 잊고 있었네."

"한 박사? 한수운 박사님?"

"응."

"아직 안 들어가셨어요?"

"잠깐 다시 나왔어. 인수인계해 줄 거 남았다고."

"아."

"여기도 들를 거야."

혜동은 반사적으로 온실 가득 피어 있던 '디어 클라우드'를 떠올렸다. 7온실의 주인. 한번 만나 보고 싶었다.

"여긴 왜요?"

"다락에 선배네 아이가 쓰던 물건들 정리해 뒀나 봐. 필요하면 사용하라고. 뭐뭐 있는지 설명할 겸 겸사겸사. 연구실에서 보던 책 중에 너 볼만한 것들도 가져온다 그러고."

"그냥 받아도 되나?"

징징, 요란하게 울어 대는 전화기를 꺼내 든 헌영이 간단하게 정리했다.

"불편하면 밥 사. 제대로 된 밥. 선배네 아이 선물을 챙겨 주든지."

액정을 확인한 헌영은, 고개를 끄덕이며 다락으로 이어지는 계단을 오르려는 혜동의 팔을 붙잡았다.

"나중에 같이 올라가. 위험하니까."

조심스레 혜동을 이끌어 내린 헌영은 살짝 몸을 틀어 통화를 시작했다.

"네. 선배. 아, 그건은 제가 브리핑해야 해요. 네. 결과가 썩 좋지는 않았어요. 유의미한 수치라기엔 모호해서……."

혜동은 여전히 바쁜 남자를 물끄러미 응시하다가 침실을 향해 걸음을 옮겼다. 두꺼운 커튼을 밀어젖히고 본래 서재였을 방 안을 둘러보았다.

꼭 필요한 가구 외에는 없었다. 그 취향 어디 갔겠나 하는 마음으로 혜동은 구석에 부려 둔 짐으로 다가갔다.

헌영이 들어올 때 딸려 보냈던 물건들은 정리를 끝내 둔 것 같았고, 비행하기 전날 보낸 나머지 짐들은 아직 도착 전이었다.

혜동은 가만히 내려앉아 최대한 간소하게 꾸린 여행 가방을 열었다.

즐겨 입는 옷가지들, 바이블로 쓰이는 전공 서적 몇 권, 늘 쓰는 잡다한 물건들. 그리고…….

혜동은 짐 가방 한쪽을 차지한 작은 상자를 내려다보았다.

받아들일 준비가 되었을 때 봐야겠노라 핑계 대고 봉인해 둔 기록. 불에 타 버린 노트만큼이나 처참한 이야기라면 어쩌나 싶어 쉽사리 열어 볼 수 없었던 엄마의 노트가 담긴 상자였다.

툭, 아기가 옆구리를 차는 바람에 정신을 차린 혜동은 상자 위로 손을 뻗었다. 상자를 열어 낡은 노트 위에 손을 올렸지만 끝내 손가락에 힘이 들어가질 않았다.

짧지 않은 시간을 노트 위에 머물던 손을 거두어들였을 때, 헌영이 들어왔다. 혜동은 열었던 상자를 그대로 닫았다.

헌영이 아무것도 보지 못했길 바라며 혜동은 몸을 돌려 그를 맞았다. 아주 잠깐 남자의 눈에 미세한 감정이 스쳤다가 사라졌다.

손을 내밀어 일으켜 준 남자는 평소처럼 담담하고 다정했다.

"옷 입어. 나가자."

"어딜요?"

"바람 쐬러."

차분히 답하는 헌영의 눈을 응시하며, 혜동은 자신의 바람이 빗나갔다는 걸 깨달았다.

혜동은 이 자상한 남자에게 걱정을 끼치는 것도, 우울한 감정을 전염시키는 것도 싫었다. 이미 넘치게 걱정을 끼쳤고 또 넘치게 위안을 받았으니 더는 그러고 싶지 않았다.

"생각이 많으시네, 정혜동 씨가."

이마 위에 입술을 얹은 채 헌영은 아랑곳하지 않았다.

"따듯하게 입어요. 생각은 그쯤 해 두시고."

이마 위로 부드러운 숨결을 받으며 혜동은 한숨을 밀어 넣었다. 정말이지 이 사람에겐 당할 수가 없다.

헌영의 당부대로 따듯하게 무장하고 혜동은 그를 따라 밖으로 나왔다. 깨끗하고 높은 하늘은 여느 평범한 가을날 같았지만, 공기는 가을이라 칭하기엔 무색할 정도로 찼다.

"이쪽."

집 옆 차고로 이끄는 헌영을 따라 걸음을 옮기며 혜동은 넓은 정원을 둘러보았다. 집 뒤를 감싼 울타리는 보리수, 옆에 둘러 심은 건 호랑가시나무였다. 매끄러운 돌로 쌓아 구획한 정원엔 다양한 수목들이 자라고 있었다.

"인후 형이 손본 거야."

"아."

어쩐지. 조경을 모르는 사람이 취미로 가꾼 정원이라 평하고 말기엔 넘치는 구석이 있었다.

"선배 아니고 형이에요?"

"형이었거든. 동네 형."

"동네 형하고 교류를 했어요?"

하긴, 이쪽이나 저쪽이나 명문가 자제들이니 그들만의 커뮤

니티가 있었다는 건 이상한 일이 아닌지도 모른다.

"음. 글쎄, 그게 교류였나?"

"형이라고 부를 정도면 친했던 거 아닌가? 장헌영 씨가 아무나 '형'이라 부르고 그럴 캐릭터는 아니잖아요."

"형을 형이라 부르지, 그럼 아우라 부를까."

썰렁한 농담에 혜동은 콧등을 찡그렸다. 헌영이 웃으며 혜동에게 손을 내밀었다. 혜동은 가볍게 손을 올리며 물었다.

"자, 이제 어떻게 친해졌는지 말할 차례예요. 되게 의외의 조합이라 궁금해요."

헌영은 그의 겉옷 주머니 안으로 붙잡은 혜동의 손을 밀어 넣으며 걸어 나갔다. 쌀랑해진 손이 주머니 안에서 폭, 온기에 감싸였다.

"고1 때였나? 형이랑 편먹고 패싸움한 적이 있었어. 두어 번 정도?"

턱, 걸음을 멈추는 혜동을 향해 헌영은 다시 웃었다.

"그렇게 놀랄 것까지는 없고."

"패싸움이라면서요."

"시비 붙여 오는 놈들이 많았거든, 나나 형이나."

"왜요?"

"글쎄."

슬며시 올라가는 남자의 오른쪽 눈썹 뒤로 빤한 말이 붙었다.

"잘나서?"

"제 생각은 좀 다릅니다만."

"어떻게 다르신지 궁금하네요."

혜동은 다시 따라 걸으며 웃음으로 버무린 생각을 내놓았다.

"재수가 없다거나, 밥맛이 없다거나. 뭐 그런 거 아니었을까요?"

차고에 도착해 조수석 문을 열어 주며 그가 물었다.

"내가 그랬다는 거지? 재수도 없고, 밥맛도 없고."

물어 오는 남자의 눈엔 여유로운 웃음밖에 없었다. 나름 치밀하게 준비한 도발이 먹히질 않으니 김이 빠졌다.

늘 그렇듯 혜동은 레벨의 차이를 실감하며 차에 올랐다. 동그랗게 솟아오른 배를 가로지른 안전벨트가 찰칵 소리를 냈다. 단정하고 깨끗한 하얀 중형차에 올라 혜동은 내비게이션을 세팅하는 헌영에게 물었다.

"패싸움 메이트라 친해졌다는 훈훈한 이야기로 끝이에요?"

"음."

차고지 턱을 벗어나느라 차가 덜컹 소리를 냈다.

"연수원 때려치우고 백수로 전전하고 있을 때 형이 전공 바꿔 보지 않겠냐고 했거든?"

사이드미러를 살피며 핸들을 돌리던 그가 대수롭지 않게 말했다.

"영감들한테 엿 먹이고 싶어서 오케이 했지."

이쪽 전공이 조부와 아버지 목뒤를 잡게 하기 딱 좋았다고.

"공부해 보니 적성에 맞아서 눌러앉았다는, 뭐 그렇고 그런 시시한 이야기."

"진짜, 정말. 못됐어요."

"영영 백수로 살까 하다가 나름 적당한 선에서 타협한 건데. 못됐어?"

헌영이 반문하며 웃었다. 삿포로 시계탑을 지나는 순간이었다.

"공부 시작했던 시기에 형이 신경을 좀 써 줬어. 포닥할 때도 종종 만났고. 지금은 최종 보스로 모시고 있으니 뭐 이래저래 인연이 짧지 않네."

시내를 빠져나온 차는 쭉 뻗은 직선도로에 접어들었다. 멀리 정면에 버티고 선 산정에 하얀 눈이 덮여 있었다.

능숙하게 운전을 하던 헌영의 시선이 혜동에게 넘어왔다.

"확실히 인연이 길어."

"무슨?"

"독하게 부리거든, 그 양반이."

"독하게 부리는 걸로 뭐라는 건 찔리지 않아요?"

"찔려야 돼? 내가 왜?"

하, 하는 반응을 받아 헌영이 웃었다.

"초우 다녀와야 해."

신혼을 누리게 두질 않네요, 첨언하며 그는 핸들 위에 둔 손가락을 두드렸다. 차는 쭉 뻗은 도로를 막힘없이 달리고 있었다. 가끔 나타나는 야생동물을 주의하라는 표지판이 이채로웠다.

"무슨 일로요?"

"단백질 항체 배양 연구 건 때문에. 내가 주도하던 거라 의뢰

기관에 브리핑하고 정리해 줘야 해. 들어갈 날 재고 있긴 했는데 그쪽 기관에서 준 날짜가 좀 빠듯하네."

"브리핑하려면 준비할 거 많죠?"

"3일 정도 예상. 더 늦을지도 모르고."

"이쪽 복무는 어떡하고요."

"휴가 내야지."

"아."

한 달 만에 만났는데, 일정이 공교로웠다. 풀 죽은 티를 내지 않으려는 혜동에게 헌영의 눈길이 닿았다.

"좀 쉬고 여독 풀리면 학교 나가 봐. 시내도 둘러보고."

이것저것 해 보라던 남자의 눈에 미세한 걱정이 어렸다.

"알아서 할게요. 걱정하지 말고 다녀오세요."

만나자마자 떨어지는 것이 아쉬울 뿐이지 홀로 지내는 일이 어려운 건 아니었다. 정혜동이 잡초처럼 살아온 세월이 몇 년인데…….

"그쪽 걱정 아니고 이쪽 걱정이네요. 한 달은 참았는데, 3일은 참기 어렵답니다."

오래 기다리다 얻은 걸 다시 빼앗기는 기분이라고. 웃음이 오가고 대수롭지 않은 대화가 오가는 사이 차는 목적지에 도달했다.

똑같은 색깔의 하늘과 바다가 마주한 곳이었다. 서로를 비추고 있는 것이 아닐까 싶을 정도로 새파란 빛깔이었다.

"가무이 곶이야."

홋카이도 원주민인 아이누인의 언어로 '가무이カムイ'는 신神을 뜻한다고 설명한 남자가 차에서 내린 여자에게 손을 내밀었다.

"좀 걸어야 해."

혜동은 끄덕, 수긍하고 헌영의 손을 잡았다. 왜 따듯하게 입어야 한다고 했는지 금세 실감할 수 있었다. 바다의 힘을 제대로 과시하는 바람이었다.

띄엄띄엄 곶을 향해 걸음을 옮기는 사람들 행렬에 합류한 두 사람은 해안가 절경 속을 걸었다.

"날이 차니 좋네."

"추운 게 뭐가 좋아요."

헌영이 깍지 낀 손을 가볍게 들어 보였다.

"정혜동 씨 손을 녹여 줄 수 있잖아."

미간을 구기는 혜동을 내려다보며 헌영이 웃었다.

"혼자라면 절대 알지 못할 온도까지 알 수 있고 말이지."

혜동은 지긋이 깍지 낀 손을 내려다보았다. 가끔 농담을 섞어 표현하긴 했지만 여전히 신기했다. 그토록 과묵했던 남자가 말로 뱉는 애정 표현이라니.

"그러게요. 그 온도 알려 준다는 사람 많았을 텐데. 왜 그랬어요?"

푸스스, 바람에 웃음을 날린 헌영이 답했다.

"글쎄. 알려 준다는 사람보다, 알려 주고 싶은 사람을 기다리느라 그런 건가?"

"기다린 보람이 있어요?"

부러 물었던 앙큼한 질문에 반응하는 헌영의 자세는 역시나 남달랐다.

"보람이야 넘치지."

살짝 고개를 숙인 헌영이 혜동의 귓가에 마저 속삭였다. 그 온도, 손뿐 아니라 다른 부위로도 알려 주고 싶어 미칠 지경이니 확실히 보람이 넘친다고.

혜동은 웃음을 터뜨리며 헌영을 밀어냈다. 천천히, 웃음과 체온을 나누며 두 사람은 차고 상쾌한 바람을 헤쳐 나갔다. 좁은 길 옆 무성한 황금빛 갈대 사이사이로 바다가 따라왔다.

더운 땀이 이마에 맺힐 때쯤 마침내 길게 바다를 침범해 들어간 땅끝이 보였다. 천천히 행렬의 끝에 선 채, 곶 끝에 도달한 혜동은 헌영과 나란히 서서 바다를 응시했다.

왜 여길 데려왔는지 깨달음을 얻은 혜동은 깊이 숨을 마셨다. 바다 가운데 높이 솟아 있는 바위가 머릿속에서 비슷한 장소를 불러냈다. 이만한 절경은 아니지만, 무척이나 생각이 나는 장소.

"할아버지 계신 곳하고 비슷해?"

혜동은 울컥해지는 바람에 소리 내어 답하지 못하고 고개만 끄덕였다. 꼭 그때처럼 휘날리는 머리카락을 귀 뒤로 넘겨 주며 헌영이 덧붙였다.

"심란할 땐 언제든지 모셔다드릴게요."

설상가상, 눈 밑까지 뜨거워졌다. 혜동은 옆에 선 남자의 가슴팍으로 포옥, 파묻혀 이마를 기댔다. 머리를 지나 등을 쓸어 주는 헌영의 손길엔 더 그럴 수 없을 만큼 애정이 묻어 있었다.

"사람이 왜 그래요. 왜 그런 걸 마음대로 읽어요. 심란해 보이기 싫었는데."

단단한 몸통을 울려 나오는 웃음의 잔향이 고스란히 혜동에게 전달됐다. 헌영은 옷깃을 붙잡은 작은 손을 감싸 쥔 채 말했다.

"인후 형 지인 중에 아이누인이 있어. 성격도 좋고 재미있는 사람이라 포닥할 때 자주 어울렸거든?"

차르르, 갈대를 흔드는 거센 바람이 잦아들길 기다린 헌영이 말을 이었다.

"포닥, 첫해 여름에 여길 같이 오자더라고. 홋카이도에서 가장 볼만한 곳 중 하나라면서."

다른 곳을 아직 다 보지 못했으니 장담하긴 그렇지만, 지금으로써는 동조할 수밖에 없는 의견이었다.

"저기 저 바위 말이야. 사랑하는 사람을 기다리던 여자가 변한 거래. 구전되는 설화에 따르면 그렇대. 그래서 그런지 일반적으로 여긴 누구를 기다리는 장소로 규정된다나 봐. 가이드들이 관광객들에게 그렇게 설명하기도 하고."

"그런데요?"

"아니래."

"아이누인이라는 그 사람이요?"

"응."

"그럼요?"

나란히 바위를 바라보고 있던 시선이 되돌아와 마주한 후에야 헌영에게서 답이 돌아왔다.

"여긴 그냥 보내 주고, 내려놓고 그러는 곳이래."

혜동은 미동 없이 헌영의 부드러운 눈길을 받았다. 헌영은, 가만히 마주한 채 침잠하는 혜동을 깊이 당겨 안았다.

"혜동아."

"네."

혜동은 헌영의 품 안에서 눈을 감았다. 머리카락 사이로 커다란 손이 감겨 들어왔다.

"그냥 하는 말 아니야."

"뭐가요."

"심란할 때 마음껏 사용해. 네 남편의 존재 의미니까."

뜨끈한 웃음을 머금은 채 혜동은 남편의 옷자락을 꼭 잡았다. 혜동은 헌영이 해 주는 격려가 어떤 의미인지 명확히 이해하고 있었다.

그녀 역시 그의 말대로 하고 싶었기 때문이다. 부모의 인생을 이해하고 납득하고 그만 보내 주고 싶었다. 홀가분해지고 싶었다.

여전히 뜨거운 몸과 조금 높은 호흡, 공기 중에 떠도는 흔적들, 나른한 몸과 가쁜 호흡의 부조화 속.

혜동은 침대 머리에 놓인 푹신한 쿠션에 기대앉은 헌영의 다리 사이에 갇혀 흐물흐물 녹는 중이었다. 가무이 곶에서 꽤 오래 걸었던 데다 오타루를 들러 식도락을 즐기고 저녁이 되어서야 집에 도착했다.

"혼란스러워."

솟아오른 혜동의 배 위에서 헌영이 깍지를 끼며 중얼거렸다.

"이 녀석은 효자인 거야, 불효자인 거야."

목욕을 마치자마자 시작했고, 머리카락이 다 마를 때까지 지속했지만 헌영은 만족하지 못했다. 등 뒤에 닿은 그의 몸 일부가 생생하게 그렇노라고 전달을 해 왔다. 임신 이후론 전처럼 격렬하게 할 수가 없을 테니 이해 못 할 일은 아니었다. 혜동은 입술 꼬리에 웃음을 매단 채 중얼거렸다.

"효자 맞아요."

"맞아?"

"덕분에 제 청혼 받았잖아요."

혜동은 나른한 몸을 살짝 틀어 기댔다. 열기가 식어 살갗 위로 소름이 돋아났다.

흐음, 하는 소리를 내며 헌영은 벗겨 던졌던 혜동의 스웨터를 집어 들었다.

몸을 일으켜 쏘옥, 작은 머리 위로 스웨터를 씌우고, 차례차례 양팔을 빼내기까지. 마치 어린아이를 대하는 것처럼 상냥하고 다정한 손길이었다.

"그땐 맞고 지금은 틀리네요."

지금 이 순간은 확실히 불효자라고 한숨처럼 첨언하며 헌영은 혜동의 턱을 밀어 올렸다. 그리고 그는 다정하다 평하기엔 무리가 있는 키스를 시작했다. 후아, 숨이 막힐 때까지.

이 사람은 참, 야하다.

"이런 거 배 속에서 다 배울 거 아닌가?"

"이런 게 뭔데."

"야한 키스……를 비롯하여 기타 등등."

푭, 맞닿은 입술 위로 헌영의 웃음이 터졌다.

"타고나는 거라니까. 배우는 거 아니고."

하긴, 장헌영 씨 DNA인데 말해 뭐할까.

쪽, 웃음을 찍는 입맞춤을 마지막으로 그는 가슴팍에 붙어 있는 혜동의 머리를 쓰다듬었다. 두어 번 손을 오르락내리락하던 그는 혜동을 불렀다.

"혜동아."

늘 그러는 대로 다정하게. 늘 그러는 대로 혜동은 기꺼이 대답했다.

"네."

"장 봐 둔 걸로 한동안 지낼 수 있을 것 같긴 한데."

규칙적인 심박을 뺨 위로 느끼며 혜동은 스르르 눈을 감았다.

"나가서 사 먹어 보는 것도 좋고. 필요한 거 있으면 쇼핑하러 나가 보는 것도 좋고."

목소리가 좋아서, 좋다. 그러게 말이다. 장헌영 씨는 목소리마저 훌륭하다. 혜동은 웃으며 남자의 애정 어린 당부를 들었다.

"간식 될 만한 것들도 있으니까 챙겨 먹고. 밥때 놓치지 말고."

얼음 뚝뚝 떨어뜨릴 때가 엊그제 같은데. 뭐 이렇게 자상한 건데요. 혜동은 서서히 잠으로 빠져드는 와중에 나른하게 물었다.

"그렇게 못 미더워요?"

"음. 살짝? 아직 일본어 실력도 그닥이고."

콩, 단단한 가슴에 이마를 한번 부딪친 후 혜동은 힘 빠진 항의를 했다.

"이대로 짐 가방 안으로 들어갈까 봐요. 못 미더운 정혜동도 같이 가져가시게."

"그건 참아 줘. 가방 하드 케이스야."

혜동은 천국 같은 나른함에 휩싸인 채 웃었다. 따듯한 품과 부드러운 손길, 그리고 받기 미안할 만큼 큰, 남자의 마음.

"고마워요."

"하드 케이스라서?"

평온한 무의식의 상태로 빨려 들어가며 혜동은 또 웃었다. 스르르, 남아 있던 의식 한 자락이 끊기기 직전. 혜동은 헌영의 손길을 느끼며 중얼거렸다.

"할게요, 해 볼게요."

있는 그대로 읽고, 받아들이고 보낼게요. 언젠가는 그럴 작정이었으니까, 제대로 하려고 미루어 둔 거니까.

무슨 말인지 알아듣지 못하겠거니 했던 예상을 깨고 헌영이 답을 했다.

"정혜동 씨 내킬 때 하세요."

입맞춤과 함께한 말이 남은 의식과 함께 부드럽게 흘러내렸다. 네 마음이 편해질 수 있다면 빨라도 좋고, 느려도 좋다는 말이었다.

이마 위에서, 눈 옆에서 들리는 소리와 입술의 감촉에 데자뷔라 생각하며 혜동은 몸을 웅크렸다.

깜빡 그대로 잠에 빠졌던 혜동은 번쩍 눈을 열었다. 데자뷔가 아니었다. 사위가 환했다.

침대에서 일어난 혜동은 조심조심, 그러나 다소 급하게 아래층으로 내려왔다. 고즈넉한 공간엔 온기가 없었다.

언제 나간 걸까. 혜동은 식탁 의자에 가만히 앉아 태동이 느껴지는 배를 쓸며 아기에게 물었다.

"아무래도 어리광이 심해진 것 같지?"

3일 후면 만날 텐데, 배웅 좀 못 했다고 이런 기분이라니. 덩그러니 홀로 남겨진 혜동은 낯선 집 식탁에 앉아 씁쓰레하게 웃었다. 헌영이 두고 간 것들을 발견한 건 쓴웃음이 채 끝나기도 전이었다.

삿포로 시내 지도, 신용카드, 그리고 단위별로 나란히 놓인 지폐들. 지도 위엔 맛있다고 유명한 식당과 쇼핑할 수 있는 곳, 병원, 약국 등이 표기되어 있었다.

한가운데엔 메모도 붙어 있었다.

나쁜 아저씨는 따라가지 않습니다.

혜동은 웃음과 함께 지도를 집어 들었다. 헌영이 주는 웃음이 매운맛으로 끝나는 건 익숙했다. 충분히 내성이 생겼는데도 불구하고 어룽어룽 시야가 흐려졌다. 혜동은 차가워진 손으로 눈꺼풀을 꾹, 눌렀다.

새로운 환경이 되면 늘 걱정부터 했다. 예기치 못한 일들이 일어나진 않을까. 그로 인한 어려움이 더 나쁜 상황을 만들지는 않을까. 홀로 헤쳐 나가야 하니 힘겨워서 겁이 났었다.

그럴 일이 없다. 더 이상 그럴 일이 없었다.

사람이 사람에게 줄 수 있는 것들은 얼마만큼일까. 심적 물적 에너지 모두 최대치였다. 헌영이 주는 건 늘 그만큼이었다. 여느 날처럼 혜동은 헌영에게 되돌려 줄 수 있을지 걱정 아닌 걱정을 하며 의자에서 일어났다.

홀로 남겨진 집에서 오전 내내 혜동은 침대를 벗어나지 못했다. 아무것도 안 하고, 또 아무것도 안 하는 상태였다.

간간이 한수운 박사가 언제 연락을 하려나 궁금해하기도 했고, 침실 구석에서 기다리는 트렁크의 짐을 풀까도 했지만 점심시간이 넘어갈 때까지 혜동은 침대와 일체가 되었다. 한시적 백수 생활은 그토록 달콤했다.

오후 2시 즈음, 헌영의 전화를 받고서야 혜동은 뻐근해진 허리를 부여잡은 채 간단히 요기를 했다. 점심을 먹은 후 지도를 들고 침대로 돌아온 혜동은 태동하는 아기와 함께 지도를 분석하다가 잠들었다.

짧은 오수 끝에 일어난 그녀는 누운 채로 가만히 창밖을 바라보았다. 새파란 하늘에 깨끗한 흰 구름이 흘러가고 있었다. 밤부터 첫눈이 내리겠다는 예보가 빗나가는 것이 아닐까 할 만큼 좋은 날이었다.

고요하고 또 말할 수 없이 평온한 날. 제대로 하겠노라 미루어 둔 과제를 시작하기 딱 좋은 날이었다.

혜동은 침대에서 일어났다. 성큼성큼 아기와 함께 걸어 나간 그녀는 가방 앞에 섰다.

그리고 그녀는 오랫동안 존재하고 있는지조차 몰랐던 낡은 노트를 마침내 펼쳤다. 성희가 넣어 두었다던 사진이 책갈피가 되었다.

사진은 두 장이었다. 이십 대 즈음으로 보이는 친부의 사진. 그리고 어린 시절의 부모 두 사람이 나란히 카메라를 응시하고 있는, 밝게 웃는 여자아이와 무감한 표정의 남자아이가 찍힌 사진이었다.

혜동은 깊이 숨을 머금은 채, 처참하게 모서리가 찢긴 첫 페이지부터 시작했다.

'Love me like there's no tomorrow.'

어릴 땐 정말 그렇게 여겼던 것 같아.

오빠가 저 노래 구절처럼 날 사랑하는 거라고.

글쎄, 아니라고 부정하기도 그래.

그는 그의 방식으로 날 사랑했고 난 내 방식대로 그 사람을 사랑했으니까.

9월 3일

타인을 사랑하는 일에 잘하고 못한다는 평가가 있을 수 있을까?

만약 그런 평가가 있다면, 성희야.

나는, 오빠는, 우리는.

아마도 형편없는 성적일 거야.

10월 3일

문신의 원리를 알고 있어?

새기고자 하는 형태로 살갗에 상처를 내고 잉크를 흘려 넣는 그 문신 말이야. 글쎄, 그런 원리를 알아 뭐 하지? 그러게 말이야, 나도 그렇게 생각했거든. 문신의 원리 따위 전혀 궁금해 본 적도 없는데 오빠 덕분에 알게 됐어.

문신은 말이지. 상처를 내고 안료를 주입하면 진피 속 대식세포가 그걸 이물질로 인식해서 머금는대. 그런데 우습게도 대식세포는 안료를 분해할 효소를 갖추지 못했다지 뭐야.

세포는 안료를 머금은 채로 머무는 거야. 죽을 때까지. 레터링이든 이레즈미*든 대식세포가 죽을 때까지 그렇게 염색이 되어 버리는 거지.

언젠가 술 냄새를 잔뜩 풍기면서 오빠가 내 손목에 자기 이름을 써넣었

* いれずみ. 일본 전통 타투.

어. 자기 손목에 먼저 내 이름을 새긴 후였지.

방울방울 핏방울이 올라온 손목을 움직여 가면서 바늘을 찌르더라.

놀라지 마, 성희야. 강압적이진 않았어.

있지, 나…….

술 취한 정혁 오빠를 꽤 좋아했어.

그 사람 평상시엔 감정 따위 드러내는 사람이 아니었으니까. 가끔, 아주 가끔 술 없이도 격해지긴 했지만 술 취할 때만큼 솔직하진 않았거든. 그래서 말이야. 그 사람이 술에 취해 하는 기괴한 짓들을 지켜보는 건 나름 좋았어.

그때까지는 말이야. 그때까지는…… 그랬어.

그날 방울방울 핏물이 올라오는 내 손목을 취한 듯 들여다보는 그 사람을 바라보며 문득 그런 생각이 들었거든.

내가 이 사람을 병들게 하고 있는 건 아닐까.

'날 지우려면 네 세포를 죽여야 해.'

그 사람이 그렇게 말하고 웃었을 땐 다른 생각이 들었어. 병들어 가고 있는 건 둘 모두구나 하고 말이야.

11월 3일

가학적인 행위 안엔 묘한 감각이 숨어 있어. 처음 오빠가 시작했을 땐 한동안 어떻게 해야 할지 몰라 혼란스러웠어. 힘에 부쳤고, 뭔가 잘못됐다는 것도 알고 있었거든.

그럼에도 불구하고 아무것도 하지 못했어.

어릴 때라는 핑계를 대면 좋을까?

그런데 그게 또, 전부는 아니었어. 시간이 지나면서 그건 일종의 습관이 되어 버렸거든. 인이 박이고 나니 없으면 불안해지는 상태 말이야.

그래서 나는, 자유로울 수가 없어. 이 사람의 광기를 키운 건 내 책임도 있는 것 같으니까.

12월 3일

지독해. 지독한 우울증에 빠졌어.

1월 3일

오빠 입장에서 본다면 그 분노를 이해 못 할 일도 아니야.

내내 동의하고 순응하며 지냈던 주제에 갑자기 변해 버렸으니까. 그에게 같이 변해 달라며 거부를 해 댔으니 말이야.

2월 3일

이왕 변한 김에 온전히 변하는 건 어떨까 싶어.

떠나 버릴까?

내가 이 사람 곁을…… 떠날 수 있을까?

3월 3일

전공과를 선택할 때 한동안 고민했었어.

정신분석학을 할까 하고 말이야.

두려워서 그만뒀었지.

아마도 이래서였겠지?

직면하기 무서워서.

우린 애초에 같이하면 안 되는 종류의 인간들이었던 거야.

4월 3일

몸무게가 형편없어졌어.

살덩이를 좀 먹는 고민을 계속하면 어떻게 되는 걸까? 이대로 말라 죽을까? 그랬으면 좋겠다는 생각도 들어.

그러면 이 사람의 광기도 멎을 테니.

5월 3일

여행하겠다는 핑계를 댔어. 오빠가 잘 가라고 하더라. 착각한 거 아니냐고?

아니, 아니야. 제대로야. 분명 잘 가라고 했어.

돌아오지 말라고도 했거든. 날 쳐다보지도 않고 말이야. 돌아오면 두 번 다시 기회를 주지 않겠다고도 했어.

그 말이 무슨 의미인지는 본능적으로 알 수 있었어. 그래서 정말 떠나려고 했어.

5월 4일

돌아왔어. 결국 떠나지 못했어. 왜 그랬느냐 묻고 싶지?

글쎄, 왜 그랬을까.

여전히 포기할 수 없었던 걸까. 아직 기회가 있다고 믿고 싶었던 걸까.

잘 모르겠어. 그냥, 떠날 수가 없었어. 떠나기로 마음먹은 순간 내내 찾고 있었는지도 몰라. 떠나지 않을 구실을 말이야.

우연인지 필연인지, 공항 가는 길에 그 구실을 찾았어.

그건 8차선 도로 한가운데 서 있던 남자아이에게서 비롯됐어. 참 이상한 일이지? 가드레일을 들이받은 차 안에서 나온 아이였어. 운전자가 핸들 위에 엎어져 있었는데 아무도 내려서 도와주질 않더라.

나도 그럴 참이었어. 곧 경찰차나 구급차가 오겠거니 했으니까. 게다가 사고 낸 그 차 탓에 비행시간을 맞추려면 빠듯했거든.

그런데 그 아이가 고사리 같은 손을 흔들더라. 울면서 말이야. 도와 달라는 뜻으로 그랬겠지? 지나는 차들을 의식하지 못한 채 걸어 나오는 걸 지켜보고 있으려니 그냥 지나칠 수가 없었어.

도와줘야겠다 결심하고 차에서 내렸을 때 그냥 그대로 알아 버렸어. 떠나지 못하리라는 걸. 그 순간엔 왠지 마음이 편해지더라.

양수가 터진 산모의 아이를 받아 내는 동안 내내 마음이 편했어.

그리고 말이야. 빽빽 울어 대는 갓난아기를 받아 품에 안아 보고 처음으로 그런 생각을 했어.

바꿀 수도 있지 않을까.

나 외엔 아무것도 필요하지 않다는 그 사람을 바꿀 수 있지 않을까 하고 말이야.

지나치게 희망적이었어. 그 사람을 격분하게 만들었거든. 그런 모습은 처음 본 것 같아.

내가 돌아온 사실에 화가 난 건지, 아이를 갖자는 말에 화가 난 건지는 모르겠어.

콰앙, 둔탁한 충격음이 창을 넘어 들어왔다. 혜동은 노트를 내리고 창 쪽으로 다가갔다.

맞은편 주택 모서리에 자동차가 범퍼를 찌그러트린 채 박혀 있었다. 하얗게 머리가 센 노인들 몇이 사고를 낸 차 주변으로 모여들었다. 혜동은 창틀을 붙잡고 서서 멍하니 그 광경을 지켜보았다.

사고를 낸 사람은 말짱하게 걸어 나와 연신 고개를 꾸벅이고 있었다. 아마도 집주인에게 사과하는 것 같았다. 주인으로 보이는 노년의 남자는 매우 곤란한 표정이었다.

혜동은 소란스러운 광경을 창밖에 두고 침대로 되돌아왔다. 불룩불룩, 배 속에서 움직이는 아기를 쓰다듬어 달래고 그녀는 다시 노트를 열었다.

이어진 글은 혜동을 가진 이후의 기록이었다. 혜동은 한 글자도 남김없이 읽어 내려갔다. 사위가 어둑해질 때까지 멈추지 않았다. 밖에서 큰 소리가 났어도 움직이지 않았고, 배가 고파도 일어나지 않았다.

문현자 씨가 찢어 보냈던 글 즈음에 도달했을 때 혜동은 노트를 닫았다.

'마침내 벗어났노라' 했던 그 문장의 중의적 의미를 깨달은 채, 혜동은 사이드 테이블 위에 노트를 얹었다.

두꺼운 패딩을 걸쳐 입고 혜동은 집 밖으로 나왔다. 낮 동안 쨍하니 맑았던 하늘은 잔뜩 흐리고 공기는 더 차가웠다. 예보대로 눈이 내릴 것 같았다.

설녀를 조심해야 할 순간이 마침내 오는 걸까?

혜동은 짧은 웃음을 남기고 고즈넉한 주택가를 벗어났다. 헌영이 준 지도를 머릿속에 펼쳐 놓은 후, 여러 후보군을 뒤적이다 결국은 오도리 공원으로 향했다.

반듯하게 닦아 둔 넓은 거리로 접어드니 인파가 적지 않았다. 직선으로 내어 둔 길만큼이나 반듯반듯 단정한 건물들이 줄지어 늘어서 있었다. 도시 중앙의 넓은 공원에 도달했을 땐 송골송골 이마에 땀이 맺혔다.

혜동은 높이 솟은 텔레비전 탑을 등진 채 벤치에 앉았다. 화단에 심어 둔 포인세티아들이 아직 한참 남은 크리스마스 분위기를 미리 뽐내고 있었다. 사람들은 벤치에서, 또는 분수 앞에서 대화를 즐기거나 산책을 했다.

가족이나 연인으로 보이는 이들이 대다수였다. 아이를 안고 즐거워하는 아빠와 조금 지쳐 보이는 엄마, 포옹이나 입맞춤 같은 애정 행각을 서슴지 않는 연인들.

보통의 사람들이 애정을 나누는 모습을 관조하며 혜동은 사진 속 무감했던 남자의 모습을 떠올렸다.

미소가 있었으면 좋았을 텐데. 기왕이면 따듯한 미소를 가진 사람이었으면 좋았을 텐데…….

친부가 어떤 사람인지 알아야 하는 것이 혜동은 무엇보다 두려웠었다. 쉬이 기록을 읽지 못했던 이유였다.

걱정했던 만큼은 아니었다. 적어도 사랑하긴 했다니까. 오래도록 엄마가 포기하지 못한 사람이었다고 하니 그나마 무거운 짐 하나를 덜어 낸 것 같았다.

그럼에도 불구하고 온전히 가벼울 순 없었다. 여전히 의문스러웠다. 왜 그랬는지. 엄마가 왜 좀 더 일찍 자신에게, 친부에게 벗어나지 못했는지 납득이 가지 않았다. 안타까운 만큼이나 이해하기가 어려웠다.

솟았던 땀이 식어 한기가 돌 만큼 혜동은 오랫동안 사람들을 지켜보았다. 톡, 토독. 눈송이가 콧등 위로 내려앉았다. 팔랑팔랑 하얀 솜뭉치들이 공중에서 춤을 추기 시작했다.

일본어 특유의 과장된 어조의 감탄사와 어린아이들의 즐거운 비명이 여기저기서 터졌다.

하얗게 날리는 것들이 가슴 언저리에 몽글몽글한 무언가를 만들었다. 혜동은 시야 가득 쏟아지는 눈을 오랫동안 바라보다가 전화를 꺼냈다.

살포시 액정 위로 내려앉는 눈송이를 헤치고 그녀는 꾸욱, 단축 번호를 눌렀다. 두어 번의 신호음이 끝나고 너무나 익숙해진 남자의 목소리가 들려왔다.

— 응.

"……."

꽈악, 목구멍을 막은 것들이 녹질 않아 혜동은 말문이 막혔다.

— 혜동아.

"……."

— 왜. 무슨 일 있어?

"아무 일 없어요. 그냥……."

짧은 침묵을 흘려보낸 헌영이 물어 왔다.

— 그냥?

"좋아서요."

— 뭐가.

"눈 내려요."

— …….

아무래도 그렇다. 눈이 내린다고 전화를 하는 건 정혜동이 할 만한 짓이 아니다. 이 남자의 말문을 막을 만한 짓이었다. 혜동은 손을 뻗어 올려 눈송이를 받으며 웃었다.

"내리는 눈이 좋아서 생각이 났어요."

이전보다 헌영의 침묵이 좀 더 길었다. 낮은 한숨 소리가 먼저, 귀에 익은 시 구절이 다음. 침묵이 차례로 깨졌다.

— 눈이 좋다고 전화를 주시다니요.

혜동에게선 웃음이 먼저, 화답하는 시 구절이 다음이었다.

"그러니까요. 이 밤, 너무 신나고 근사하네요."

혜동은 따끈한 미소 속에서 연신 되뇌었다.

'근사해요, 당신.'

쏟아지는 눈을 맞으며 혜동은 헌영과 통화를 했다. 평범해 보이는 인파 속에서의 지극히 평범한 통화였다. 늘 그랬던 대로 일상적인 대화 사이사이 웃음을 나누거나, 말이 끊기는 순간엔 그저 호흡을 나누었다.

다시 통화하자 기약하며 마무리하는 것까지. 떨어져 지낸 한 달 동안의, 여느 날의 대화와 똑같았다.

사랑하는 이와 나눈 대화의 여운을 고스란히 품은 채 혜동은 눈송이가 쓸고 간 손에 입김을 불어 넣었다. 하얗게 올라가는 입김과 상관없이 묵직한 눈송이는 부지런히 떨어져 내렸다.

혜동은 가만히 쌓이는 눈을 지켜보다가 고개를 들어 올렸다. 눈을 뜨기 힘겨워 지그시 눈꺼풀을 내린 그녀는 기록을 읽는 내내 가슴에 맺혔던 질문을 했다.

왜 못 했어요? 이걸.

그렇게 어렵지도 않은데, 다들 하는 건데.

왜, 못 했어요.

부모 두 사람 모두 묵묵부답이었다. 하늘에선 굵은 눈송이만 떨어져 내릴 뿐 결코 대답이 돌아오지 않았다.

홀로 아침을 맞이한 다음다음 날. 말끔한 인상의 기상 캐스터 아래 뜬 TV 자막을 읽으며 혜동은 창밖을 응시했다.

삿포로 전역에 대설 경보가 내려졌다. 시야가 불분명할 정도로 눈이 쏟아졌고, 그 기세는 정말이지 말도 안 되는 수준이었다.

바삭하게 구운 식빵에 살구잼을 펴 바르며 혜동은 현관 앞만이라도 제설을 해야겠구나 생각했다. 그대로 두었다가는 문을 열지 못할 수도 있겠다 싶어 내린 자구책이었다.

적당히 아침을 해결한 후 중무장을 하고 나선 혜동은, 푹푹 빠지는 눈을 밟아 가며 옥외 저장 공간 여기저기를 뒤져 넉가래를 찾아냈다. 다소 어설프게 자루를 쥔 그녀는 출입문 입구에 쌓인 눈부터 밀어냈다.

배에 무리가 가지 않을 정도로 힘을 쓰자는 것이 목표였지만 뜻대로 되지는 않았다. 눈을 밀어내는 데 들어가는 힘이 만만치가 않았다. 딱딱하게 배가 뭉치는 느낌 덕에 훅훅, 숨을 불어 가며 몇 번 더 시도하다가 혜동은 결국 삽자루를 내려놓았다. 대문까지 난 출입구의 3분의 1이 되는 지점이었다.

거하게 쏟아지는 눈송이 위로 입김을 뿜어 가며 손을 놓은 혜동은, 어쩔 수 없이 집 안으로 들어왔다. 이 기세라면 자택 구금은 시간문제였음에도 불구하고, 눈 쏟아지는 광경은 정말이지 장관이었다. 따듯한 레몬차를 마시며 눈 구경을 하던 그녀는 하아, 감탄의 한숨을 내쉬었다.

무아지경이 되어 눈 내리는 걸 보다가, 기상 상황을 뒤져 보다가. 때가 되면 꼬박 먹거리를 챙기던 혜동은 덮어 둔 엄마의 기록을 다시 열었다.

읽다가 쉬고. 쉬다가 읽고. 힘겨운 부분도 남김없이, 울컥한 부분도 빼놓지 않고 혜동은 그녀의 글을 모두 읽었다.

이해할 수 없는 건 여전했고, 의문스러운 부분 역시 말끔히 해소되지 않았지만 혜동은 부모의 인생을 들여다보며 이해하려 노력했다. 꼼꼼히 읽어 보지 않아 그들을 이해할 수 없는 것이 아닐까 싶어 최선을 다했다.

생각의 늪에 빠져 괴로워질 때쯤이면 어김없이 헌영이 전화를 해 그녀를 구해 내곤 했다.

안부를 묻고 끼니를 챙겼는지 확인하고. 그는 언제나처럼 일상적인 말로 혜동에게 안도감을 건넸다.

— 눈 어때? 좀 잦아들었어?

"그대로예요. 엄청 쏟아져요."

— 음. 큰일이네.

"뭐가요."

— 출국 좀 늦어질 것 같아서.

"……."

정말 큰일이었다. 장헌영 씨 돌아올 날만 기다리고 있었는데. 그것도 꽤 절실하게.

— 실망했어?

"……."

그렇다는 걸 드러내지도 않았건만 헌영은 예민하게 감지했다. 낮게 울려 오는 그의 웃음소리에 민망해진 혜동은 말을 돌렸다.

"추워요."

— 동문서답하지 말고.

"많이 추워요."

— 돌려 말하지도 말고.

"돌려 말한 거 알면서. 굳이 무슨 말이 듣고 싶은데요?"

스며 나오는 웃음을 누르고 있으려니 헌영에게서 답이 돌아왔다.

— 눈이 좋다고 전화를 주셨던 그분은 어디 가셨을까? 그분 말이 듣고 싶은데.

돌려 말하지 말라더니. 우회하여 푸욱, 찔러 넣는 화법은 이 남자가 최고다. 혜동은 조금만 물러나기로 했다.

"많이 춥다는 건, 난로가 필요하다는 말이잖아요."

— 어떤 난로? 설마 그 난로?

"설마 그 난로요. 항온 36.5℃…… 인간 난로."

전화기를 타고 넘어오는 남자의 웃음소리가 커졌다. 듣고 있던 여자에게서는 한숨이 흘렀다.

아무리 생각해도 이건 좀 부끄러웠다. 차라리 보고 싶다고 말할걸.

바보 같은 대답이었음에도 불구하고 헌영은 최대한 빨리 돌아가겠다는 약속으로 화답했다.

— 아, 제설할 머슴 하나 곧 찾아갈 거니까 눈 치운다고 힘쓰지 말고.

"머슴?"

— 있어, 머슴.

웃음과 함께 답한 그는 다음 통화를 기약했다. 혜동은 문득 떠오르는 생각에, 전화를 끊으려는 그를 붙잡았다.

"부탁이 있어요."

— 무슨.

"어릴 때 사진 보고 싶어요."

— 사진? 내 사진?

"네. 다섯 살쯤 사진이요. 우는 모습 찍힌 거 환영해요."

— 흠. 왠지 불순한 의도가 느껴지는데?

"그런 거 아니니까 챙겨 오세요."

— 알았어. 노력해 볼게.

"꼭."

— 꼭?

"꼬옥."

알았노라는 답을 받아 낸 후 혜동은 통화를 끝냈다. 만족스러운 한숨과 함께 전화를 내리던 손길이 주춤, 멎었다. 언제 올까 기다리던 한수운 박사의 문자 때문이었다.

내일 오전에 방문해도 괜찮겠느냐 하는 용건이었다. 혜동은 지체없이 답장을 했다. 물론 당연히 수락의 답이었다.

헌영이 떠난 지 4일째 되는 날 아침. 그날 아침나절 마침내 초우 수목원 김인후 원장의 부인, 한수운 박사가 찾아왔다.

그녀는 A4 용지 박스를 든 일행과 함께, 쌓인 눈 때문에 뻑뻑해진 문을 밀고 들어왔다. 의례적인 인사를 나누며 혜동은 수운이 내미는 멜론을 받았다.

"이쪽은 음, 장 박사님 부탁으로 눈 치워 주러 왔어요. 치아

키. 장 박사님 부인이셔."

치아키? 일본인인가? 살짝 당황하는 혜동을 향해 가무잡잡한 피부의 남자가 빙긋 웃었다.

"안녕하세요."

"안녕하세요."

완벽한 우리말 발음에 혜동은 저도 모르게 주춤 물러나며 인사를 받았다. 남자는 다시 빙긋 웃으며 말했다.

"제설 바로 시작할게요."

"차라도 한잔하시고."

"괜찮아요."

그는 사양하고 나갔다. 금세 넉가래를 찾아들고 능숙하게 제설을 시작하는 모습이 창밖으로 고스란히 보였다. 나란히 눈길을 주던 수운이 웃으며 말했다.

"장 박사님하고 친해요. 부담 갖지 마세요."

"아아, 네."

혜동은 얼떨떨한 눈길로 남자를 바라보다가 자신이 계속 멜론을 들고 있음을 비로소 깨달았다. 남자에게 받은 A4 용지 상자를 내려 둔 수운이 혜동을 향해 다시 웃었다.

"멜론 좋아해요?"

결혼식에서 본, 인형보다 어여쁜 꼬마 아가씨에게 왜 엄마를 닮았다고 했는지 알 수 있었다. 깨끗하고 맑은 이미지의 사람이었다. 물론 아름다웠고.

"네."

"유바리시에서 나는 멜론이에요."

"아, 주황색?"

끄덕이며 수운이 웃었다.

"입덧하느라 힘들 때 그나마 잘 먹은 과일이라 가져와 봤어요."

"감사해요. 잘 먹을게요."

두 사람은 멜론을 매개로 어색함을 덜어 내며 웃음을 주고받았다.

"차 좀 드릴게요. 앉으세요."

"아뇨. 약속이 있어서 곧 가야 해요."

"점심 대접하려고 했는데……."

"다음에요. 여기 자주 오니까 다음에 꼭 같이 식사해요."

다음을 기약하자던 수운은 내려 둔 A4 용지 상자에 눈길을 보냈다.

"보던 책 좀 챙겨 왔어요. 전공이 같다고 들어서."

"감사해요."

"그리고 다락에 둔 물건들은…… 좀 조심스러워서 어떻게 할까 고민하다가 남겨 뒀는데요. 불편하거나 필요 없다고 하면 처분하려고 차를 가져왔어요. 열어 보고 부담 없이 말해 주면 좋겠어요."

다락을 향해 나란히 걷던 수운은 혜동에게 다시 물었다.

"부담이 없을 수가 없을까요? 괜한 짓 했나 싶어서 어제 잠을 설쳤어요."

혜동은 수운의 괜한 걱정을 불식시켰다.

"아뇨, 제가 이것저것 아직 잘 모르고, 낯선 곳이라 걱정이 많았는데 고마웠어요. 감사한 마음으로 받을게요."

"출산 여기서 하는 거죠?"

"네."

"음. 그럼 쓸 만한 정보들 정리해서 메일로 보내 줄게요."

연신 고맙다 말하기도 그렇던 차에 두 사람은 좁은 다락에 도착했다. 그렇지 않을까 했던 대로였다. 상자 안에 담긴 물건들은 깨끗하고 정갈했다. 애초에 낡거나 쓰기 나쁜 물건들이라면 누군가에게 줄 생각을 하지 않았을 것 같은 사람이었으니, 뭐.

만나기 전 어떨까 했던 걱정은 무색했다. 어느 월령에 사용하면 좋은지, 어떻게 사용하는지, 설명과 질문을 주고받은 두 사람은 오래 지체하지 않고 다시 내려왔다.

"감사히 잘 사용할게요."

혜동의 감사 인사에 수운은 빙긋 웃음으로 답하며 물었다.

"무거워지니 힘들죠?"

"그냥, 좀 많이 졸리네요."

"입덧은 어때요?"

"초기만큼 심하진 않은데, 메슥거리는 건 여전해요."

"아, 여기 음식은 잘 받아요?"

"그냥 그럭저럭 잘 먹고 있어요."

혜동은 질문에 답하는 와중에 민첩하게 전기 포트의 버튼을 눌렀다. 아무것도 대접하지 않고 보내기엔 역시 마음이 편치 않았다. 다행이라며 겉옷을 챙기는 수운을 향해 혜동은 다급하게 말했다.

"레몬차 좋아요. 따듯하게 한잔 드시면 좋겠어요."

"아."

밖에서 제설하는 남자를 쳐다보고 온 눈에 수락의 빛이 담겨 있었다.

"그럴까요, 그럼?"

순식간에 대문까지 길을 내 준 남자도 합류하여, 세 사람은 짧은 티타임을 가졌다.

홋카이도에 대한 감상이 어떤지 질문과 답변이 오갔고, 아기에 대한 이야기와 학업에 대한 계획도 잠깐. 찻잔이 빌 때까지 오가던 대화는 자연스레 끊겼다.

수운이 운항이 중단되기 전에 한국에 들어가야 한다고 서두르는 이유를 설명했기 때문이다. 혜동은 납득하고 배웅하러 일어났다. 제설해 준 남자에게 고맙다는 인사도 잊지 않았다.

묘한 매력을 풍기는 가무잡잡한 사나이는, 감사 인사는 헌영에게 따로 받겠노라 여유롭게 답했다. 꽤 친밀도가 높은 사이인가 보다 미루어 짐작하던 혜동은 문득, 헌영이 가무이 곶에서 말한, 유쾌하고 재미있다던 아이누인이 이 사람이 아닌가 하는 데 생각이 미쳤다.

제설된 길을 걸어 나가며 남자가 일본어로 속삭이는 걸 들은 후엔, 그 사람이 맞구나 확신으로 굳어졌다.

「너도 그렇고 저 사람도 그렇고 말이지.」

헌영의 평대로 아직 일본어 실력이 별로이긴 했지만, 그가 하는 말은 혜동이 무난하게 해석할 수 있는 수준이었다.

「왜 한결같이 재수 없는 남자들을 좋아하는 거야? 이해 불가, 미스터리.」

앞서 나가던 수운이 남자를 향해 미간을 찡그리는 것이 보였다. 혜동은 밀려 나오는 웃음을 꾹 누르고 모르는 척했다.

김인후 원장이야 직접 겪어 보질 않아 알 수 없으니 차치하고, 장헌영 씨의 그렇고 그런 평판은 직접 체험했던 터라 엄밀히 부정하기도 어려웠으니 말이다.

혜동은 선물처럼 찾아와 준 사람들을 유쾌한 기분으로 배웅했다.

모처럼 제설해 둔 앞뜰에 다시 눈이 쌓였다. 혜동은 어스름이 깔리기 시작하는 저녁나절 집 밖으로 나왔다. 집에 돌아올 사람을 위해 길을 내 주고 싶어 혜동은 얕게 쌓인 눈을 밀어냈다.

넉가래를 쥔 지 얼마 지나지도 않아 후욱후욱 입김이 거세졌다. 이어폰에서는 일본어 회화가 흘러나오고 있었지만 집중이 되지 않았다.

힘에 부쳐 허리를 편 혜동은 주머니에서 전화를 빼냈다. 플레이 되고 있던 회화가 끊기고 액정에 뜬 '이모'라는 글자가 요란을 피우고 있었다.

"이모."

— 혜동아.

"네."

— 거기 눈 많이 온다고 해서. 잘 있니? 별일 없지?

"잘 있어요."

혜동은 웃으며 허리를 통통 치고는 덧붙였다.

"눈이 많이 내리긴 해요."

눈이 내려 봐야 눈이지, 하는 생각이 여지없이 부스러지는 나날이었다. 나름 눈 많이 내리는 곳에서 자랐는데…….

— 헌영이도 없이 어쩌니? 그 몸으로 제설하기도 어려울 텐데.

"선배 아는 분이 도와주고 갔어요."

— 그래? 잘했네.

"할머니는 어떠세요?"

— 잘 계셔. 좀 좋아져야 할 텐데 늘 그만그만하시네.

그러게요, 혜동은 여느 날처럼 할머니의 건강이 좋아지길 마음으로 기원했다.

— 혜동아.

"네."

— 네 할머니 말이야. 정진원 씨가 사흘거리로 찾아오고, 나도 있으니까 혜동이 넌 마음 놓고 지내. 묻고 또 묻고 그러지 말고.

혜동은 이어폰을 제대로 꽂아 넣으며 웃었다. 다른 이에게 할머니를 부탁하는 일에 온전히 마음이 놓이진 않는다. 그럼에도 불구하고 떠나왔으니…….

"그럴게요."

— 암만, 그래야지.

혜동은 차분히 웃으며 이어폰 스피커를 입 가까이 올렸다.

"이모."

— 응?

"왜 엄마 사진은 어릴 때 것밖에 없어요?"

성희에게서는 아, 하는 소리가 먼저 넘어왔다.

— 혜진이 글 읽었니?

"네."

— 네 엄마 어떤지 궁금해?

"네. 보고 싶어요."

짧지 않은 침묵 끝에 성희의 대답이 돌아왔다.

— 거울 봐. 너, 네 엄마랑 똑같아.

혜동은 성희의 웃음을 받아 씁쓰레, 웃었다. 자연스레 배 위로 손이 올라갔다. 너도 나랑 똑같니? 하는 마음으로.

— 앨범으로 줄게. 그날 앨범까지 주긴 그랬어. 정리하면 언제고 보내 줄게.

"일부러 그럴 건 아니고요."

혜동은 때때로 한국에 들어갈 일이 있을 테니 그때 보겠노라 부연했다. 천천히 하나하나. 그렇게 알아 가다 보면 언젠가는 수긍하고 이해할 날이 오겠지.

잘 지내시라, 또 통화하자 마무리한 혜동은 '미야아.' 울리는 애처로운 소리에 찬찬히 마당을 둘러보았다. 울타리로 심어 둔 호랑가시나무 아래 고양이 두 마리가 있었다. 수목원의 원이와 꼭 같은 무늬였다.

혜동은 푹푹 빠지는 눈을 밟고 짐승들에게 다가갔다. 새끼 고양이가 울타리에 끼어 있었다.

견제하는 어미를 안심시켜 가며 혜동은 울타리에 끼인 고양이를 힘겹게 빼내 주었다. 연신 사나운 소리를 내던 어미 고양이는, 혜동을 본 척도 않고 새끼를 데리고 사라졌다.

훅훅, 용쓰느라 힘겨웠던 혜동은 쪼그려 앉은 자세에서 힘을 풀었다. 무게감이 적지 않았는지 눈밭에 포옥, 가라앉아 파묻혔다.

너무하다, 너희들. 결초보은을 바란 것도 아닌데.

흥, 소리를 내며 혜동은 웃었다. 쉬지 않고 눈송이가 떨어져 내렸다. 바스락거리는 후드 소리가 잦아들고 사방이 고요해졌을 즈음 혜동은 전화기를 꺼내 높이 치켜들었다. 5시 반. 아직 업무 시간 중이다. 혜동은 늘 하던 오후 연락이 없는 남자가 궁금했다.

"언제 와요?"

한창 일하는 중일까 싶어 전화는 그만두고 혜동은 텔레파시를 보냈다.

눈 더 쌓이기 전에 와요. 길 내 둔 거 아깝지 않게.

잔뜩 웃음을 머금은 혜동은 액정에 비친 얼굴을 바라보았다. 속눈썹 위에 얹힌 눈송이들이 물방울이 되는 바람에 제대로 응시하기가 어려웠다.

눈을 감으니 아른아른 암흑 속에서 상이 맺혔다. 엄마 얼굴인지, 딸의 얼굴인지. 누구 얼굴인지 알 수 없는 상이었다. 푸스스 힘없던 웃음이 슬픈 미소로 변했다.

"어떡하죠? 꼭 닮았다는데……."

엄마는 그게 그렇게 걱정이 되었노라 했다. 배 속 아이가 부모 누군가를 닮으면 어쩌나. 그래서 행여 건강하지 못한 그들처럼 자라면 어쩌나.

자식이라는 존재가 그렇다고. 똑같은 위치에 박힌 작은 점 하나부터 숟가락질하는 모양새까지, 심지어 마른 코를 풀 때 구부러지는 엄지의 모양마저 똑같더라고.

집일을 봐 주던 세검정 아주머니가 남편 닮아 원수라는 아들아이를 두고 그렇게 푸념을 했다고 했다.

그렇게 걱정이 됐으면서 굳이……. 자신의 수명을 깎아 가며 왜 낳은 걸까. 왜 떠나지 않고 그런 선택을 했을까.

생각과 의문의 도돌이표에 갇힌 채 혜동은 괴로웠다. 온전히 이해 못 할 일이라, 규정하고 마무리 지을 수 없어서 더 마음이 아팠다.

엄마가 일찍 벗어났으면 어땠을까. 그랬다면, 아무것도 없었을 것이다. 정혜동이라는 존재 자체가 성립하지 않았을 테니…….

혜동은 그 모순된 상황과 논리와 감정이 힘겨웠다. 후읍후읍. 버거운 생각과 함께 호흡이 높아졌다. 높은 숨소리에 뽀드득뽀드득, 눈이 뭉개지는 소리가 섞였다.

얼굴 위에 생긴 짙은 그림자를 따라 혜동은 눈길을 들었다.

가볍게 솟아오르는 익숙한 오른쪽 눈썹, 그리고 다정한 목소리.

"난로도 없이 뭐 하는데?"

잘생긴 남자가 손을 내밀었다. 울음을 밀어낸 웃음이 뭉텅 입김처럼 쏟아졌다. 혜동은 헌영의 손을 붙잡았다. 제대로 서자마자 무릎 밑으로 커다란 손이 들어왔다.

번쩍 안겨 공중에 뜨는 바람에 혜동은 헌영의 옷자락을 움켜쥐었다. 눈 쌓인 뜰을 벗어나 현관 쪽으로 걸으며 그가 물었다.

"뭘 한 거야. 혼자 영화 찍었어?"

"눈 치우러 나왔다가요."

말끄러미 내려다보는 헌영의 눈에 너무 많은 것들이 담겨 있어서 혜동은 다시 웃었다.

"늦는다더니요."

"누가 난로 필요하다길래, 죽지 않을 만큼 달렸어."

성큼성큼 눈밭을 벗어나 현관문을 잡아 열며 헌영은 웃는 혜동을 향해 고개를 숙였다. 눈꺼풀 위로 입술이 달라붙어 듣기 좋은 소리를 냈다.

"난로 대령했는데, 칭찬 안 해 줘?"

"칭찬해요."

웃음과 함께 옮겨 온 그의 입술 아래, 오뚝한 그녀의 코끝에서도 마찰 음이 났다.

"아주 많이 칭찬해요."

신음 같은 숨소리를 흘리며 헌영은 입술을 겹쳤다. 습한 마찰 음과 거센 촉감으로 호흡곤란이 오고서야 입술의 간격이 벌어졌다. 혜동은 하아, 한숨처럼 뱉었다.

"내려 주세요."

차분해지는 혜동을 응시하던 헌영은 순순히 그녀를 내려 주고 겉옷을 벗었다. 자연스레 겉옷을 받는 혜동에게 머무는 남자의 시선이 길었다.

"왜요?"

"그냥."

"그냥?"

이 사람의 촉은 정말이지……. 혜동은 푸스스 웃었다. 제대로 읽어 보겠다고 했으니까. 아마도 짐작했으리라.

"피곤해 보여요. 먼저 씻을래요? 밥 먼저 먹을래요?"

혜동은 요 며칠간 들여다본 부모의 인생을 지금 당장 요약할 능력도, 의지도 없었다. 당장은 그저 죽지 않을 만큼 달려왔다는 남자가 쉴 수 있도록 해 주고 싶었다.

"저녁 준비할게요."

주방으로 한 걸음 향한 혜동은 빙글 돌려세워져 헌영의 품 깊숙이 딸려 들어갔다. 동그랗게 솟아오른 배가 눌리지 않을 만큼 아내를 안은 채 헌영이 물었다.

"남편 소비 방법 알려 줬는데, 제대로 안 써?"

"쓰기 아까워요. 저축해 둘래요."

말끄러미 내려다보던 헌영이 한숨을 쉬었다. 하여간 요물, 하는 눈으로. 혜동은 마주 웃었다.

"뭐부터 할 거예요?"

대답 대신 남자의 입술이 내려왔다. 살짝 고개를 틀어 피하는 혜동을 가만히 응시하던 그가 한참 시간을 끌고서야 답했다.

"뭐부터 할까?"

"먼저 씻어요."

"싫은데."

묘한 심술이 묻은 대답이었다.

"그럼 밥 먹어요."

"그것도 싫고."

가볍게 구겨지는 혜동의 뽀얀 미간을 내려다보며 그가 웃었다.

"선택지 하나 추가해 주셔야겠어."

"무슨……."

괜히 물었구나 깨달았을 땐 늦었다. 번쩍 부유한 몸은 이미 계단을 향해 가고 있었다. 성큼 계단을 오르며 그는 정혜동 먼저 먹어야겠다고 입술 위에서 속삭였다. 예민한 살갗을 물고 빨고 깨물던 그가 붉어지는 혜동의 뺨을 내려다보며 물었다.

"'마음껏 드세요.'는 언제쯤 해 주실까?"

춥, 강하게 마찰하고 떨어져 나간 입술이 웃었다.

조심한다는 건 아마도 이런 것일 거다. 목덜미를 지나 팔을 가로질러 깍지를 낀 손도, 한껏 부풀어 오른 가슴을 움켜쥔 다른 손도, 그리고 섞여 있는 몸의 일부도.

닿고 싶어 하는 마음만 그득 넣은 채 헌영은 제대로 움직이질 않았다.

절정 전 고조된 것들을 누르고 누르다 터뜨리는 건 어깨며 목덜미에 잇자국을 내는 정도였다.

왜, 이 사람 같지 않았을까. 엄마가 사랑했던 이는 왜 이렇지 않았을까. 각자의 방식으로 사랑했다는 건 말이 되지 않는다.

상대를 피폐하게 만드는 감정이라면 바로잡거나 그만두었어야 한다. 상대를 배려하지 않는 감정 따위가 무슨 사랑이라고.

사랑을 잘하거나 못하는 기준이 있느냐 물었던 엄마는 그런 기준은 없지 않겠느냐 결론을 냈다. 상대가 어떠했다는 그 사실보다 결국 자신의 문제가 아니겠느냐며 모든 걸 자신의 과오로 치부했다. 혜동은 동의할 수 없었다.

다른 상대를 만났더라면 달라졌을지도 모른다. 분명 달라졌을 것이다.

"혜동아."

등 뒤를 감싼 채 움직이던 조심스러운 몸짓이 멎었다. 그녀에게 떨림을 감지한 손길이 어깨 위로 올라왔다. 왜 우느냐는 무언의 물음에 혜동은 깍지 낀 손에 힘을 밀어 넣었다. 헌영이 그대로 물러나려는 기척이 느껴졌다.

"싫어요. 계속해 줘요."

여자의 머리 꼭대기에 남자의 입술이 붙었다. 여러 번 키스하던 입술이 멎고 맞닿은 몸이 다시 움직였다. 절정에 이를 때까지 이번엔 멈추지 않았다.

솟아오른 배에 넓게 펼쳐진 커다란 손은 여느 날처럼 따듯했다. 울룩불룩 저를 드러내는 아기, 아기를 품은 엄마, 둘 모두를 품은 아빠. 온전한 가족의 시간이었다.

"어머니 글 읽었어?"

사이드 테이블 위에 놓인 노트에서 시선을 걷어 온 그가 물었다.

"네."

대답을 들었음에도 헌영은 아무 말도 하지 않았다. 그저 혜동의 어깨 위로 향긋한 보디워시 향과 따듯하고 편안한 호흡만 되돌려 줬다.

"안 물어요?"

살짝 힘이 실린 헌영의 손이 가녀린 몸의 방향을 틀었다. 마주한 얼굴 위로 차분한 그의 눈빛이 내려왔다.

"뭘?"

"어땠는지요."

"어땠는데?"

혜동은 애정밖에 없는 남자의 눈을 들여다보며 입을 열었다.

"전에요, 나 말고 다 별로라고 했잖아요."

"응."

"지금도 그래요?"

"응."

차분히 가라앉는 얼굴을 응시하던 헌영이 꾹 다물린 혜동의 입술 위에서 물었다.

"마음에 안 드는 답이었어?"

웃음 실린 남자의 눈이 빛났다.

"엄마가요."

"응."

"그래서 날 다른 곳에 맡겼대요."

웃음기가 사라지는 헌영의 눈을 올려다보며 혜동은 웃었다. 작은 신호만으로 진지하게 응해 주는 남자, 마음껏 자신을 사용하라는 남자. 혜동은 이 사람이 남편이라는 것에 대해 하늘 어딘가에 감사하는 마음을 전했다.

"그랬대요. 아버지라는 사람이……."

친부는 두 사람 사이에 끼어들 어떤 존재도 원치 않았다고 했다. 심지어 아이까지도. 그럼에도 엄마는 아이를 갖고 싶어 했다.

그건 희망이었을 것이다. 평범하고, 평범하고, 그냥 평범한 이들의 사랑처럼 되길 바랐던 여자의 희망. 잘못된 걸 알면서도 떠나지 못하던 소망. 막상 아이가 태어나면 달라지지 않을까 가정했던 부질없는, 원願.

"부질없다는 걸 알고 떠났대요."

친부가 태어난 아이를 어떻게 할 만큼 악한 이는 아니라고 했다. 그럼에도 불구하고 엄마는 그에게 어떤 영향이라도 받는 것이 싫었다고 했다. 그가 아이에게 정상적인 사랑을 주지 않을까 봐, 엄마 잡아먹은 아이 취급할까 봐. 태어난 아이가 부모

중 누군가를 닮아 가며 자랄까 봐 겁이 났다고 했다.

“악한 사람이 아니라는 말은 왠지 믿을 수가 없지만요.”

“왜 믿을 수 없는데.”

“그건 그냥 엄마의 바람이었지 않았나 싶어서요. 사랑하는 사람이 최악은 아니길 바라는 마음이요.”

친부는 자신이 그토록 집착하던 여자가 암 치료를 포기하고 아이를 낳는다는 사실을 결코 용인하지 않았을 것이다. 그녀의 수명을 깎아 먹고 태어난 아이를 쉬이 받아들였을 리도 없다.

악한 이가 아니라고 변호했지만 엄마는 확신할 수 없었던 건지도 모른다. 그가 아이에게 비틀린 애정을 주거나, 주지 않거나 하는 문제보다 더한, 어떤 것이 두려웠는지도.

“글쎄, 악한 이가 아니라고 하신 건 그만한 이유가 있지 않았을까?”

헌영의 말끝을 물고 뾰족한 답이 튀어나갔다.

“무슨 이유요? 엄마가 택한 건 아버지가 아니라 결국 이모였잖아요.”

이모 손에서 건강한 아이로, 몸도 마음도 모두 건강한 아이로 자라길 바라노라고 했다. 이모에게 연락이 닿지 않아 결국 이렇게 되어 버렸지만 말이다.

스르르, 귀 뒤로 머리카락이 넘어갔다. 이마 위에 지그시 입술을 누르며 헌영이 속삭였다.

“전투력 게이지 좀 낮춰. 이미 결론을 내 놓고 물으니 도무지 답할 용기가 안 나잖아.”

"잘 알지도 못하면서."

툭, 볼멘소리를 뱉은 혜동은 헌영의 어깨를 꽉 깨물었다.

"정혜동."

"왜요!"

"그대가 깨무는 부위는 어디든 성감대로 변하니 조심해야 할 거야."

질색하는 혜동을 꽉 끌어안은 헌영이 목덜미를 물었다. 벗어나려는 쪽과 벗어나지 못하게 하려는 쪽의 실랑이가 한참 이어졌다. 결국 헌영의 웃음으로 끝이 났다. 그의 웃음이 잦아들 즈음 혜동은 인정했다.

"그 말이 맞는 것 같기도 해요. 이미 악한 이로 결론 냈다는 거요. 그래서 엄마가 일찍 떠나지 못한 것이 더 안타까운 것 같으니까."

"이해 못 하는 거지, 일찍 떠나지 못하신 걸?"

"네."

사락, 손가락 사이로 혜동의 머리카락을 쓸던 헌영이 웃었다.

"왜요? 왜 웃는데요?"

"그냥."

오스스, 시트 위로 드러난 맨 어깨에 돋은 소름을 쓸던 헌영은 몸을 일으켰다. 그러곤 자신이 벗겨 던진 옷을 집어 혜동의 머리 위로 씌웠다. 쏘옥, 드러난 얼굴 앞에 남자의 미소가 기다리고 있었다.

"20년쯤이면 되려나?"

무슨 말인지 생각을 정리하기도 전에 그가 궁금증을 풀어 주었다.

"융통성 없는 우리 꼬꼬마 부인께서 어머니를 제대로 이해하려면 말이야."

탁, 가슴을 밀어내니 헌영이 풀썩 침대 위로 쓰러지며 웃었다. 그는 이내 손을 뻗어 노려보는 혜동을 끌어당겨 안았다. 밀어내려는 손길은 부질없었다.

"진정합시다, 부인."

"부인이에요? 꼬꼬마예요? 하나만 해요."

헌영은 혜동을 꼬옥, 끌어안은 채 여전히 웃음을 멈추지 않았다. 덕분에 혜동은 포기하는 심정으로 버티던 걸 그만두었다.

수준 낮은 애 취급에 심정이 상하긴 했지만, 심각하기만 했던 부모 이야기를 이렇게, 이런 식으로 나눌 수도 있다는 것이 신기하고 또 기꺼웠다.

"20년쯤 걸리지 않을까 했던 건 경험에 비추어 짐작한 거니까, 열 내지 마."

"어머니 이해하는 데 그만큼 걸렸다는 뜻이에요?"

긍정의 답 대신 쪽, 이마에 입술이 닿았다. 혜동에게서 후우, 한숨이 밀려 나왔다.

"음. 정혜동 성깔이라면 두 배쯤 소요되지 않을까 싶기도 하고."

혜동은 항의의 의미로 헌영의 턱 끝을 콩, 찍었다. 웃음으로 항의를 받아 넘긴 남자의 품에 안겨 시간을 흘려보내던 혜동은, 무감했던 친부의 얼굴이 떠올라 한숨을 내쉬었다.

"그냥. 두 분이 좀 평범했으면 어땠을까 싶었어요. 다른 사람들처럼요. 그냥……."

헌영이 손이 머리 뒤로 올라갔다. 공감을 담아 쓰다듬어 주는 손길이 여러 번 이어졌다. 이내 그가 웃을 때 느껴지는 특유의 울림이 정수리 위로 내려왔다.

"왜요, 왜 웃어요?"

"나쁜 사위라 할 것 같아서 섣불리 말을 못 하겠네."

"왜요. 왜 나쁜 사위가 되는데요?"

"두 분이 평범했다면, 널 못 만났을 테니까."

헌영의 대답이 푹 혜동의 어딘가를 찔렀다. 잠잠해진 혜동을 향해 헌영의 눈길이 내려왔다.

"왜, 또. 무슨 생각 하느라 그런 얼굴이야."

"내내 마음에 걸렸던 문제를 푹 찔렀거든요, 장헌영 씨가."

"그랬어?"

머리 뒤에 멈추어 있던 헌영의 손이 다시 움직였다.

"귀하의 남편은 언제든지 사용이 가능하다는 거 잊지 말아요."

귀도 열려 있고 품도 열려 있으며 마음도 열려 있노라, 덧붙이는 말에 혜동은 어쩌지 못하고 웃었다. 그리고 털어놓았다.

"처음엔 엄마가 떠났어야 한다는 생각만 했어요."

"지금은 아니야?"

만약 그랬다면 이 사람 말대로 됐을 테니까. 이 사람을 만나지도, 배 속의 아이를 만나지도 못했을 테니까. 이 복잡하고 모순된 심리를 어떻게 표현할 수 있을까.

"감사하고 미안해요. 엄마한테."

"정혜동 씨."

"네."

"감사만 합시다. 미안해하진 말고."

정수리 위에서 머물던 그의 입술이 이마로 내려갔다.

"우울해하지 말고. 신세 볶지도 말고."

눈꺼풀을 지나 인중으로 내려온 헌영의 입술이, 방금 나눈 사랑의 흔적으로 도톰하게 부푼 혜동의 입술 위에서 멈추었다.

"이제 그만 보내 드리면 어떨까 싶은데."

"40년 걸릴 거라더니요."

"그놈의 뒤끝은……."

머리카락을 와르르 흩트린 그는 혜동을 안고 있던 팔의 힘을 풀고는 똑바로 누웠다.

"혜동아."

"네."

나른하게 눈을 감은 남자가 답을 돌려주지 않고 시간을 흘려보냈다.

"남편이 잠들었나 봐요. 언제든지 사용하라더니, 귀도 품도 다 닫힌 것 같아요."

푸훗, 웃음을 터뜨린 헌영이 돌아누워 다시 혜동을 끌어안았다.

"아직 열려 있어."

“왜 불렀는지 말할 차례예요.”

“음. 남녀 사이의 내밀한 감정의 교류에는 말이야. 타인이 알지 못할 것들이 있지 않을까? 제삼자가 섣불리 판단하고 평가할 수 없는, 뭐 그런?”

그런 생각을 해 봤다며 헌영은 잠깐 혜동에게 시선을 내렸다.

“그래서 그럴 만한 이유가 있지 않겠냐고 한 거예요?”

헌영의 말이 맞을지도 모른다. 친부가 악한 사람이 아니라 했던 건 그만한 이유가 있었던 건지도. 엄마 기록만으로 알 수 없는 부분이 있을 테니까. 엄마가 아버지를 오래도록 떠나지 못한 이유가 거기 어디 숨어 있는 것도 같으니까.

“찰떡같이 알아들으니 기특하네.”

가만히 웃던 헌영이 눈을 감았다. 그리고 그는 생각에 잠기는 혜동을 향해 그러지 말라는 듯 툭 던졌다.

“기특해.”

“뭐가 또요.”

“부모님 일도 그렇고, 남편 제대로 사용할 줄 아는 것도 그렇고. 꽁꽁 싸매고 맨틀까지 가라앉지 않는 것도 그렇고…….”

기특하다는 이유를 늘어놓는 남자의 목소리가 점점 스러졌다.

“기특한 정혜동 씨.”

“네.”

“10분만 자야겠어요.”

요물이 둘로 늘어 정기를 뽑아 드시니 힘들다고 중얼거리던 그는 얼마 지나지 않아 규칙적인 숨소리를 냈다.

그놈의 정기는 100명이 뽑아도 말짱할 것 같더니 왜 고갈일까. 혜동은 웃음을 머금은 채 잠든 남자에게 기댔다. 밤샘하며 무리했던 걸까. 돌려 말했지만, 일찍 오라고 했으니까.

혜동은 옅은 숨이 새어 나오는 헌영의 입술을 검지로 쓸었다. 잠결이었음도 그는 미소로 반응했다. 몇 년 전엔 절대 이런 미소 같은 거 모르는 사람이라고 생각했는데…….

이 사람 덕분이었다. 홀로 버티고 있었지만 버거웠으니까. 그대로 혼자서 폭풍을 맞이했다면 버티지 못했을지도 모른다.

혜동은 진심을 담아 잠든 남자에게 입을 맞추었다. 헌영의 입술 위로 웃음이 번졌다. 촙촙. 눈을 감은 채 똑같은 키스를 돌려주던 남자는 다시 규칙적인 숨소리를 냈다.

혜동은 수마가 빼앗아 가 버린 남자를 오래도록 응시하다가 몸을 일으켰다.

테이블 위로 손을 뻗은 그녀는 엄마의 노트를 들어 펼쳤다. 팔락 팔락, 마지막 페이지를 향해 노트의 낱장이 넘어갔다. 깊이 머금었던 호흡과 함께 넘어가던 노트가 멎었다.

잘 지내니?

건강하니?

너는 전부 다…… 건강하니?

마지막 페이지에 있었다. 온통 이모에게 남겼던 기록 뒤, 수십 페이지의 여백을 건너뛴 채 거기 숨어 있었다. 혜동에게 남긴 건 이 세 줄의 문장이 전부였다.

헌영이 말한 대로였다. 엄마가 원하는 건 정혜동의 죄책감 따위가 아니다.

아버지에 대해 원망하길 바라지도 않았을 것이고, 부모 두 사람의 삶으로 인해 우울해하는 것 역시도 그녀는 결코 원치 않았을 것이다.

혜동은 노트를 가만히 덮어 테이블 위에 올렸다. 침대 헤드에 반사되어 비친, 엄마를 닮았다는 얼굴을 응시하며 혜동은 그녀의 물음에 답했다.

건강해요. 다 건강해요.

당신을 꼭 닮았지만 나는, 모두 다 건강해요.

외전 3 헌영

키 큰 해바라기가 우뚝 솟은 뜰에 울려 퍼지는 웃음소리가 가을 햇살 같았다. 간이 의자에 앉은 노인, 앙증맞은 어린이용 의자에 앉은 사내아이 둘. 마주 보고 앉은 노인과 아이들은 같은 리듬으로 웃곤 했다.

"세미나? 강릉에서?"

창밖의 따사로운 풍경을 내다보던 상현이 물어 왔다.

"응."

"우리 혜동이는 참, 한결같기도 하지. 에너자이저가 따로 없다니까."

헌영은 힐긋 상현을 응시하고는 아이들 머리만큼 큰 노란 꽃송이로 시선을 옮겼다.

"왜? 뭐? 내가 틀린 말 했어?"

"어."

"뭐가 틀렸는데?"

"무슨 근거로 에너자이저래."

"학부 때부터 유명했잖아."

헌영은 답하지 않고 웃어 버렸다. 혜동은 태생적으로 갖고 있는 에너지 총량이 많지 않았다. 남김없이 모조리 쓰고 있으니 그렇게 보일 뿐.

"하긴 그땐 좀 안쓰러웠지. 그래도 지금은 뭐."

보기 좋다는 말에 헌영은 한숨처럼 뱉었다.

"보이는 게 다가 아니다. 송상현아."

보잘것없는 에너지를 믿고 날아다니는 것도 문제지만 그 에너지를 배분하는 방식은 심히 유감스러운 수준이었다. 50퍼센트는 저기 방방 뛰고 있는 꼬맹이가 차지했고 40퍼센트는 제 커리어에 쏟고 있으니 남편 몫은 고작 10퍼센트 언저리.

"왜? 남편은 뒷전이야?"

정확히 맥락을 짚은 상현이 비싯, 웃으며 연신 긁었다. 제 버릇 개 못 준다고.

"그래서 기갈이라도 나는 모양인가 보오?"

"이참에 비뚤어져 버릴까 싶기도 하고."

농담 같지도 않은 농담에 상현이 웃어 댔다.

"그래서 장 교수가 둘째를 못 만드는 건가?"

할아버지 앞에서 재롱을 피워 대는 아이들을 바라보던 상현이 덧붙였다.

"올해 가져 내년에 낳아도, 여섯 살 터울인데."

헌영은 대꾸 없이 본격적으로 장난을 시작한 아들 기주를 눈으로 좇았다.

"진짜 생각 없어? 혹시 또 장헌영 같은 놈 나올까 봐 걱정이라도 되는 거야?"

"왜 아니겠어."

헌영은 웃음으로 상현을 훑고는 석주 앞에서 방방 뛰며 재롱을 피우는 기주에게 시선을 되돌렸다. 장기주는 플러스알파였다. 뭐든 장헌영 이상이었다. 제 엄마 고생을 몇 배로 시켰고, 몇 배 이상의 사랑을 받아 냈고, 받아 내는 중이고, 받아 낼 예정이다. 여러모로 저런 게 하나 더 나오면 감당이 안 된다.

"애한테 뺏겨 보니 아주 절절하지?"

상현이 그렇게 아버지가 되는 거라며 쿡쿡댔다. 헌영은 막 둘째를 낳은 상현을 지긋이 응시하다가 되물었다.

"두 번짼 익숙해져?"

"어떨 것 같아?"

되돌아오는 빤한 물음에 헌영은 웃었다. 익숙해질 리가 있나.

상현이 달관한 노승처럼 중얼거렸다.

"얻는 만큼 잃는 게 있는 거니까. 받아들여야지 뭐, 별수 있겠어?"

그거야 충분히 알고는 있다.

"둘째는 말도 못 하게 예뻐. 터울 더 지기 전에 하나 더 낳아."

혜동이 닮은 딸이라도 태어난다면 말도 못 하겠지. 그것 역시도 미루어 짐작할 수는 있다. 그럼에도 불구하고…….

"그 고생을 또 시키고 싶지가 않네."

난산이었다. 긴 진통 끝에 결국 혜동은 응급 수술을 했다. 마취에서 더디 깨어, 사람을 저승 문턱까지 몰아간 후에야 숨을 돌리게 했었다.

둘째를 염두에 두지 않는 가장 큰 이유였다. 그 모든 상황을 또 겪지 않는다는 보장이 없으니까.

"그거 참 그렇지? 주영이 벌써 셋째 이야기하는데 그 고생을 하고 또 하고. 그래도 아이 낳고 싶다는 거 보면 뭔가 싶어."

상현이 커피 잔을 갈무리해 일어나서 정리를 했다.

"뭐, 어쩌겠어. 어부인께서 셋째를 원하시는데. 힘내야지. 아버님도 저렇게 좋아하시고. 태어난 놈들은 눈에 넣어도 안 아프고."

헌영은 상현이 준 명쾌한 정리를 한동안 곱씹다가 일어났다. 복잡했던 생각은 문을 나서는 순간 금세 날아갔다. 두 사내아이들이 달려들어 안아 올리라 성화를 해 댔기 때문이다.

"지금 나서려고?"

헌영의 왼팔 오른팔에 안착한 두 손주에게 넉넉하게 웃어 주며 석주가 물어 왔다.

"네."

"아침저녁엔 쌀쌀해. 애들 감기 안 걸리게 잘 챙겨 주고."

큼, 목을 가다듬은 노인네가 망설이다가 덧붙였다.

"혜동이 지난번 보니 살이 좀 내렸던데. 약을 지어 줄까?"

"두세요. 제가 챙길게요."

"그리 바지런한데 먹는 건 시원찮으니, 원. 게다가 기주 이 녀석이 사람 기를 쏙 빼놓으니 애 챙기랴, 일하랴, 연구하랴. 어디 숨이나 쉬겠어?"

헌영의 품에 안겨 있던 기주가 불쑥 끼어들었다.

"할아버지, 기주가 뭘?"

"응?"

다시 질문을 던지는 보얀 얼굴에 웃음기가 흔적 없이 사라졌다.

"기주 때문에 엄마가 힘들어요?"

하얀 피부만은 제 엄마를 꼭 닮았다. 헌영은 웃음기를 지우고 의기소침해진 아들과 당황한 아버지를 관망했다.

"아니, 아니. 그런 게 아니고."

무마하려는 석주의 노력에도 불구하고 장기주의 입술이 실룩 튀어나왔다. 가만히 지켜보던 송상현 2세가 나서서 거들었다.

"아니야. 기주야. 할아버지가 그런 거 아니라고 하시잖아."

규운의 도움까지 받은 석주가 다시 수습을 시도했다.

"기주야. 그런 거 아니고. 할아버지 말은……."

당황할 일 같은 건 좀체 없을 것 같은 양반이 다섯 살 손자 앞에서 절절매는 양이 신선했다. 헌영은 만면에 웃음을 띤 채 상황을 정리했다.

"들어가세요. 다녀와서 뵐게요."

"어, 아. 그래. 운전 조심하고."

막 나온 상현이, 꼬맹이들에게 지령을 던졌다.

"송규운, 장기주. 할아버지께 인사!"

"다녀오겠습니다."

"다녀오겠습니다."

푹 가라앉은 와중에도 기주는 제 사촌 형을 따라 할아버지에게 인사했다. 석주는 난감한 얼굴로 받았다.

"그래, 그래. 규운이 기주 잘 다녀오너라."

"들어가세요."

"들어가세요, 아버님."

끄덕이는 석주를 뒤에 남긴 두 남자는, 자신들을 꼭 빼닮은 2세를 각각 품에 안고 차고로 향했다. 아빠 가슴팍에 폭 파묻혀 있던 기주가 넓은 어깨 너머로 빼꼼 고개를 들더니 제 조부에게 손을 흔들었다. 키 큰 해바라기 숲에 갇혀 있던 석주가 그제야 웃었다.

"아, 참. 요즘 특작원 분위기 어떤가."

색이 빠져 가는 잔디를 사락사락 밟아 앞서 나가던 상현이 물었다.

"글쎄. 특별히 뭐 없는 것 같던데."

"신임 원장 만만찮은 인물이 들어갔다고들 그러길래. 혜동이 힘들다고 안 해?"

어깨에 턱을 괴고 있던 기주가 몸을 세우더니 고모부 쪽으로 휙, 고개를 돌렸다. 뭐에 꽂혀 그러는지 알 것 같아 헌영은 웃으며 대화를 이었다.

"신임? 강세훈?"

"그 인간 성격 지랄 맞거든. 밑에서 일하려면 힘들 거야. 너도 알지 않아?"

"학회에서 인사 몇 번 주고받은 게 다라 성격이 어떤지는 모르지."

"타깃 찍어서 볶아 대는 걸로 유명한 인사야. 혜동이야, 뭐. 힘들어도 힘들다는 말할 성격도 아니고 타깃으로 찍힐 일도 없겠지만……."

기주가 와아앙, 울음을 터뜨렸다. 상현이 깜짝 놀라 늘어놓던 말을 꿀꺽 삼키고는 기주를 향해 물었다.

"왜? 왜? 기주 왜 그래?"

울음소리가 좀 더 커졌다. 상현은 동그랗게 벌어진 눈으로 세 사람을 번갈아 바라보며 물어 댔다.

"뭔데? 왜? 왜?"

헌영은 웃음을 겨우 밀어 넣고 상황을 정리했다.

"고모부께서 '혜동이 힘들다'는 말로 방아쇠를 여러 번 당기셨거든요."

"응?"

"나중에 이야기하고. 횡성 휴게소에서 쉽시다."

얼굴을 잔뜩 찡그린 송씨 부자를 남기고 장씨 부자는 차에 올랐다.

기주는 눈 밑이 발개진 채 카시트에 앉아 시무룩해 있었다. 헌영은 때때로 룸 미러를 살펴 가며 성북동을 벗어났다. 여전히 웃음을 참느라 고역이었다. 외형은 장헌영 판박이였지만 성격은 제 엄마 쪽에 가까웠다. 덕분에 지켜보고 있노라면 치사량 수준의 귀여움을 만끽할 수 있었다.

"다 울었어?"

룸 미러 안에서 눈이 마주쳤다. 기주는 안 울었어요, 하며 버티던 시선을 포기하고는 입을 열었다.

"아빠."

"응."

"……."

좁은 길을 벗어나 정릉로에 진입할 때까지도 머뭇대던 기주는 룸 미러에서 다시 한번 눈이 마주치고서야 입을 열었다.

"마마가."

"엄마가."

살짝 섞인 일본어 억양과 단어를 교정해 주며 헌영은 가볍게 핸들을 꺾었다.

"엄마가."

꼬맹이는 성실하게 교정해 준 대로 반복했다. 눈에 스미는 웃음을 어쩌지 못하고 헌영은 자상하게 대답했다.

"엄마가 왜?"

"기주 때문에 힘들어요?"

심각한 얼굴을 들여다보던 헌영은 차마 대놓고 웃을 수가 없어 차창을 내리는 척, 시선을 피했다.

"글쎄."

장기주가 원하는 대답이야 뻔하지만 쉽게 넘겨 버리긴 아쉽다. 정혜동과 정혜동 2세는 건드리는 맛이 크게 다르지 않으니.

"할아버지 말씀 때문에 신경 쓰여?"

시무룩한 얼굴을 힐긋 바라본 헌영은 웃음을 지우고 다시 물었다.

"아니면, 기주 마음에 걸리는 일이라도 있었어?"

"……."

"말해 봐."

"어제, 또 어제."

"그저께."

"응, 응. 그저께 밤에 엄마가."

"응."

"기주 책 읽어 주다가 잠들었어요."

"그랬어?"

끄덕하는 얼굴에 드러나는 표정이 혼자 보기 아까웠다.

"그리고요."

"응."

"전날도 그랬고. 또 그 전날도 그랬고. 또, 또."

헌영은 손가락을 폈다 접었다 하는 아들을 살피다가 결국 웃음 띤 시선을 되돌렸다.

"장기주."

"네."

"자기 전에 책 몇 권 읽기로 약속했었지?"

"세 권이요. 세 권인데……."

"더 읽어 달라고 졸랐구나."

끄덕, 시무룩한 얼굴이 짧은 궤적을 그렸다. 엄마 기를 쏙 뺀다는 할아버지 말이 제대로 마음에 닿았던 모양이다. 헌영은 지긋이 룸 미러 안의 아이를 바라보았다.

다섯 해 동안 생각도 같이 자랐던 걸까. 헌영은 웃음을 머금은 채 핸들을 꺾었다.

이 시기의 아이들에게 엄마는 우주 그 자체겠지만, 기주에게 혜동은 더 특별했다.

혜동은 아이에게 어떻게 그럴 수 있을까 싶을 만큼 애정을 쏟았다. 엄마를 겪지 못하고 자랐던 결핍과 무관하지 않을 그 애정은 때때로 안쓰러웠고, 한편으론 존경스럽기까지 했다. 그렇게 사랑을 받고 자란 어린아이가, 제 엄마 힘들다는 소릴 듣고는 어느새 사랑을 돌려주는 법에 대해 생각해 보려는 것이다. 지난 생의 반 이상을 애정이니, 사랑이니, 냉소하던 장헌영의 지척에서 일어나는 일이었다.

헌영은 웃으며 아들에게 작은 해법을 제시했다.

"장기주."

"네."

"엄마 힘든 거 싫지?"

"네."

"그러면, 앞으로는 세 권 이상 읽어 달라고 조르지 않기로 하고. 엄마가 많이 피곤해 보이는 날엔……."

말을 맺기도 전에 기주가 맹렬하게 끄덕이며 답했다.

"아빠 기다릴게요."

정혜동이 낳은 병아리는 오늘도 치명적이었다. 헌영은 햇살 아래 해바라기보다 환하게 변한 아들을 바라보며 생각했다.

치명적인 건 치명적인 거고 바로잡을 건 바로잡자, 아들아. 네가 힘들게 한 쪽은 실상 엄마보다는 아빠 쪽이다.

이날, 저 날, 그날, 허구한 날. 아들 방에서 지쳐 잠든 여자를 어찌해 볼 도리가 없게 했으니 말이다.

그렇게 아버지가 된다는 말을 되새기며 헌영은 차창 밖으로 웃음을 풀어 날렸다.

본가의 뜰처럼 어머니 집 마당에도 해바라기가 한창이었다. 살살 머리를 흔드는 해바라기를 배경 삼아 경혜와 혜동은 바쁘게 마당을 오가고 있었다.

두 달 만이었다. 월말에 모이는 것이 일반적이었으나 둘째를 낳은 주영이 몸조리 중이었고 특작원으로 자리를 옮긴 혜동을 비롯하여 구성원들이 모두 바빴던 터라, 연기되었던 바비큐 파티가 오늘에야 열리게 됐다.

"어이쿠. 강아지들 왔어?"

아이들이 환대하는 할머니 품으로 뛰어들었다. 뒤따르던 상현이 짐 꾸러미를 들고 혜동에게 알은체를 했다.

"혜동이 와 있었네?"

"오랜만에 봬요."

"그러게. 두 달 만인가? 특작원은 어때? 일할 만해?"

"그냥 그렇죠. 뭐."

할머니와 인사를 나눈 기주가 달려와 제 엄마 품에 안기는 통에 상현과 혜동의 대화는 잠시 쉼표를 찍었다.

"마마."

"엄마."

불과 몇 시간 전 헌영이 했던 대로 교정해 주며 혜동은 아이를 안아 올렸다. 아드님 짐을 들고 오던 헌영의 미간이 살짝 구겨졌다.

아들 사랑 넘치는 거야 충분히 알고 존중하고 인정도 하지만. 가끔은 가슴이 머리를 따라 주지 않을 때가 있었다.

저 몸으로 또래보다 큰 아이를 안아 올려 물고 빨고. 저러니 에너지가 남아날 리가 있나.

여우 저리 가라인 송상현이 심경을 읽었는지 쿡, 웃었다.

"혜동. 장 교수님 심기 살펴야지 싶은데?"

깐죽대던 상현이 아기를 안고 나오는 주영을 향해 가 버린다. 그제야 혜동의 시선이 헌영에게 왔다. 쪽, 아이 뺨에서 떨어진 입술이 열렸다.

"차 안 막혔어요?"

"응. 안 막혔어."

"출출하죠?"

"좀."

"짐 두고 나오세요."

금세 떨어져 나간 시선이 기주에게 되돌아갔다.

"기주, 손 씻고 와. 맛난 거 먹자."

목에 감긴 팔을 상냥하게 두드리니 기주가 '네.' 대답하고 순순히 내려왔다. 혜동의 시선은 달려 나가는 아이를 좇느라 여념이 없었다.

물끄러미 모자를 응시하던 헌영은 자신의 몫이 10퍼센트 언저리라고 추산한 것이 오산일 수도 있겠다고 생각하며 걸음을 옮겼다.

가족이 늘었다는 이유로 별채 하나가 더 생겼다. 동화 속에 등장하는 오두막처럼 근사한 집을 지어 준 명호는 오늘도 불참이었고, 손자들에게 둘러싸여 즐거워하는 어머니 역시 종종 어둠에 잠기곤 했다. 당연한 듯 해바라기 숲에 남겨진 아버지가 떠올라 헌영은 입이 썼다.

"혜동 씨. 규진이 이리 주고 더 먹어요."

경혜가 주영의 말을 거들었다.

"그래. 어서 와서 앉아."

주영에게 혜동은 여전히 '혜동 씨'였다. 처음 촌수 따져 '언니'라고 불렀을 때 혜동이 진저리를 치는 바람에 그렇게 유지되는 중이라고. 경혜가 그러는 거 아니라고 야단을 치곤 했지만, 옛 호칭은 주영을 비롯하여 상현에게도 끈끈한 그들의 관계만큼이나 공고했다.

"내가 안을게. 가서 앉아."

제 주먹을 먹고 있는 아기에게 푹 빠진 혜동에게 다가가 아기를 받아 안은 상현이 덧붙였다.

"둘째를 낳아야 한다니까."

"또, 또. 오지랖."

주영의 핀잔에 경혜는 웃었고 상현은 투덜거렸다.

"어디가 오지랖이야. 경험에 바탕을 둔 조언이지."

주영이 웃어넘기며 헌영을 향해 말했다.

"오빠, 그거 알아요?"

헌영은 잘 익은 고기를 배분해 주며 무심히 답했다.

"뭘 알아야 하는데."

"둘째는 두 배 예쁜 게 아니라, 네 배 예쁘다는 말."

"그런 말이 있어?"

"그게 일종의 음모였더라고요. 예쁘다는 말 대신 힘들다는 말로 바꾸는 게 맞아요."

상현이 끼어들었다.

"뭐야, 장주영. 그 기밀을 폭로하면 어쩌자는 거야."

"혜동 씨, 눈치챘죠? 둘째 낳은 사람들이 애가 그렇게 예쁠

수가 없다고 말하는 걸 곧이곧대로 믿으면 안 된다는 거예요. 나만 힘들 순 없지, 하는 심보로 퍼뜨리는 거니까.”

“뭐라는 거니.”

경혜가 어이없다는 듯 말하며 웃었다. 혜동 역시 자리에 앉으며 따라 웃었다. 두 달을 묵힌 이야기들이 일제히 몰려나와 꽃을 피웠다.

사위에 어둠이 내리고 공기가 서늘해질 때까지 맛있는 음식과 대화를 나누던 가족들은 늘 그랬던 것처럼 착착 정리를 시작했다. 말끔하게 정리가 되었을 때 아기 띠로 규진을 안은 주영이 물었다.

“꼬맹이들 같이 재워야지?”

사내아이 둘은 양껏 먹어 충전된 에너지를 무한 발산 중이었다. 뛰어노느라 정신이 없었다. 여지없었다.

“할미가 데리고 자련다. 규운, 기주. 이리 와. 들어가서 씻자.”

늘 그러던 대로 경혜가 아이들을 데리고 안채로 들어갔다. 쪼르르 할머니를 따라가는 아이들을 지켜보며 상현이 웃었다.

“세뇌 교육이 저렇게 중요한 거라니까. 거의 자동 반사 수준이야.”

“세뇌 교육? 무슨요?”

아기 띠 길이를 조절하며 묻는 주영에게 상현이 크흠, 목을 가다듬어 웃음기를 지우고는 답했다.

“그거 기억 안 나? 언제였지? 기주가 그랬잖아.”

‘정혜동과 잘 수 있는 건 장헌영뿐이다.’

"아아."

"어머니 당황하시던 거 지금도 생생하네."

주영 커플이 터져 웃어 대는 통에 혜동의 귓바퀴가 붉게 달아올랐다.

북해도에서 돌아왔던 해, 네 살배기 장기주가 무슨 선언처럼 비장하게 말하는 바람에 주영과 상현이 뒤로 넘어갔었다.

워낙 명민한 녀석이라 세뇌를 시킬 필요도 없었다. 기특하게도 기주는 여기 오면 그 말을 충실히 실천한다.

"혜동이 요즘 일이 힘드니? 어째 더 마른 것 같아."

잠옷을 입은 기주와 이산가족 드라마를 찍고 있는 혜동을 바라보던 경혜가 물어 왔다. 불과 몇 시간 만에 또 듣는다. 졸지에 고된 부인 방치하는 못난 남편이 된 헌영은 그저 웃을 수밖에 없었다.

"보약 좀 지어 줄까? 뭐가 잘 받으려나."

"두세요. 제가 해요."

"네가 어련히 알아 할까마는, 내 손으로도 챙겨 주고 싶어 그러지."

"한약 버거워해요. 간 수치 올라 고생한 후로는 더 그렇고요."

"어머. 그랬어?"

석주와 나눴던 것과 같은 패턴의 대화를 나누고 있으려니 혜동이 다가왔다. 경혜가 웃음으로 맞았다.

"별채 불 안 넣어서 추울지도 모르겠어."

혜동은 힌영을 살짝 응시하고는 답했다.

"괜찮아요. 어머니."

여기 쓸 만한 난로 있어요, 하는 눈빛이다. 못난 남편에서 항온 난로로 승격이니 뭐 그나마 낫다고 해야 할지.

"고생했어. 가서 쉬어."

"어머니가 고생하셨죠. 맛있었어요."

"맛있었어?"

"네."

"그 말은 언제 들어도 좋네."

경혜의 웃음을 비집고 할머니를 부르는 소리가 들려왔다. 아이들을 향해 가겠노라 대답한 경혜가 혜동의 팔을 쓸어 주며 인사했다.

"건너 가. 푹 자."

주무시라, 인사한 부부는 문을 밀고 나왔다. 고요하고 차분한 가을밤이었다. 두어 걸음 걸어 나가려니 무언가 명치끝을 건드렸다.

지척에 있는 초우와 혜동이 유년을 보냈을 공간이 무언가를 불러낸다. 오래 간직한 향수 같기도 하고, 막연한 그리움 같기도 한 어떤 것. 말없이 같은 걸 누리며 해바라기가 춤을 추는 뜰에 도착했을 때 혜동이 돌아서서 뒷걸음질을 쳤다.

"오랜만이죠. 이거."

헌영은 알면서도 물었다.

“이거?”

“여기서만 누릴 수 있는, 음…… 갬성?”

배시시, 웃는 얼굴이 그 시절과 다르지 않았다. 말갛고 예뻤다.

“그 갬성 말고 뭐 다른 건 안 느껴져?”

“다른 거 뭐요?”

쏴아아, 가을 냄새 나는 바람이 지나가는 틈을 타 헌영은 혜동의 허리를 감아 당겼다. 딸려 오는 몸을 꼭 붙이고 나니 그제야 갈증이 좀 가신다. 깊이 내쉰 숨을 받던 혜동이 벗어나려 가슴팍을 밀어 냈다.

불쑥 행해지는 접촉에 부끄러워하는 건 여전했다. 부끄럽지 않은 척하는 것도 여전했고. 헌영은 웃음을 머금은 채 뾰족한 턱을 꽈악, 붙잡아 올렸다.

“생각해 봐.”

“이런 자세로 무슨 생각을 해요.”

불만스러운 대꾸에 헌영은 웃음이 묻은 입술을 내렸다. 서늘한 바람 덕인지 혜동의 입술은 청량했다. 그리고 항상 그렇듯, 달았다.

뒤로 밀리는 작은 머리를 감싸 쥔 헌영은 발톱을 몽땅 감추고 부드러운 키스를 했다. 말랑하게 녹여 삼켜야지 하는 나름의 전략. 그러나 그것 역시, 몸이 따라 주질 않았다. 자르르, 가슴을 지나 뇌를 거친 전류가 하체에 도달해 압박을 하니 혜동이 기어코 밀어냈다. 급하게 솟는 호흡 속에 쑥스러운 말이 달려 나왔다.

"씻고요."

헌영은 반들하게 빛나는 아랫입술을 지그시 물었다 놓으며 촉촉한 살갗 위에서 속삭였다.

"씻고 뭐? 하고 싶은 거라도 있어?"

맞붙은 입술 위로 혜동의 웃음이 뭉개졌다.

"유치해요."

"너 유치한 거 좋아하잖아. 순 어린 남자만 밝히고."

무슨 의미인가 하며 혼란해하던 눈이 이내 맑아졌다. 구겨지는 미간에 쪽 소리를 남긴 헌영은 웃어 대는 여자를 번쩍 안아 들고 별채로 향했다.

씻고 나온 헌영은 머리를 털어 내다가 손을 멈추었다.

"정말? 어. 응."

혜동은 어둑한 스탠드 조명 속 너른 창 앞에서 통화 중이었다. 돌아선 혜동이 반라의 몸을 바라보며 콧등을 찡그렸다. 이내 귀에 댄 전화를 가리키며 입모양으로 양해를 구해 왔다.

"한선우 데려간다는 사람 나오면 표창해야지."

한선우란 말이지? 이 시간에.

헌영이 비죽 오른쪽 눈썹을 세우니, 혜동이 마주 보며 웃었다. 헌영은 뻗쳐오르는 성질머리를 지그시 누르고 걸음을 옮겼다. 천천히, 느른하게.

"특작원. 응. 근무야 뭐, 늘 그렇지……."

코앞까지 다가간 헌영 덕에 혜동은 말을 끊었다. 와중에 발간 입술이 열려 또 양해를 구해 왔다. 소리 없는 요청을 가볍게 무시한 헌영은 똑 물기를 떨구는 긴 머리카락을 손가락 사이에 감아 넣었다. 당황하는 눈을 들여다보던 헌영은, 한선우가 기가 막히지 않느냐 도발했던 그 목선을 쓸었다.

— 전화하다가 명상하냐? 왜 말이 없어.

전화기 너머에서 들려오는 선우의 목소리를 공유하던 헌영은 혜동의 턱을 밀어 올렸다. 의도를 파악한 혜동이 인상을 찌푸린 채 고개를 돌리려 했다. 턱을 움켜쥔 손아귀에 잔뜩 힘을 밀어 넣은 헌영은 벌어진 입술을 부러 소리 나게 흡입했다. 통화하는 상대에게 충분히 들릴 만한 볼륨이었다. 예상대로 침묵이 넘어왔다. 헌영은 전화기 쪽으로 고개를 살짝 기울여 마저 한선우를 긁었다.

"오랜만입니다. 한 박사."

— 이건 무슨 비매너이신지.

"비매너엔 비매너로 응수하는 게 맞지 않습니까?"

혜동이 한숨으로 침묵을 깨고는 통화 종료를 선언했다.

"나중에 통화해."

— 나중은 무슨. 아, 정혜동 부군께 소나무 연구 제안이나 좀 넣어라.

"뭔 소리야. 그건."

— 늘 변함이 없으시잖아. 비슷한 거 연구해서 노벨상 받으라고 전해 줘.

"끊어."

종료 버튼을 누름과 동시에 선우의 웃음소리도 끊겼다. 헌영은 혜동에게서 전화기를 받아 테이블 위에 내렸다.

"한 박사 무슨 일로?"

"그냥. 안부 전화요."

"이 시간에?"

혜동의 눈동자가 살짝 흔들렸다.

"낮에요."

"응."

"통화가 엇갈렸거든요."

"그래서?"

"통화 못 한 지 꽤 됐기도 하고."

혜동은 말을 끊고는 잘근 입술을 깨물었다. 아무래도 뭉치는 턱 근육을 봤던 모양인지.

"계속하지?"

"취조해요?"

"설마."

헌영이 웃으니, 혜동이 한숨을 내쉬었다. 이 여자가 지금, 한숨 필요한 쪽이 누군데. 헌영은 혜동을 번쩍 들어 올려 창문 앞 장식장 위에 앉혔다.

비슷한 눈높이가 되어 마주한 혜동의 눈엔 미미하게 냉기가 어려 있었다. 이럴 때 정혜동은 영락없이 새침하고 도도하고 못된 계집아이 같았다.

당신이 내 기분 상하게 하면 몇 배로 갚아 주겠다, 남실대는 오라만으로 위협을 하는.

어찌할 도리가 없었다. 이길 자신도 없고, 이기고 싶은 의지도 없고. 사정이 그랬으니 헌영은 오늘도 수건을 던질 수밖에 없었다.

"낮에 통화가 엇갈려서 이 시간에 한선우와 통화를 하는, 아, 정답게 통화를 하는 정혜동 씨를 취조할 권리가 내게 있던가?"

말끄러미 올려다보며 경청하던 눈이 조금은 느슨해졌다.

"정혜동이 온전히 내 차지가 된 게 얼마 만인지 모르겠는 밤이라, 미치게 짜증이 나고 거슬리지만. 장헌영 주제에 감히 정혜동 씨에게 그런 짓을 할 수 있겠냐고."

미미하게 어려 있던 냉기가 완전히 풀려 사라지고, 어이없어 하는 웃음이 그 자리를 대신했다.

"설마 지금 질투하는 거예요?"

헌영은 얌전히 모인 혜동의 다리를 열고 자리를 잡으며 인정했다.

"심정 상해."

"뭐가요."

"아니라고 부정할 수가 없어서."

웃음을 섞어 흘겨보는 눈을 내려다보던 헌영은 참지 못하고 입술을 겹쳐 눌렀다. 통째로 삼키려는 거센 키스에 당황한 기색이 적나라했다. 그럼에도 불구하고 오늘 밤 그는 여유가 없었다. 밀어내려는 몸을 가볍게 제압한 헌영은 얇은 스커트를 걷어 올렸다. 속옷을 옆으로 젖힌 그는 확인했다. 최소한의 준비가 됐는지. 매끈한 촉감을 확인한 헌영은 망설임 없이 페니스를 밀어 넣었다. 단숨에 뜨거운 몸 안으로 자맥질하자 혜동이 뭉텅 숨을 쏟았다.

다급하게 뱉어지는 호흡을 빈틈없이 받아 넘긴 헌영은 혜동의 몸에 잠긴 채 하나도 빼놓지 않고 주시했다. 평상시 같지 않은 시작에 충격과 원망이 잔뜩 뭉쳐 있었다. 지그시 응시하던 시선이 얽히고 서로에게 속한 상대의 몸이 온전히 느껴질 때쯤. 뭉친 것들이 서서히 풀렸다.

충만한 감정과 쾌감 모두를 받아들이는 눈. 단정하고 담백하기만 했던 얼굴이 서서히 허물어져 갔다. 이런 게 필요했었다.

헌영은 잠겨 있던 몸을 뺐다가 깊이 뿌리까지 박아 넣었다. 흑, 울음 같은 신음을 신호로 그는 버티던 것들을 내려놓았다. 배려 없이 허리를 꽂아 넣고 빼길 반복했다. 기갈이 났던 만큼 강렬하고 집요했다.

습한 살결이 부딪치는 적나라한 소리가 아늑한 공간을 메웠다. 빠듯하게 살덩이를 감싼 혜동은 밀리는 몸을 버티지 못하고 헌영의 목에 팔을 둘렀다. 턱, 턱 치받히는 와중에 혜동이 귓불 근처에서 힘겹게 숨을 끊어 가며 물어 왔다.

"화……났어요?"

"안 났어."

"거짓말."

"거짓말 같아?"

혜동은 대답을 돌려주지 않은 채 헌영의 목을 힘껏 끌어안았다. 눈물이 스미던 눈도, 복숭앗빛으로 물든 뺨도 모조리 시야에서 사라졌다.

모든 걸 벗어던지고, 아무런 생각 없이. 혜동이 이렇게 매달려 오는 건 이 순간뿐이다. 그래서 헌영은 늘 이 순간이 절실했다.

힘껏 그를 부여잡은 채 하염없이 흔들리는 여자를 헤집으며 헌영은 억눌러 두었던 것들을 마음껏 쏟아 냈다.

동그란 달이 창 가운데 걸려 있었다. 헌영은 침대에 엎드린 채 녹아 있는 혜동의 등에 손가락을 세웠다. 가볍게 쓸어내리는 손가락 끝에 미세한 진동이 전해져 왔다.

"장헌영 씨도 질투 같은 걸 해요?"

"네가 가르쳐 주셨잖아요."

푸훗, 웃음과 함께 혜동이 고개를 돌려 헌영을 응시했다. 담백하기 짝이 없는 얼굴인데도 섹스 후엔 농염한 무언가가 배어 나온다. 헌영은 잘록한 허리 끝 엉덩이와의 경계에 오목한 홈을 찾아 뱅글뱅글 쓰다듬어 주다가 부풀어 오른 입술에 입을 맞추었다.

"답 찾았어?"

"무슨 답이요?"

"이곳에서만 느낄 수 있는 감성……."

"아. 그거 아직 진행 중이에요?"

"당연하지."

"그냥 알려 주시죠?"

"흐음."

"전희 없이 시작한 벌이에요."

"다른 때보다 좋아했던 것 같은데. 나 벌 받아야 해?"

쑥스러워하는 웃음과 함께 부풀어 오른 입술이 열렸다.

"몰랐는데 나, 마조인가 봐요. 거친 장헌영 씨가 훨씬 섹시하다고 느껴지는 거 보니."

"참고할게."

"아아, 진지하게 받고 그러지 말아요."

"30분은 쉬게 해 줄 참이었어."

혜동은 발갛게 뺨을 물들인 채 못 말리겠다는 듯 웃었다. 헌영은 웃음의 여운이 남은 가느다란 몸을 품 안에 집어넣고 제대로 누웠다. 달빛이 비쳐 드는 창 너머로 해바라기 군락이 보였다.

"그만 시험하고 그냥 말해 줘요. 궁금해요."

"정말 느껴지는 게 없어?"

"전혀 모르겠어요. 미리 사과할게요."

요물. 헌영은 검지 끝에 걸린 머리카락에 웃음을 찍어 눌렀다.

"궁금해?"

"네."
"궁금하다니까 더 말해 주기 싫어지네."
"사과도 안 먹혀요?"
"응."
"음. 설마. 그건 아니죠?"
"말해 봐. 설마 그거일 수도 있으니까."
"자의식 과잉인 것 같아 차마 말을 못 하겠어요."
헌영이 웃었다.
"왜 웃어요?"
"정답인 것 같아서."
"아직도…… 내가 부족해요?"
혜동은 질문을 던지고는 두 손으로 얼굴을 가렸다.
"아, 부끄럽다."
헌영은, 웃느라 동그랗게 말리는 혜동의 어깨를 쪼옥, 빨아 당겼다.
"아! 아파요."
"아프라고 그랬어."
발간 내출혈 자국이 마음에 들어 헌영은 검지로 한참을 쓸었다. 소름 꽃을 피우던 혜동이 돌아누웠다. 한동안 마주하다가 혜동은 헌영의 턱 끝에 쪽, 입을 맞추고는 속삭였다.
"노력할게요."
그게 노력으로 되는 문제일까 하는 의구심을 떨치지 못한 채 헌영은 가만히 웃었다. 지척에서 함께하고 있음에도 혜동은 온전히 의지하지도 기대 오지도 않는다.

혜동의 친부가 혜동의 어머니에게 집착했던 건 어쩌면 같은 조건, 같은 심리에서 출발했는지도 모른다. 그분 역시, 끊임없이 알지 못할 갈증을 느껴 그랬던 건지도.

"좋아요."

혜동이 한숨처럼 속삭였다.

"뭐가."

"그냥, 전부 다요. 오랜만에 가족들 보는 것도 좋고."

"응."

"꼬물거리는 규진이 보는 것도 좋고."

"응."

"기주 갓난쟁이일 때 떠올라서 또, 좋았고요."

"……."

"왜 이번엔 대답 안 해요?"

"무슨 결론으로 끌어가고 싶으신지 알 거 같아서."

혜동은 헌영의 턱 끝을 검지로 쓸었다. 한참을 쓸다가 그녀는 마침내 본론을 꺼냈다.

"아직도 마음 안 바뀌었어요?"

헌영은 대답 없이 혜동의 손을 붙잡아 손바닥에 입을 맞추었다.

"혼자는 외로워요. 형제도 좋고 남매도 좋고. 더 늦기 전에요. 네?"

"굳이 그럴 거 있어? 기주 나중에 제짝 찾을 텐데."

선뜻 답이 돌아오지 않는다. 몇 년째 평행선이었지만 혜동은 둘째를 포기하지 않고 있다. 헌영은 한숨을 밀어 넣고 말 없는 여자의 머리를 쓰다듬었다.

"배우자만으론 부족하다고 생각해?"

올려다보던 눈에 미묘한 감정들이 지나간다. 맑은 눈동자에 마지막으로 머무른 건, 다행히도 웃음이었다.

"좀?"

괘씸한 대답에 헌영은 내출혈 자국을 하나 더 만든 후 혜동을 꽉 끌어안았다. 턱 밑에서 올라오는 단내를 맡고, 한동안 어깨를 쓸어 주고. 그는 복잡해지는 머리를 정리했다.

"이번엔 안 그럴 거예요."

"기주 때는 그러고 싶어서 그랬어?"

"첫 아이 땐 다들 힘들다잖아요."

다들 힘든 만큼이었다면, 딱 그만큼이었다면 이렇게 고민이 깊지도 길지도 않았을 것이다. 헌영은 그 일을 또 겪을 자신이 없었다.

"혜동아."

"네."

말로 전하기 어려워 눌러 둔 한숨이 대신 나갔다. 한숨의 의미를 공유한 두 사람 사이로 시간이 흘렀다. 혜동이 따끈한 이마를 가슴팍에 붙여 왔다.

"고생 안 시킬게요. 약속해요."

"주영이 말 듣고도 그래?"

"그 말 들은 적 있었어요. 네 배 예쁜 게 아니라 네 배 힘들다."

"그러니 말이지."

"음. 그 말도 일리는 있는데요. 둘째를 낳으면 부부 관계가 더 좋아진다는 말도 있거든요. 아이들 둘이서 놀게 되면 부부가 그만큼 자유로워진다는 거죠."

웃음이 이마를 통해 흘러들어 갔는지 혜동이 고개를 들었다.

"왜요? 왜 웃어요?"

"두 주장이 나름 첨예해서?"

"음. 왠지 후자 쪽이 더 정설 같지 않습니까?"

설득하려는 노력이 가상하고 안쓰러워 헌영은 혜동의 이마에 입술을 붙였다. 부드럽게 입을 맞추고 끌어안고. 그는 할 수 없이 숙고해 보겠노라 답했다. 답을 들은 혜동은 더 말이 없었다. 헌영은 잠잠한 혜동을 품은 채 고요한 밤을 응시했다. 밤바람 속 해바라기가 무거운 머리를 끄덕이면, 인동꽃 넝쿨이 손을 흔들어 화답을 하곤 했다.

뭐가 답일까. 이렇게 원하는데 들어줘야지 싶다가도 가슴을 갉작이는 불안 탓에 쉬이 결정을 내리지 못한다.

가녀린 어깨 위로 시트를 끌어 올려 주던 헌영은 웃음기 묻은 한숨을 조용히 삭였다. 지척에 있어도, 멀리 떨어져 있어도, 심지어 안고 있을 때에도. 나는, 온통 너다.

호수 위를 나는 물새가 삐이, 소리를 내며 밤을 가로질렀다. 얄궂게도 가슴을 파고들던 혜동이 속삭이는 말과 정확히 겹쳤다. 무슨 조화였을까. 그런데도 명확하게 들렸다. 어쩌면 지극히 고조된 그의 감정이, 혜동이 뱉은 말로 표현될 수 있는 그 상태였기 때문인지도 모른다.

밖으로 뱉는 것이 무슨 의미가 있을까 생각했던 말. 두 사람 모두 상대에게 한 번도 꺼낸 적 없던 그 말.

사랑해요.

뱉어 내는 것에 큰 의미가 없다는 생각이 여전한데도 불구하고 헌영은 혜동의 이마에 입술을 맞댄 채 돌려주었다. 달빛을 머리에 인 해바라기들이 서로를 의지한 채 춤을 추었다.

《정말로 정혜동》 끝.